TITANS

Liebesroman

Wer will schon einen Footballspieler?

Poppy J. Anderson

Band 14

1. Auflage November 2016

Covergestaltung: Catrin Sommer rausch-gold.com

Unter Verwendung von © rohappy - fotolia.com

Korrektorat: SW Korrekturen e.U

www.poppyjanderson.de

poppyj.anderson@googlemail.com

Besuchen Sie mich auf Facebook:

www.facebook.com/pages/Poppy-J-Anderson

Impressum

Poppy J. Anderson

c/o copywrite Literaturagentur

Georg Simader

Woogstr. 43

60431 Frankfurt

Buchvorschau

Geheimzutat Liebe (Taste of Love 1)
Erscheint am 13. Januar 2017

Andrew Knight ist neuer Stern am Bostoner Gastrohimmel - doch mittlerweile total ausgebrannt. Beim spontanen Kurzurlaub in Maine trifft er auf Brooke Day, die den lokalen kulinarischen Geheimtipp leitet und nicht ahnt, wer sich da bei ihr einquartiert. Gemeinsam machen sie aus dem bisher erfolglosen Geheimtipp eine In-Location, und Andrew hat zum ersten Mal seit Jahren wieder Spaß beim Kochen. Doch kann Brooke ihm verzeihen, dass er ihr nicht die Wahrheit gesagt hat?

Küsse zum Nachtisch (Taste of Love 2)
Erscheint am 16. Februar 2017

Nick O'Reilly ist ein echter Küchenrebell und mit unglaublicher Leidenschaft bei der Sache. Ein Verriss in Bostons einflussreichster Tageszeitung trifft ihn deswegen bis ins Mark. Doch als er dann die verantwortliche Gastrokritikerin Claire Parker-Wickham kennenlernt, ist er völlig hingerissen - diese Frau muss er erobern! Wie gut, dass sie sich auf eine Feinschmeckerwette mit ihm einlässt. Jetzt hat Nick sechs Wochen Zeit, um Claire nicht nur mit seinem Essen zu betören ...

Newsletter

Du möchtest immer auf dem neuesten Stand sein, jeden Monat die Chance auf einen Buchgewinn haben und zwischendurch unveröffentlichte Kapitel aus deinen Lieblingsbüchern lesen? Dann trage dich für meinen Newsletter ein – *www.poppyjanderson.de/newsletter*

Vorwort

Liebe Leserinnen und Leser,

anfangs dachte ich, dass Kelly Slade ein schwieriger Protagonist werden könnte, aber beim Schreiben stellte sich schnell heraus, dass ich gar nicht anders konnte, als ihn sofort ins Herz zu schließen.
Ich hoffe, dass es euch auch so gehen wird.
Habt alle ganz viel Spaß mit Kelly, Skyler und den New York Titans.

Eure Poppy

P.S. Vergesst die Leseprobe am Ende dieses Romans nicht!

Liebesromane,
weil die Welt mehr Liebe braucht.

Prolog

„Orange steht mir, oder?“

„Ich finde das nicht komisch, Kelly.“

Kelly Slade zuckte mit der Schulter und lehnte sich auf seinem unbequemen Aluminiumstuhl zurück, der bei jeder Bewegung ein Knarzen von sich gab, das befürchten ließ, er würde im nächsten Moment zusammenbrechen. Der Staat Kalifornien schien in die Möbelstücke seiner Justizvollzugsanstalten nicht sonderlich viel Geld zu investieren. Auch der orangefarbene Overall, den Kelly vor einer Woche gegen seine übliche Alltagskleidung getauscht hatte, hatte bereits bessere Tage gesehen. Wenn ihm nicht mittlerweile alles egal gewesen wäre, hätte sich Kelly vielleicht Sorgen darum gemacht, ob in dem Overall nicht bereits der eine oder andere Gefängnisinsasse gestorben war, weil das Kleidungsstück ziemlich verwest roch. Zugegebenermaßen musste der Geruch jedoch nicht unbedingt von seinem neuesten Kleidungsstück kommen, weil im Metropolitan Correctional Center, seinem derzeitigen Wohnort, eigentlich alles ziemlich verwest roch. Auch das Essen. Kelly war zwar essenstechnisch nie sonderlich anspruchsvoll gewesen, aber der Rattenfraß, der hier tagtäglich ausgegeben wurde, war vermutlich ein Hauptgrund für die steigenden Aufstände und Rebellionen unter Gefängnisinsassen.

Er starrte auf seine Hände und massierte gleichzeitig über die schmerzenden Abdrücke, die die Handschellen dort hinterlassen hatten, in denen er ins Besucherzimmer geführt worden war. Sein Leben lang hatten seine Hände nichts anderes getan, als einen Football zu werfen. Am

Abend seines Drafts hatte sein neuer Coach in einem Fernsehinterview behauptet, dass die Hände seines Neuzugangs nicht in Gold aufgewogen werden konnten. Einen Tag später hatten alle Zeitungen des Landes über ihn, das neue Wunderkind der NFL, berichtet, und Boomer Esiason hatte ihm den Spitznamen *Goldfinger* gegeben. Kellys Mom hatte damals jeden einzelnen Zeitungsausschnitt, der ihr in die Finger kam, gesammelt und in eine Mappe geklebt. In den letzten Monaten hatte sie aus verständlichen Gründen damit aufgehört, Zeitungsartikel über ihn zu sammeln.

Ein Räuspern riss ihn aus seinen Gedanken heraus. „Wie geht's dir, Kelly? Behandeln sie dich gut?"

Schulterzuckend antwortete er seinem Anwalt und besten Freund, der mit besorgter Miene vor ihm saß und die Stirn runzelte: „Ein paar der Jungs fragen nach Autogrammen, und ein paar andere wollen mich am liebsten niederstechen, weil ihnen mein letzter Touchdown im Spiel gegen die Panthers vor zwei Jahren die Wette ruiniert hat. Die Wärter sind ganz okay. Und wenn man der morgendlichen Vergewaltigung in der Gemeinschaftsdusche aus dem Weg geht, kann es eigentlich ein ganz netter Tag werden."

Das Problem mit Anwälten war, dass sie alle keinen Humor besaßen. Selbst wenn sie vor ihrer Zeit als Jurastudent Witze gerissen hatten, änderte sich dies schlagartig, sobald sie in ihrer ersten Strafrechtsvorlesung saßen. Besonders gut konnte man dies an Clay erkennen, der während der Highschool ein großer Spaßvogel gewesen war und sich beispielsweise nicht davor gescheut hatte, seinen nackten Hintern aus dem Autofenster zu stecken, während Kelly dabei vor Lachen fast erstickt wäre. Heute reichte ein kleiner

Vergewaltigungswitz, und Clay wirkte wie ein Richter, der gerade jemanden zum Tode verurteilt hatte.

„Wir haben lediglich ein paar Minuten bekommen, und das auch nur, weil der Direktor ein Fan von dir ist. Deshalb sollten wir die Zeit nicht damit vertrödeln, Witze zu reißen.“

Sehr viel harscher erwiderte Kelly: „Wie soll es mir schon gehen, Clay? Die meiste Zeit sitze ich in meiner Zelle, starre an die Wand und freue mich auf die eine Stunde Hofgang.“

„Nach dem ersten Monat kannst du dich für einen Job hier im Gefängnis bewerben und darfst ein paar Stunden im Monat sogar an sportlichen Aktivitäten teilnehmen.“ Wollte Clay ihn verscheißern? Und wieso zum Teufel klang er so euphorisch, als habe man ihn gerade als Besucher zum Fotoshooting der neuen Playboy-Ausgabe eingeladen?

„Da kommt ja Freude auf.“ Sein Tonfall troff vor lauter Zynismus.

„Es hätte viel schlimmer kommen können, Kelly. Du hast ein Jahr hier in San Diego bekommen. Der Richter hätte dir auch zehn oder fünfzehn Jahre in Corcoran oder San Quentin geben können.“

Das wusste er alles, und er wusste auch, dass der Richter Milde hatte walten lassen, dennoch machte es das nicht besser.

Wie man es auch drehte und wendete: Kelly hatte sein Leben vor die Wand gefahren und alles kaputtgemacht. Aber so leid er sich selbst auch tat – im Vergleich zu den unsäglichen Schuldgefühlen Peter gegenüber war sein Gefängnisaufenthalt nichts! Es war egal, dass er sein Leben ruiniert hatte. Wenn er an Peter dachte, dann ...

„Ehrlich gesagt wäre es mir lieber gewesen, wenn ich heute nicht mit der nächsten Hiobsbotschaft bei dir auftauchen müsste, Kelly.“ Aus Clay sprach nichts anderes als Bedauern.

Kelly atmete tief durch und verschränkte die Arme vor der Brust. Er wusste, was jetzt kam, schließlich war er nicht blöd. „Sie haben mir die Lizenz weggenommen, richtig?“

Clay nickte. „Die NFL ist rigoros, was Drogenmissbrauch betrifft. Nach den Skandalen der letzten Jahrzehnte ...“

Er unterbrach seinen Freund mit einer lässigen Handbewegung, auch wenn sich ein eisiger Knoten in seinem Inneren zusammenballte. Obwohl sein Leben ein einziger Scherbenhaufen war, er die Menschen enttäuscht hatte, die ihm am meisten bedeuteten, und die Sache mit Peter ihn bis zu seinem Todestag verfolgen würde, war der Gedanke, nie wieder auf dem Feld zu stehen und Football zu spielen, unerträglich. Alles, wofür er hart gearbeitet hatte, war weg.

Betty Ford hatte recht, wenn sie sagte, dass Drogen Leben zerstörten.

„Wenn du erst einmal entlassen bist, dann können wir uns darum kümmern, deine Lizenz wiederzubekommen. Es gibt Präzedenzfälle, die wir anführen können.“

Kelly hörte mit einem Ohr zu, was Clay erzählte, und drehte den Kopf zur Seite, um die grauen Betonwände anzustarren, die in den nächsten elf Monaten und drei Wochen sein Zuhause waren. Eines war ihm klar: In elf Monaten und drei Wochen konnte viel passieren. Fliegende Autos könnten auf den Markt kommen, der Konflikt im Nahen Osten könnte gelöst werden, Krebs würde vielleicht geheilt werden und eventuell käme sogar Donald Trump auf die Schnapsidee, Präsident der Vereinigten Staaten werden zu wollen, aber er, Kelly Slade – Mr. Goldfinger höchstpersönlich – würde nie wieder in der NFL spielen, weil kein Team der gesamten Liga ihn aufnehmen würde. Nie im Leben.

1. Kapitel

Männer waren wirklich das Letzte!

Skyler Wright stand splitterfasernackt vor dem Hotelaufzug und hoffte, dass sie zum krönenden Abschluss des Tages nicht auch noch wegen Erregung öffentlichen Ärgernisses verhaftet wurde. Zwar hatte sie keine Ahnung, was die Gesetze in Florida betraf, aber komplette Nacktheit in einem Fünf-Sterne-Hotel ging vermutlich über die Grenze des guten Tons hinaus. Studenten mochten sich in Miami betrinken, halb nackt durch die Straßen tanzen und am Strand in den Sand kotzen, aber das hier war Orlando. Hier trugen die Menschen süße Mickymaus-Ohren, aßen Zuckerwatte und sahen sich dressierte Orcas an. Niemand wollte hier nackte Frauen sehen, die durchs Hotel rannten und nichts weiter als eine Krone und eine Schlüsselkarte bei sich trugen.

Wie sollte sie es bloß bis in den zweiundzwanzigsten Stock schaffen, ohne dass sie in ihrer misslichen Lage entdeckt wurde?

Selbst wenn sie das Glück haben sollte, dass kein anderer Gast auf die Idee kam, den Aufzug zu nehmen, der in den Keller zu den Fitnessräumen und dem Pool fuhr, blieb immer noch der Flur, den sie durchqueren musste, bis sie in ihr Zimmer gelangte. Von den unzähligen Überwachungskameras einmal abgesehen.

Oh Gott – die Überwachungskameras! Die Sicherheitsleute würden sich prächtig amüsieren, wenn auf ihren Filmbändern eine Nackte auftauchte. Skyler sah vor ihrem inneren Auge bereits vor sich, wie eine ganze Horde Sicherheitsleute mit Popcorn bewaffnet in einem winzigen Kämmerlein saßen und mit ansahen, wie sie durch den Flur huschte und ihren nackten Hintern der Kamera präsentierte. Beschämt schloss sie die Augen und hoffte, dass das Video des heutigen Abends niemals bei Amerikas lustigsten Homevideos landete. Vielleicht sollte sie schon darüber nachdenken, auszuwandern. Die Mongolei mochte etwas ungastlich wirken, aber wenigstens interessierten sich die Leute dort sicherlich nicht für ihr unfreiwilliges Nacktvideo.

Ihre Augen verfolgten an der Anzeigentafel des Aufzuges, wie dieser in nervenaufreibender Trägheit nach unten fuhr. Zum Glück hielt er nicht in der Lobby, sondern war am anderen Ende des Hotelkomplexes installiert. Wegen des Footballspiels, das morgen hier in Orlando stattfand, war das Hotel ausgebucht und quoll über vor Gästen. Ganz sicher hätte der vermaledeite Aufzug in der Lobby gehalten und Skyler vor den Augen der halben Footballnation so gezeigt wie am Tag ihrer Geburt. Nun gut, ihre Mom zeigte noch heute gerne Babyfotos herum, auf denen Skyler nur in einer Windel bekleidet zu sehen war, aber es war ein gewaltiger Unterschied, ob man ein achtundzwanzig Tage altes Baby in einer Windel oder eine achtundzwanzigjährige Frau war, die zwar bereits einige beschämende Dinge vor laufender Kamera getan hatte, aber niemals dabei nackt gewesen war.

Irgendwo im Flur knallte eine Tür zu. Erschrocken spähte Skyler zu allen Seiten und wartete mit angehaltenem Atem und einem schmerzenden Knoten im Magen darauf, dass sie entdeckt wurde. Doch nichts passierte. Wie durch ein Wunder blieb der Flur leer. Sie presste die Oberschenkel aneinander und krallte die Zehen in den Hotelteppich, der ein grauenvoll florales

Muster besaß und sie daran zweifeln ließ, weshalb ein Hotel mit derart hässlichen Teppichen fünf Sterne bekam.

Skylers Kollegen mussten sich sicherlich prächtig amüsieren, immerhin hatte sie diesen Idioten die ganze Misere zu verdanken. Wer glaubte, dass die Highschool schlimm in Sachen Mobbing war, hatte es als Frau noch nie versucht, ins Allerheiligste der Männerwelt vorzudringen – und damit meinte sie nicht den Vatikan. Nein, es gab eine Sache, die Männer für sich ganz allein beanspruchten und bei der Männer es nicht duldeten, wenn Frauen dort mitmischen wollten. Eine Sache, für die sie sogar die Geburt ihrer Kinder oder den Hochzeitstag verpassten. Eine Sache, die ihnen so immens wichtig war, dass dabei das Dach über ihnen einstürzen könnte und sie sich über den Fernseher werfen würden, um diesen zu schützen.

Ja, genau – Sportsendungen.

Keine andere Institution war fürs männliche Glück jemals so bedeutend wie ein Sportsender.

Skyler wusste, wovon sie sprach, immerhin war ihr eigener Vater selbst eine Institution in diesem Bereich und hatte diverse große Ereignisse in ihrem Leben verpasst, weil er gearbeitet hatte.

Und das war leider auch das Problem. Wenn man sich als Tochter von Frank Summers um einen Posten als Sportreporterin bewarb, nahm alle Welt an, dass Vitamin B im Spiel sein musste. Außerdem glaubte niemand, dass man genügend auf dem Kasten hatte, weil man eine Frau war. Als ob es etwas in den Genen gäbe, das Frauen davon abhielt, über Spielstände zu berichten! Jeder in der Branche wusste, wer ihr Dad war. Und leider wussten sie ebenfalls darüber Bescheid, was sie bis zu ihrem zweiundzwanzigsten Lebensjahr getrieben hatte. Ihre

Spaßvögel von Kollegen hatten nicht umsonst die Krone in die Umkleidekabine gelegt, nachdem sie ihre Kleidung und sogar das Handtuch gestohlen hatten, das Skyler neben die Dusche gehängt hatte. So viel zum Thema: *O Skyler, wir wissen, dass Kelly Slade abends immer die Fitnessräume der Hotels benutzt. Vielleicht bekommst du ja einen Kommentar von ihm, wenn du auch dort bist und ein wenig trainierst. Frauen gegenüber ist er sicherlich lockerer und zugänglicher!*

Diese Arschlöcher!

„Ich finde es in Hotels auch immer unerträglich heiß, aber denken Sie nicht, dass Sie gerade etwas übertreiben?“

Erschrocken wirbelte Skyler herum, stieß einen kleinen Schrei aus und blickte in ein Männergesicht, bei dessen Anblick sie am liebsten vor Scham im Boden versunken wäre. O Gott! Aus hellbraunen Augen schaute Kelly Slade sie an und verriet durch keine Mimik, ob er verwirrt, erfreut oder auch verärgert war, sie hier nackt anzutreffen. Während sie mit beiden Händen versuchte, alle kompromittierenden Körperteile so gut wie möglich zu bedecken, stieg brennende Hitze in ihr Gesicht.

Fassungslos starrte sie ihn an, öffnete den Mund und merkte, dass sie sprachlos war. Konnte nicht irgendjemand den Feueralarm auslösen? Ein kleiner Raubüberfall wäre auch nett gewesen. Nichts Dramatisches, nur etwas, was den hünenhaften Mann vor ihr davon abgelenkt hätte, dass sie nackt vor ihm stand.

„Pech beim Strippoker gehabt?“, rätselte er, als sie nichts erwiderte, und verschränkte die Arme vor der Brust.

Ihre Zunge klebte beinahe am Gaumen, als sie mit zittriger Stimme erwiderte: „So ungefähr.“

Wie die Lässigkeit in Person drückte Kelly Slade auf den Fahrstuhlknopf, zuckte mit der Schulter und erwiderte: „Kenne ich aus eigener Erfahrung. Kleiner Tipp: Strippoker ist nur dann eine gute Idee, wenn Sie ihn zu Hause spielen."

„Da-danke."

„Nichts zu danken", entgegnete der Ersatzquarterback der New York Titans ruhig und machte keine Anstalten, seine Augen von ihrem Gesicht zu nehmen und sie tiefer wandern zu lassen. Gerade ihm hätte sie zugetraut, dass er sie eingehend betrachten würde, schließlich hatte kein anderer Spieler der gesamten NFL den Ruf, der schlimmste Bad Boy aller Zeiten zu sein. Vor seiner einjährigen Haftstrafe hatte er nichts ausgelassen: Drogen, Partys, Prostituierte, Fahren im Vollrausch, Prügeleien auf dem Spielfeld und Sexvideos. Sie kannte allzu gut die Aufnahmen von ihm, wie er kurz vor seiner Verhaftung vor ein paar Jahren mit Brian Palmer zusammengeraten war. Beide Quarterbacks hätten sich bei einem Spiel vermutlich krankenhausreif geprügelt, wenn sich ihre Teams nicht dazwischengeworfen hätten, um die Männer voneinander zu trennen. Sowohl Palmer als auch Slade waren für mehrere Spiele suspendiert worden und hatten an die NFL Geldstrafen zahlen müssen. Wenige Zeit später hatte sich Slade vor Gericht wiedergefunden und Palmer hatte seine Teamchefin geheiratet. Um die beiden hitzigen Quarterbacks war es ruhig geworden. Zu ruhig, wenn man bedachte, dass Kelly Slade nun als Ersatzmann für Brian Palmer nach New York gekommen war. Die komplette Footballwelt erwartete einen Vulkanausbruch.

Doch der Mann, der vor Skyler stand, einen dunklen Vollbart präsentierte und wie ein grimmiger kanadischer

Holzfäller wirkte, machte nicht den Eindruck, unter Aggressionsbewältigungsproblemen zu leiden – wie Dr. Phil vor zwei Jahren in einer Talkshow behauptet hatte.

Nein, Kelly Slade sagte keinen weiteren Ton, sondern schlüpfte aus seinem dunkelblauen New-York-Titans-Pullover und reichte ihn ihr.

Fragend starrte sie ihn an, ließ ihren Blick über seinen ausgestreckten Arm gleiten, den diverse Tattoos zierten, musterte das weiße T-Shirt, das sich über einen wohl definierten, muskulösen Oberkörper spannte, und heftete sich auf das Gesicht, das er zur Seite drehte – anscheinend um ihr die nötige Privatsphäre zu geben, damit sie sich das Sweatshirt über den Kopf ziehen konnte.

Skyler schnappte es sich, schlüpfte in Windeseile hinein und zog es anschließend nach unten, während sie die Krone und die Schlüsselkarte in der Hand balancierte. Glücklicherweise gehörte der Footballspieler zu der Sorte baumlänger Männer, was bedeutete, dass das Sweatshirt beinahe bis zur Mitte ihrer Oberschenkel reichte. Vor Erleichterung hätte sie ihn küssen können.

„Danke schön“, murmelte Skyler leise und hätte fast vor Wohlbehagen aufgeseufzt, weil das Material des Sweatshirts wahnsinnig weich war und vor Körperwärme strahlte. Zum ersten Mal, seit sie aus der Dusche des hoteleigenen Fitnessbereichs gestiegen war, entspannte sie sich ein wenig.

Der Mann neben ihr brummte eine Erwiderung, blieb jedoch stumm.

Weil es Kelly Slade war, der sie im Evakostüm ertappt hatte, überlegte sie noch, ob sie sich ihm vorstellen sollte. Warum nicht die Gunst der Stunde nutzen und ihn nach einem Interview fragen? Sie war immerhin Journalistin und sollte jede Möglichkeit ausschöpfen, die sich ihr bot. Und ein Mann, der so höflich war, konnte einer Frau sicherlich nichts abschlagen, wenn sie ihn nett bat. Oder?

Nervös sah sie ihn von der Seite an und wollte gerade etwas sagen, als sich die Türen des verdammten Aufzugs öffneten. Schweigend betraten sie beide das verspiegelte Innere.

„Welche Etage?"

„Zweiundzwanzig."

Von ihm unbemerkt leckte sie nervös über ihre Unterlippe, während im Hintergrund leise Fahrstuhlmusik zu hören war.

Sie versuchte es mit dem Offensichtlichen. „Wie kann ich Ihnen das Sweatshirt zurückgeben?"

„Behalten Sie es ruhig." Als er antwortete, sah er sie nicht einmal an, sondern wirkte völlig gelassen.

„Oh."

Wieder trat Stille ein.

Plötzlich drehte er den Kopf zu ihr und schien schwach zu lächeln. So ganz konnte sie es in seinem Gesicht nicht ausmachen. „Meinetwegen können Sie es auch Ihrem Dad schenken."

Irritiert blinzelte sie. „Was?"

Er zuckte mit der Schulter und verließ den Aufzug, als sich dieser in der zwanzigsten Etage öffnete. Seine Hand fuhr vor und legte sich auf die Lichtschranke, während er sich mit seinem Oberkörper vorbeugte und seinen Kopf zurück ins Innere des Fahrstuhls steckte. „Ich habe Ihren Dad einmal vor laufender Kamera ein Arschloch genannt. Grüßen Sie ihn von mir, und sagen Sie ihm, dass ich ihn zwar immer noch für ein Arschloch halte, aber es nett fand, wie zurückhaltend er meine Verurteilung kommentiert hat."

Skylers Augen waren vermutlich so groß wie Untertassen.

„Ach, und nehmen Sie es nicht so schwer." Träge ließ er seine Augen nun doch über ihre Gestalt wandern und heftete sie auf ihre nackten Beine. „Ich war der Meinung, dass Miss Arkansas Ihnen nicht das Wasser reichen konnte – vor allem nach der Bikinipräsentation."

Kelly Slade klopfte zum Abschied gegen die Fahrstuhltür, drehte sich um und ging.

***

Auch wenn Skyler ein Businesskostüm trug, ihr Haar perfekt frisiert war und nichts mehr erkennen ließ, dass sie gestern nackt durchs Hotel gehuscht war, begann ihr Herz wie verrückt zu klopfen, als sie die Lobby betrat, um sich dort mit ihren Kollegen zu treffen. Sie hätte ihnen allen zu gerne den Kopf abgerissen, stattdessen hatte sie sich dafür entschieden, so zu tun, als wäre nichts passiert. Selbstverständlich hätte sie den Chefredakteur informieren können, aber was hätte das gebracht? Sie war kein weinerliches Ding, das beim Lehrer petzte und Hilfe brauchte. Und ihrem Dad hätte sie sicherlich niemals davon erzählt, was gestern Abend passiert war. Wieso sollte sie ihn in seiner Meinung zu ihrem Job noch bestätigen? Sie war doch nicht doof!

Wenn ihre Kollegen meinten, sie vergraulen zu können, indem sie ihr die Klamotten stahlen, dann hatten sie alle keine Ahnung, wie es hinter den Kulissen einer Miss-Wahl aussah. Im Vergleich zu Frauen, die an Schönheitswettbewerben teilnahmen und ihren Konkurrentinnen Abführmittel verabreichten oder Enthaarungscreme in deren Shampooflaschen schmuggelten, waren missgünstige Arbeitskollegen lediglich Amateure! Sie hatte sogar Miss Georgia überlebt, die mit einem glühend heißen Glätteisen auf sie losgegangen war, weil sie beide das gleiche Lied für ihre Gesangsdarbietungen gewählt hatten. Erwachsene Sportreporter, die sie nackt in der Dusche eines Hotels zurückließen, rangen Skyler nicht einmal ein müdes Lächeln ab.

Von daher setzte sie ihr selbstbewusstestes und durchsetzungsstärkstes Lächeln auf, als sie auf ihre Kollegen zusteuerte, und rief sich in Erinnerung, wie sie mit sechzehn Jahren an der Miss-Teen-Wahl in Aspen teilgenommen hatte und trotz grausamer Periodenschmerzen auf die Bühne getreten war. Wenn sie das überstanden hatte, war der heutige Tag ein Kinderspiel!

„Skyler, da sind Sie ja!“ Gilbert Channing vollführte eine ungeduldige Geste mit dem Kopf, die erahnen ließ, dass er tatsächlich ein Toupet trug. Der Chefmoderator des Senders und die größte Primadonna aller Sportjournalisten runzelte die Stirn und erklärte geradezu vorwurfsvoll: „Wir warten schon auf Sie!“

„Probleme bei der Kleiderwahl, Skyler?“, hakte Mike Buchanan mit vorgeheuchelter Sorge nach, während die restlichen Männer kicherten und dabei wie eine Horde betrunkener Idioten klangen. Lediglich Gilbert Channing runzelte ahnungslos die Stirn. Skyler hätte tatsächlich nie damit gerechnet, dass der ältliche Moderator etwas mit dem Verschwinden ihrer Kleidung zu tun hatte – und das nicht nur, weil er auch heute noch Golf mit ihrem Dad spielte, sondern weil solche Dinge unter seiner Würde waren. Er brüllte zwar seine bemitleidenswerte Visagistin an, wenn seine Tränensäcke nicht gut genug überschminkt waren, und beschäftigte einen Assistenten, der stets Haarspray und einen Cappuccino dabeihaben musste, aber seine Kollegin nackt in einer Dusche zu lassen, sah ihm nicht ähnlich. In seiner Welt drehte sich alles um ihn, und er würde sicherlich keine Sekunde damit verschwenden, sich um jemand anderen Gedanken zu machen. Vielleicht erinnerte er sie deshalb stets an ihren Dad, überlegte sie zynisch.

Gelassen ignorierte sie Mikes Kommentar und ließ sich auch vom Chefmoderator nicht ins Bockshorn jagen. „Wir haben zehn Uhr, Gilbert. Und damit bin ich auf die Minute pünktlich."

„Wir sollten uns beeilen." Gilbert Channing machte eine fahrige Geste mit der Hand. „Dank eines Freundes weiß ich, dass Teddy Palmer heute Morgen aus New York hergeflogen ist und die Einladung des Bürgermeisters angenommen hat, um das Spiel in seiner Loge zu schauen – zusammen mit den Glazers, die mich zu sich eingeladen haben."

Skyler verstand die hektische Aufregung des Moderators nicht und runzelte stattdessen die Stirn, während sie zu bedenken gab: „Teddy MacLachlan-Palmer."

Über den geschwollenen Tränensäcken rundeten sich zwei Augen. „Was?“

Sehr ruhig erklärte sie ihm: „Es heißt *MacLachlan*-Palmer. Sie hat ihren Mädchennamen nach der Hochzeit behalten und trägt einen Doppelnamen. Darauf legt sie großen Wert. Teddy MacLachlan-Palmer.“

In den Gesichtern der Männer um sie herum erkannte Skyler einen Anflug von Fassungslosigkeit. Sie selbst fand es wichtig, die womöglich einflussreichste Frau innerhalb der NFL mit ihrem korrekten Namen anzusprechen, vor allem da die junge Teamchefin der New York Titans großen Wert darauf legte, nicht einfach nur das Anhängsel ihres Mannes zu sein, jedoch sahen ihre Kollegen so konsterniert aus, als habe sie ihnen soeben mitgeteilt, welche Tamponmarke die Teamchefin des letzten Superbowlgewinners bevorzugte.

„Es ist scheißegal, wie sie sich nennt“, fuhr ausgerechnet Gilbert Channing sie an. „Endlich hat es etwas Gutes, dass die Bucs ihr Stadion zurzeit nicht nutzen können. So hätte ich vielleicht nie die Chance gehabt, Mrs. Palmer auf den Zahn zu fühlen. Hier in Orlando kann sie mir nicht entwischen.“ Er rieb sich beinahe die Hände und erinnerte Skyler fatal an die Art älterer Männer, die niemand auf seiner Party haben wollte, weil sie unangebrachte Dinge von sich gaben oder Frauen gerne begrapschten.

Skyler hätte am liebsten die Augen verdreht. Es war allseits bekannt, dass Teddy MacLachlan-Palmer hochintelligent, gewitzt und clever war. Außerdem schien sie über ein fabelhaftes Gedächtnis zu verfügen – Gilbert Channing leider nicht, weil er gewusst hätte, dass die Teamchefin aus New York mit ihm nicht mehr als zwei Worte wechseln würde, nachdem er vor Jahren ihren

Sexvideo-Skandal ausgeschlachtet hatte. Keine Frau vergaß so schnell einen Mann, der öffentlich über ihre nackten Brüste und ihre Darbietung im besagten Video hergezogen war. Wenn er nachgedacht hätte, wäre ihm vielleicht auch aufgefallen, warum der amtierende Quarterback der Titans und Ehemann dieser Frau jedes Interview mit dem Sportmoderator mied und ihn keines Blickes würdigte. Eines war klar: Gilbert Channing würde keine Gelegenheit bekommen, mit Teddy MacLachlan-Palmer unter vier Augen zu reden oder gar ein Interview zu bekommen. Die Mühe hätte er sich wirklich sparen können.

Ein Räuspern lenkte sie von ihren Gedankengängen ab, und sie blickte zu Mike Buchanan, dessen liebenswertes Lächeln nicht darüber hinwegtäuschen konnte, dass er ein hinterhältiger Idiot war.

„Gilbert wird in der Loge des Bürgermeisters beschäftigt sein, was bedeutet, dass ich die Interviews am Spielfeldrand übernehme. Und du ...“ Der blondhaarige Sportjournalist, der geradezu widerlich ambitioniert war und gerne Spitzen gegen sie abließ, grinste hinterhältig. „Und du wirst demnach meinen Job übernehmen. Das wäre für dich eine großartige Gelegenheit. Es sei denn, es ist dir unangenehm, die Spieler in ihrer Umkleidekabine zu interviewen.“

Sie sah ihm fest in die Augen. „Warum sollte es mir unangenehm sein? Ich übernehme gerne deinen Job, Mike.“ Tatsächlich brannte sie geradezu darauf, endlich loslegen zu können. Bislang hatte sie lediglich todlangweilige Redaktionsarbeit machen dürfen oder ihren Kollegen dabei zusehen müssen, wie diese Interviews führten. Selbst aktiv zu werden, war genau das, was sie wollte. Allein der Gedanke, ein Mikrofon in die Hand zu bekommen und mit Spielern zu reden – ihr Können zu beweisen –, ließ ihren Puls vor Aufregung steigen. Das hieß jedoch nicht, dass ihre Kollegen erfahren sollten, wie sehr sie sich freute, ihren Job machen zu dürfen.

Mike lächelte schwach und hob voller gespielter Besorgnis die Hände in die Höhe. Gleichzeitig kicherten der Kameramann Hank, sein Tontechniker Bart und der Redaktionsassistent Finn auf. Skyler biss die Zähne zusammen.

„Bist du sicher? Viele der Spieler werden nackt sein.“ Ihr Kollege seufzte schwer.

Sie ließ eine Augenbraue in die Höhe wandern. So geduldig wie möglich erwiderte sie ihrem Kollegen: „Ist es nicht Sinn und Zweck einer Umkleidekabine, dass man sich dort umzieht?“

„Weil du eine Frau bist, dachten wir nur, dass deine zartbesaiteten Gefühle nicht verletzt werden sollten. Nicht dass dich der Anblick nackter Männer schockiert und du die Interviews dann ...“

Skyler unterbrach ihn geradezu barsch. „Keine Sorge, Mike, ich habe schon einige Männer nackt gesehen, aber bislang war niemand dabei, bei dessen Anblick ich schockiert gewesen wäre. Meistens halten Männer sowieso nicht das, was sie versprechen. Körperlich gesehen.“

Wenigstens verstummte das nervenaufreibende Kichern endlich.

Gilbert trieb sie nun alle zur Eile an und scheuchte sie regelrecht zu den Vans, die vor dem Hotel standen und darauf warteten, dass die drei Kamerateams und die übrigen Mitarbeiter des Senders endlich einstiegen. Skyler verkroch sich augenblicklich im letzten Van und hoffte, auf der Fahrt bis zum Camping World Stadium ihre Ruhe zu haben, weil sie sich gedanklich darauf vorbereiten wollte, heute vor der Kamera zu stehen und Footballspieler mit Fragen zu löchern. Thematisch musste sie sich auf nichts vorbereiten, schließlich kannte sie den Lebenslauf jedes einzelnen Spielers auswendig, wusste über die Spiele der gesamten NFL der letzten fünfundzwanzig Jahre Bescheid und war über jedes noch so winzige Gerücht im Bilde. Es hatte nun einmal seinen Vorteil, einen Vater zu haben, dessen Aufmerksamkeit man nur dann erlangt hatte, wenn man mit ihm über Football reden konnte. Nein, Skyler wollte einfach ein paar Minuten Ruhe vor dem Spießrutenlauf haben, der sie erwartete, sobald sie auf weitere Kollegen traf.

Selbstverständlich wären zehn Minuten Ruhe zu viel des Guten gewesen, dachte sie sich, als ausgerechnet Mike zu ihr in den letzten Van stieg und dabei seinen dunklen Anzug glattstrich. Wenn sie sich nicht täuschte, war es kein Zufall, dass sich ihr Kollege zu ihr setzte und sich direkt neben sie quetschte.

„Nettes Kostüm, Skyler. Ist es neu?“

Angelegentlich zog sie ihr Handy aus ihrer Tasche, schaute nach neuen Mails und erwiderte ihrem ungefähr gleichaltrigen Kollegen, ohne den Blick zu heben: „Wieso wundert es mich nicht, dass du dich für Mode interessierst, Mike? Bewundernswert, wie du zu deiner Sexualität stehst.“

„Sehr komisch“, entgegnete er griesgrämig und rückte ihr so nah auf die Pelle, dass sie ihm gerne zu einem anderen Deo geraten hätte, weil sein jetziges geradezu penetrant roch. „Ich stehe auf Frauen.“

„Bist du sicher?“ Skyler schenkte ihm einen fragenden Blick.

„Tja“, ließ er sich träge vernehmen. „Warum kommst du heute Abend nicht bei mir im Hotelzimmer vorbei und stellst es selbst fest?“

So verzweifelt würde sie niemals sein. Eher würde Skyler mit einer Ratte Sex haben als mit Mike Buchanan. „Kein Bedarf, Mike. Außerdem kaufe ich es dir nicht ab. Tatsächlich hatte ich den Eindruck, dass du es bedauern würdest, heute keine nackten Footballspieler interviewen zu dürfen.“

Anscheinend schien Mike zu den Menschen zu gehören, die zwar austeilen, jedoch nicht einstecken konnten, da seine Miene geradezu gehässig wurde. „Da wir schon von Nacktheit sprechen. Wie war dein gestriger Abend?“

„Ganz nett“, erklärte sie lapidar, schlug die Beine übereinander und löschte ein paar Werbemails. Dass er ihre nackten Beine musterte, wie sie aus dem Augenwinkel sehen konnte, ignorierte sie. „Das Hotel hat einige fabelhafte Fernsehsender im Angebot. Irgendwo lief eine Reportage über das Leben von Barbra Streisand. Sollte dir auch gefallen. Ihr Jungs seid doch ganz verrückt nach ihr.“

Wie es schien, setzte Mike zu einer bissigen Antwort an, als einer der Kameramänner und der Fahrer dazukamen und ins Auto stiegen. Sobald der Van anfuhr, ergriff Mike ein weiteres Mal das Wort.

„Normalerweise würde ich dir jetzt ein paar Tipps für den Umgang mit der Kamera geben, aber ich schätze, dass all die Aufritte im Badeanzug dir ziemlich viel Kameraerfahrung gebracht haben.“

„Vielen Dank für deine Anteilnahme.“ Skyler war selbst erstaunt, dass sich ihre Stimme kaum nach dem Ächzen anhörte, an dem sie sich beinahe verschluckte.

„Zu rührend, wie du an mich denkst, Mike. Ach, nur zur Info: Es waren Auftritte im Bikini und nicht im Badeanzug. Einteiler waren nicht so meins.“

„Finden vor Miss-Wahlen eigentlich auch Castings auf einer Besetzungscouch statt? Es ist wirklich traurig, was manche Menschen für die Karriere tun müssen.“

Arschloch.

Sklyer nickte und fügte sehr trocken hinzu: „Ja, grässlich. Wie ich gehört habe, gibt es sogar Sportjournalisten, die ihren Vorgesetzten in den Arsch kriechen müssen.“

„Und andere müssen einfach nur Daddys Namen nennen, um einen Job zu bekommen.“

Sie kniff die Augen zusammen und steckte das Handy weg. Da es Skyler als lächerlich empfand, sich vor Mike zu rechtfertigen, sagte sie ihm nicht, dass sie einen erstklassigen Studienabschluss vorzuweisen hatte, eine Vollblutjournalistin war und für diesen Job keinerlei Beziehung hatte spielen lassen. Stattdessen ließ sie ihn wissen: „Meinetwegen kannst du dich darauf konzentrieren, wie ein Triebtäter in Umkleiden zu schleichen und meine Klamotten zu stehlen, Mike, da dir ja sonst nichts einzufallen scheint, wie du mich loswerden kannst. Ich liefere lieber professionelle Arbeit ab.“

„Dann gib dir ordentlich Mühe“, ließ er sie wissen. „Nur ein Tipp am Rande: Du solltest in nächster Zeit mit einer richtig guten Story aufwarten können. Man sägt nämlich schon fleißig an dem Ast, auf dem du sitzt, Skyler. Und da wird dir dein Daddy auch nicht helfen können.“

2. Kapitel

Es war ein paar Jahre her, dass Kelly auf dem Spielfeld gestanden hatte, jedoch hatte er nicht vergessen, wie es sich anfühlte, mit seinen Teamkollegen im Huddle zu stehen, von Zehntausenden Zuschauern im Stadion beobachtet zu werden und unter lauten Jubelschreien einen Touchdown zu machen.

Heute war alles etwas anders.

Erstens stand er nicht auf dem Spielfeld, sondern saß auf der Ersatzbank, zweitens war es nicht wirklich sein Team, mit dem er gerade noch im Vereinsbus gesessen hatte, und drittens wurde er nicht wegen seiner herausragenden Spielerqualitäten von Zehntausenden Zuschauern beobachtet, sondern weil alle neugierig auf einen Straftäter inmitten der NFL waren. Wenn man seinen Namen im Internet eingab, zeigten die meisten Fotos ihn in seinem orangefarbenen Gefängnisoverall oder mit reuiger Miene im Gerichtssaal. Dazu kamen Fotos, auf denen er diverse Nachtclubs verließ – meistens im stark alkoholisierten Zustand und mit jeweils einer Frau im Arm. Heute konnte er nur den Kopf darüber schütteln, was damals in ihn gefahren war. Damals hatte er die Kontrolle verloren und sie erst dann wieder zurückbekommen, als er hinter Gittern saß. Vermutlich hatten ihm die zwölf Monate Gefängnisaufenthalt das Leben gerettet.

Seither bemühte er sich um Besserung.

Keine Drogen.

Kein Alkohol.

Keine Partys.

Keine Frauen.

Ja, Kelly wusste, wie es sich anfühlte, sein Dasein als Mönch zu fristen, aber um sein Leben wieder in den Griff zu bekommen und den letzten Rest seiner Karriere zu retten, verzichtete er rigoros auf alles, was ihn früher in die Scheiße geritten hatte.

Für ihn zählte momentan Football. Und nichts anderes. Ein einziges Mal noch wollte er auf dem Feld stehen und spielen – und wenn es nur ein einziger Spielzug war. Und sollte ihm das Glück vergönnt sein, einen letzten Touchdown zu machen, dann hatten sich all die Strapazen, der mühsame Prozess um eine erneute Vergabe seiner Lizenz und das beschämende Betteln bei diversen Vereinen wenigstens gelohnt.

Als er zu einer Freiheitsstrafe verurteilt wurde, war er nahezu pleite gewesen und hatte seine Lizenz verloren. Diese hatte er mittlerweile zurück und konnte von Glück reden, dass es ein einziges Team in der NFL gegeben hatte, das ihn unter Vertrag genommen hatte. Und das auch nur als Ersatzmann. Doch Kelly war kein Idiot und wusste, dass er verdammt viel Glück gehabt hatte. Niemals käme er auf die Idee, sich darüber zu beschweren, dass er lediglich auf der Bank saß und mit ansah, wie seine Teammitglieder auf dem Feld standen. Er trainierte wie besessen, war täglich überpünktlich, kannte alle Spielzüge auswendig und benahm sich wie ein Musterknabe. Kurzum: Er tat alles, um nicht negativ aufzufallen.

Zwar fiel es ihm nicht schwer, durch Zurückhaltung zu glänzen, jedoch stand er unter permanenter Beobachtung der Presse. Als gäbe es kein interessanteres Thema als einen ehemaligen Junkie, der clean war und seinen Job gut machen wollte! Verdammt, der heißeste Wahlkampf in der Geschichte der USA lief und ein bekennender Frauenbegrabscher war Kandidat der Republikaner fürs Präsidentenamt, und dennoch konzentrierten sich die Journalisten ständig auf ihn. Ja, die meisten von ihnen gierten geradezu danach, dass Kelly wieder auf die schiefe Bahn geriet. Und ein Foto von ihm und seinem Teamkapitän, auf dem sie sich gegenseitig die Zähne einschlugen, wäre für diese Meute sicherlich wie Weihnachten und Ostern an einem Tag gewesen. Denen wäre doch einer abgegangen, wenn er und Palmer aufeinander losgegangen wären!

Wenn sie gewusst hätten, wie langweilig Kellys Leben war, dann hätten sie vermutlich vor lauter Enttäuschung ins Gras gebissen. Sofern er abends nicht das Treffen der anonymen Alkoholiker besuchte, ging er früh schlafen oder las ein Buch. Er, der Partylöwe schlechthin, der früher jeden Abend um die Häuser gezogen war und kaum eine Nacht ohne Sex verbracht hatte, lag heute mit einem Buch im Bett und trank Tee. Tatsächlich konnte er sich weder an seine letzte Party noch an das letzte Mal Sex erinnern, weil beides schon eine Weile her war. Und weil er zu beiden Malen vermutlich vollgedröhnt gewesen war.

Seine Hände schlossen sich fest um das Gitter seiner Facemask, während er das Feld vor sich mit zusammengekniffenen Augen maß. Die Offense der Titans nahm Aufstellung und Brian Palmer brüllte einen Spielzug übers Feld. Kelly hätte jetzt besonders gut aufpassen müssen, schließlich musste er ständig bereit sein, für den amtierenden Quarterback einzuspringen, falls sich dieser verletzte. Jedoch konnte Kelly in diesem Moment nur daran denken, wie er vor einer gefühlten Ewigkeit mitten auf dem Highway verhaftet worden war und keine Erklärung für die Drogen und den Alkohol in seinem Blut besessen hatte. Auch für das Koks in seinem Handschuhfach oder die Pillen in seiner Sporttasche hätte er eine verdammt gute Erklärung haben müssen. Hatte er jedoch nicht.

Damals war er ein Arschloch gewesen, das sich unbesiegbar gefühlt hatte.

Scheiße. Er war ein großkotziger Footballspieler gewesen, der geglaubt hatte, dass ihm Gesetze am Arsch vorbeigingen, weil er eine große Nummer in der NFL gewesen war. Wie schnell seine Karriere jedoch ein Ende finden konnte und wie schnell sich all seine angeblichen Freunde aus dem Staub machten, sobald er am Boden lag, hatte er auf die harte Tour lernen müssen.

Mit seinem jetzigen Teamkapitän war Kelly zwar nie befreundet gewesen, aber vor einer gefühlten Ewigkeit waren sie sich noch mit Respekt begegnet und hatten einander freundlich begrüßt, wenn sie aufeinandergetroffen waren. Tatsächlich hatte es sogar diese eine Party in L.A. gegeben, auf der sie zusammen ein Bier getrunken und miteinander gescherzt hatten, bevor Palmer die Party mit einem Unterwäschemodel verlassen hatte und Kelly in einen Club gefahren war, in dem er jemanden aufgerissen und mit nach Hause gebracht hatte. Es war Peters Party gewesen.

Alles, was in den anschließenden Monaten passiert war, hatte verhindert, dass aus ihm und Palmer jemals Freunde werden könnten. Der Quarterback der Titans empfand ihm gegenüber nichts als Verachtung und scheute sich nicht, dies offen zu zeigen. Ihm hatte Kelly die schiefe Nase zu verdanken, die er sein Eigen nannte, und Brian war dank Kelly mit einem ausgerenkten Kiefer im Krankenhaus gelandet. Das Ganze mochte zwar ein paar Jahre her sein, aber vergessen hatte keiner von beiden ihre letzte Auseinandersetzung. Das hatte Brian ihm erst vor wenigen Monaten während des Teamurlaubs in Mexiko zu verstehen gegeben. Seither gingen sie sich – von einer kurzen Prügelei während des Trainingscamps abgesehen – aus dem Weg.

Wenn Kelly ehrlich war, wären die Titans seine letzte Wahl gewesen, weil er auf großes Drama mit einem seiner Teamkollegen verzichten konnte. Doch leider hatte kein anderes Team auch nur Anstalten gemacht, darüber nachzudenken, Kelly in den Verein zu holen. Lediglich Teddy MacLachlan-Palmer hatte ihm eine Chance gegeben – die Frau des amtierenden Quarterbacks, der Kelly gerne tot sehen würde.

Und Kelly konnte es seinem Teamkapitän nicht einmal verdenken, dass er so fühlte.

„Brian flippt aus, wenn wir auch dieses Spiel vergeigen." Tom Peacock, einer der besten Cornerbacks der gesamten Liga, setzte sich neben ihn und seufzte schwer. „Dass wir im letzten Spiel von den Eagles geschlagen wurden, nagt noch immer an ihm. Er trainiert wie besessen das Zuspiel auf links, aber die rechte Seite liegt ihm mehr. Carter macht sich gut, nur fehlen ihm und Brian noch die nötige Routine zum Zusammenspiel. Mit Julian hat er fünf Jahre lang Passspielzüge trainiert. Die beiden waren völlig aufeinander gepolt. Carter dagegen ist neu im Team, aber, Mann, er ist wahnsinnig gut!"

Kelly antwortete nicht sofort. Er wusste auch nicht, ob Tom Peacock tatsächlich mit ihm redete, weil die wenigsten seiner Teamkollegen mit ihm quatschten. Nun, sie waren nicht unfreundlich zu ihm, sondern grüßten ihn täglich, versuchten sich manchmal sogar in Small Talk, aber das war es auch schon. Vielleicht wären sie alle ein wenig zugänglicher gewesen, wenn sich Kelly nicht ständig abschotten würde, aber weil die Titans nun einmal Palmers Team waren, übte er sich in höflicher Zurückhaltung.

Als er Toms neugierigen Blick wahrnahm, der sich auf ihn gerichtet hatte, fragte Kelly milde nach: „Willst du mir irgendetwas sagen?“

„Nö.“ Ziemlich lässig streckte der blondhaarige Footballspieler seine Beine von sich. „Ich dachte, du wärst in der Stimmung für etwas Gequatsche, Slade.“

„Und wie bist du auf den Gedanken gekommen?“

„Keine Ahnung. Ein paar der Jungs rätseln schon, ob du überhaupt reden kannst“, gab Tom von sich und grinste breit. „Und auf dem dreistündigen Flug hast du nicht einmal mit der Stewardess geredet, die uns diesen widerlichen Tomatensaft andrehen wollte. Deshalb hielt ich es für an der Zeit, etwas Small Talk mit dir zu betreiben.“

Kelly lehnte sich zurück und brummte: „Ich kann reden.“

„Sehe und höre ich gerade mit eigenen Augen und Ohren“, stimmte sein Teamkollege fröhlich zu. „Das wird die Jungs beruhigen.“

Er schnitt eine Grimasse und deutete unmerklich aufs Feld. „Was wird Palmer sagen, wenn er bemerken sollte, dass du mit mir sprichst? Er ist dein Kumpel.“

Tom nickte. „Einer der besten. Einen loyaleren Kumpel gibt es nicht.“

Warum Kelly plötzlich einen Kloß im Hals hatte, wusste er nicht. Vielleicht hatte es etwas damit zu tun, dass Peter ganz ähnlich über Brian Palmer geredet hatte. Auch er war nicht müde geworden, Palmers Loyalität zu erwähnen. Manchmal hatte Kelly geglaubt, dass er ihn und Palmer miteinander verkuppeln wollte, so sehr hatte Peter vom schwarzhaarigen Quarterback geschwärmt.

„Deshalb solltest du vielleicht nicht allzu ausführlich mit mir Small Talk betreiben“, wies er Tom betont ruhig an und starrte wieder aufs Feld.

„Wieso? Du gehörst zum Team, auch wenn du dir verdammt viel Mühe gibst, wie ein Außenseiter aufzutreten.“

Das Lachen kam ganz unerwartet und klang völlig ironisch. „Nichts für ungut, Peacock, aber ich *bin* ein Außenseiter.“

„Wir treffen uns heute Abend in einer Bar, die Blake klargemacht hat. Warum kommst du nicht mit und arbeitest daran, nicht länger der Außenseiter zu sein?“

„Eine Bar?“ Mit Blick auf den frustrierenden Spielstand wollte er wissen: „Ist es nicht etwas zu früh, um eine Party zu planen? Man soll den Tag nicht vor dem Abend loben.“

„Du bist bibelfest, Slade? Ich hätte dich nicht für einen Kirchenfutzi gehalten.“ Tom Peacock klang amüsiert. „Blake wollte auf sein sechsjähriges Jubiläum im Verein trinken. Komm mit – wird bestimmt lustig.“

Kelly legte seinen Helm auf den Schoß und schüttelte den Kopf. „Keine gute Idee.“

„Wegen Brian?“

Mit einem Schnauben rümpfte er die Nase und schämte sich nicht, mit der Wahrheit herauszurücken. „Meine Anwesenheit in einer Bar würde für reichlich Gesprächsstoff sorgen. Morgen wären die Zeitungen voll von Fotos, auf denen ich ein Glas in der Hand halte, während man darüber spekulieren würde, ob ich rückfällig geworden bin. Keine gute Presse für die Titans.“

Anscheinend wollte Tom ihn beruhigen. „Es ist eine geschlossene Gesellschaft. Da kommt keine Presse rein."

Obwohl Kelly wusste, dass es ihn nicht aus der Bahn werfen würde, wenn er in eine Bar ginge und anderen Menschen dabei zusah, wie sie ein Bierchen zischten, wollte er lieber kein Risiko eingehen. Er war nun einmal ein trockener Alkoholiker, der sich viel zu lange von seiner Sucht hatte beherrschen lassen.

„Danke fürs Angebot, aber ich passe."

„Wenn du es dir anders überlegst, bist du herzlich eingeladen."

Kellys Mundwinkel zuckten. „*Herzlich*? Netter Versuch, Peacock."

„Ich wollte nett sein." Amüsiert schlug er ihm auf die Schulter. „Meine Tochter ist erst vor Kurzem in die Schule gekommen und hat mir letzte Woche erklärt, wie wichtig die zehn Gebote des Nett-Seins sind, die sie und ihre Klassenkameraden gerade gelernt haben."

Da Kelly ebenfalls nett sein wollte, fragte er nach: „Du hast eine Tochter?"

„Ich habe zwei." Ganz der stolze Vater grinste Tom Peacock über das gesamte Gesicht und wirkte wie einer dieser Typen, die sofort ihr Handy zückten, um Fotos ihrer Sprösslinge zu zeigen. „Zoey ist sechs Jahre alt und Caroline ist fünf Monate alt. Zoey spielt seit ein paar Monaten Fußball und macht sich verdammt gut. Die Kleine schläft mittlerweile schon durch. In letzter Zeit ist sie zwar ein wenig quengelig, weil meine Frau sie gerade abstillt, aber ich hoffe, dass sich das bald wieder legt."

Okay, das waren für seinen Geschmack ein paar Informationen zu viel. Wie sollte man seinem Teamkollegen sagen, dass man sich gerne auf das Footballspiel konzentriert hätte, das vor ihnen im vollen

Gange war, anstatt Stillgeschichten zu hören? Nichts für ungut, aber Kelly war es nicht gewohnt, auf dem Footballfeld über stillende Mütter zu reden. Eigentlich hatte er noch nie übers Stillen geredet. Über Brüste, ja, über Brüste hatte er schon das eine oder andere Gespräch geführt, aber Muttermilch war da normalerweise nicht im Spiel gewesen.

„Ich zeige dir später ein paar Fotos von den beiden. Caroline bekommt endlich ein paar Haare und sieht mittlerweile wie eine dieser witzigen Trollfiguren aus." Tom Peacock, gefürchteter Footballspieler und gnadenloser Cornerback, lachte wie einer dieser übertrieben fröhlichen Zirkusclowns. „Wir hoffen, dass sich ihre Haare irgendwann über den restlichen Kopf verteilen. Mit dieser spitzzulaufenden roten Haartolle macht sie jedem Kobold Konkurrenz."

„*Defense!*"

„Das ist mein Stichwort." Tom Peacock reagierte auf das laute Brüllen, indem er Kelly gutmütig auf die Schulter schlug und sich erhob. „War nett, Slade. Und wenn du es dir heute Abend anders überlegst ..."

Kelly nickte, auch wenn er nicht die Absicht hatte, heute Abend mit dem restlichen Team in eine Bar zu gehen und dort zu feiern. Er würde stattdessen eine Trainingseinheit im hoteleigenen Fitnessbereich absolvieren, den Zimmerservice anrufen und brav seine Tasche packen, bevor er früh ins Bett ging und ein Buch las. In den zwölf Monaten seiner Gefängnisstrafe hatte er die dortige Bibliothek zu schätzen gelernt und vertrieb sich seither seine Zeit mit Büchern. Im Fernsehen lief sowieso nur Schrott. Oder aber er musste Reportagen ertragen, in denen er durch den Kakao gezogen wurde. Da blieb er lieber bei Büchern.

Als er den Kopf hob, fiel sein Blick auf Brian Palmer, der an der Seitenlinie stand, den Helm zurückgeschoben hatte und sich Wasser in den Mund spritzte. Vermutlich war es kein Zufall, dass sich ihre Blicke begegneten. Der eisige Ausdruck in den Augen des anderen Mannes bestärkte Kelly, dass es keine gute Idee wäre, heute Abend mit dem Team um die Häuser zu ziehen. Die Abgeschiedenheit des Fitnesscenters des Hotels war die bessere Entscheidung. Und vielleicht hatte er ja sogar wieder das Glück, eine echte Schönheitskönigin nackt vor dem Fahrstuhl anzutreffen.

Nicht einmal zwei Stunden später waren die Rollen vertauscht, wie Kelly bemerkte, als er mit einem Handtuch um die Hüften aus der Mannschaftsdusche trat und die Reporter entdeckte, die sich mit Mikrofonen und Kameras bewaffnet verteilt hatten, um Spieler zu interviewen. Auffällig war, dass Skyler Summers, ehemalige Vize-Miss-America, als einzige Frau in der Umkleidekabine stand und mit ernstem Gesicht Quinn Atherton interviewte, der noch immer in voller Montur bekleidet war. Da der Linebacker heute ziemlich hart herangenommen worden und ständig zu Boden gegangen war, stand er verschwitzt, verdreckt und ramponiert vor der rosig angehauchten Frau, die allem Anschein nach Reporterin spielen wollte. Kelly hatte keine Ahnung, was sie hier wollte, aber er würde einen Teufel tun und in ihre Nähe kommen.

Scheiße, vor ein paar Jahren hatte er mit dem Gedanken gespielt, Frank Summers' Tochter zu vögeln, als ihr alter Herr ihn während einer Berichterstattung einen talentierten, jedoch völlig überforderten und selbstüberschätzten Quarterback genannt hatte. Damals hatte Kelly getobt. Einige Tage später war er Skyler

Summers über den Weg gelaufen, als sie beide irgendeine Party besucht hatten. Die damalige Vize-Miss-America war zu der Zeit noch blond gewesen und hatte kurz vorher wie das Paradebeispiel eines hohlen Früchtchens gewirkt, als sie vor Millionen von Zuschauern schniefend berichtet hatte, sie wünschte sich den Weltfrieden und wolle den Hunger auf Erden bekämpfen. In ihrem winzigen Bikini hatte sie eine blendende Figur gemacht. Und auf jener Party hatte Kelly kurz darüber nachgedacht, wie Frank Summers reagieren würde, wenn er – ein talentierter, jedoch völlig überforderter und selbstüberschätzter Quarterback – sein Töchterlein bumsen würde. Es war nicht dazu gekommen, dass er sie nackt gesehen hatte. Bis gestern.

Und heute stellte sich heraus, dass ausgerechnet *Miss Weltfrieden* in die Fußstapfen ihres Dads treten wollte und in dieser Umkleide stand, um Interviews zu führen.

Sein Karma wollte ihn wirklich verscheißern.

Er warf einen letzten Blick auf Skyler Summers, die Quinn Atherton gerade das Mikrofon unter die Nase hielt, und trottete zu seinem Spind, während er das Handtuch über seiner Hüfte verknotete. Früher hatte es ihn nie gestört, dass Journalisten von Zeit zu Zeit Zutritt zu den Umkleideräumen der Spieler hatten. Wenn man sein Geld mit Sport verdiente, war es völlig natürlich, im halb nackten Zustand Fragen zu beantworten. Doch nach dem Spießrutenlauf, den er mit einigen Pressevertretern hinter sich hatte, stand ihm nicht der Sinn danach, Fragen zu beantworten, während er lediglich mit einem Handtuch bekleidet war. Außerdem war er sowieso nur Ersatzspieler und dadurch nicht in der Position, qualifizierte Fragen zum Spielverlauf zu beantworten. Netterweise hatte der Verein der Presse die Order erteilt, ihm keine Fragen zu seinem Strafprozess, seinem Entzug oder seinem Gefängnisaufenthalt zu stellen. Diejenigen, die es anfangs versucht hatten, waren rigoros abgestraft worden und bekamen momentan keinen Zutritt zu Presseterminen der Titans. Seither hatte Kelly Ruhe und wurde nicht mehr belästigt.

Ein kurzer Blick über die Schulter sagte ihm, dass Skyler Summers es dennoch versuchen wollte, weil sie auf ihn zukam. Zwar fehlten ihr Kameramann und der Tontechniker, aber ihren entschlossenen Gesichtsausdruck deutete Kelly sicherlich nicht falsch.

„Miss Summers, ich fürchte, ich stehe für kein Interview bereit“, erklärte er ruppig und blieb mit dem Rücken zu ihr stehen.

„Eigentlich heißt es Miss Wright“, antwortete sie liebenswürdig. „Aber da Sie mich bereits nackt gesehen haben, können Sie auch gerne Skyler sagen.“

Kelly stockte für einen kurzen Moment und sah aus dem Augenwinkel, dass es seinem Spindnachbarn Graham Carter ähnlich ging.

Mit gerunzelter Stirn drehte er sich zu ihr um und hatte keine Hemmung, Deo unter seinen Achseln aufzutragen, während er sie brummig fragte: „Seit wann heißen Sie Wright?“

Große blaue Augen mit dichten Wimpern strahlten ihn an und ein Gesicht, das sie beinahe zur Miss America gemacht hätte und auf unzähligen Modezeitschriften abgelichtet worden war, verzog sich zu einem schwachen Lächeln. „Seit ich als Journalistin arbeite und nicht sofort mit meinem Vater in Verbindung gebracht werden möchte. Der Nachname meiner Mutter ist unbelasteter.“

Ehrlich war sie. Das musste man ihr lassen.

„Glauben Sie tatsächlich, dass das etwas nützt?“ Abschätzend legte er den Kopf schief. „Auch ohne die Krone und die blonden Strähnchen sollten die meisten Menschen Sie erkennen.“

„Deshalb vermeide ich es, in der Öffentlichkeit einen Bikini zu tragen. Und meine Schärpe lasse ich auch meistens zu Hause.“

Kelly konnte nicht anders, als leise aufzulachen und seine Meinung über Miss Weltfrieden zu revidieren. Ein hohles Früchtchen schien sie tatsächlich nicht zu sein.

Nichtsdestotrotz hatte er nicht die Absicht, hier mit ihr zu stehen und zu plaudern, während er lediglich ein Handtuch um die Hüften trug. „Wenn Sie ein Interview brauchen, sollten Sie jemanden fragen, der heute gespielt hat. Ich kann Ihnen leider nicht weiterhelfen.“

„Mit meinen Interviews bin ich schon fertig.“

„Na dann ...“

„Eigentlich wollte ich mich bei Ihnen für den gestrigen Abend bedanken.“ Ihre vollen Lippen, die verdammt verlockend aussahen, hatten sich zu einem breiten Lächeln verzogen. „Es war sehr nett von Ihnen, mir Ihr Sweatshirt zu geben.“

Mit einem Schulterzucken tat er die ganze Sache ab.

Leider schien sie den Wink mit dem Zaunpfahl nicht zu verstehen. „Wenn ich mich irgendwie bei Ihnen erkenntlich zeigen kann, lassen Sie es mich wissen.“

„Mhm.“ Kelly griff nach seinen Boxershorts, ließ das Handtuch fallen und erklärte geduldig: „Sie könnten mich in Ruhe anziehen lassen, Miss Wright. Das wäre ein guter Anfang.“

Wenn er geglaubt hatte, sie durch seinen nackten Anblick in Verlegenheit zu bringen, hatte er sich getäuscht, da sie ihn mit der Abgeklärtheit eines

Türstehers ansah, der sein Leben lang für Nacktclubs gearbeitet hatte, während sie ihre Augen über seinen Körper wandern ließ. „Sagen Sie ruhig Skyler."

„Tschüss, Skyler." Deutlicher wollte er wirklich nicht werden.

Miss Weltfrieden grinste ihn an, hob eine Hand und winkte zum Abschied. „Tschüss, Kelly."

Als sie sich umdrehte und durch die Umkleide marschierte, ließ sie ihren perfekt geformten Hintern direkt vor seiner Nase von links nach rechts schwingen und schaffte es, dass Kelly die Zähne zusammenbeißen musste, bevor er die Geistesgegenwart besaß, in seine Boxershorts zu schlüpfen.

„War das so eine Art Vorspiel?"

Grob schüttelte er den Kopf. „Das war gar nichts."

Graham Carter, von dem die belustigte Frage stammte und der neben ihm stand, zog sich sein Trikot über den Kopf und lachte leise. Er war selbst erst vor ein paar Monaten zu den Titans gestoßen und sollte die Lücke schließen, die Julian Scotts Rücktritt aus dem Profisport im Kader hinterlassen hatte. Eigentlich wirkte der blonde Politikersohn mit dem perfekten Lächeln wie *everyone's darling*, aber Kelly empfand die Gegenwart dieses scheinbaren Saubermannes als regelrecht sympathisch, auch wenn er anfangs nichts mit seinem Teamkollegen hatte anfangen können. Graham war ihm zu glatt, zu höflich und zu vorbildlich gewesen – Männer wie er hatten in der raubeinigen Welt des Profifootballs nichts zu suchen, doch der Wide Receiver konnte sich nicht nur verdammt gut durchsetzen, sondern verbreitete angenehme Ruhe.

„Nichts für ungut, Slade, aber wenn du mich fragst, hat es Miss Wright faustdick hinter den Ohren. Weltfrieden hin oder her.“

Kelly schnitt eine Grimasse und schlüpfte in seine Jeans. „Ich wusste nicht, dass du ein Fan von Miss-Wahlen bist. Liegt das in den Politikergenen?“

Ein gutmütiges Kichern folgte. „Meiner Meinung nach gehört mehr zu einem Politiker, als unrealistische Versprechungen zu machen, den eigenen Wahlkampf zu bezahlen und alberne Baseballkappen mit noch alberneren Wahlslogans zu tragen.“

„Ist dein Dad nicht Republikaner?“ Fragend sah er nach links, wo Graham Carter damit beschäftigt war, seine Shoulderpads zu lösen.

„Mein Dad ist Patriot und unterstützt demnach keinen Mann, der ganz eindeutig größenwahnsinnig ist.“ Der Wide Receiver fuhr sich durchs verschwitzte Haar. „Was die Miss-Wahlen betrifft: Wer kennt Miss Rhode Island denn nicht? Meine Nana hat Rotz und Wasser geheult, als Miss Arkansas gewann und Skyler Wright nur zweite wurde.“

Seiner Mom war es ähnlich gegangen. Verdammt, er hatte sich den Mist sogar ansehen müssen, weil er an jenem Wochenende daheim bei seiner Mutter gewesen war.

„Nimm dich lieber in Acht. Sie scheint es auf dich abgesehen zu haben.“

Kelly gab einen undefinierbaren Laut von sich. Was auch immer Skyler Wright alias Skyler Summers alias *Miss Rhode Island* vorhatte, interessierte ihn nicht, weil er die Finger von Frauen ließ, um Ärger zu vermeiden. Und was würde ihm mehr Ärger bereiten als eine Journalistin?

„Danke für den Tipp."

„Nichts zu danken. Kommst du heute Abend mit in diese Bar?"

„Nein", entgegnete Kelly mit einem Kopfschütteln. „Habe zu tun."

„Ein Date?"

„So ähnlich."

3. Kapitel

Teddy MacLachlan-Palmer hatte momentan schon genug zu ertragen, als dass sie es mit einem Ekel von Sportmoderator ausgehalten hätte, den sie auf den Tod nicht leiden konnte und der sie nun schon seit Stunden regelrecht belagerte. Das Gesäusel des Mannes zu ertragen, der vor Jahren nichts Besseres zu tun gehabt hatte, als eine Sechzehnjährige durch den Kakao zu ziehen, die dadurch traurige Berühmtheit erlangte, berühmte Eltern zu haben und in einem Sexvideo aufgetreten zu sein, ging weit über ihre Schmerzgrenze hinaus. Zu Hause warteten zwei Kinder auf sie, die in einer Trotzphase steckten und die vermutlich gerade damit beschäftigt waren, das Kindermädchen zu tyrannisieren. Dann war sie heute Zeuge geworden, wie ihr Team zum zweiten Mal in Folge verloren hatte, und hatte dem Teambesitzer der Bucs gratulieren müssen, auch wenn ihr das maßlos gegen den Strich gegangen war. Außerdem schlug sie sich mit der Finanzierung eines neuen Trainingsgeländes herum und hatte erst vor Kurzem ihr Vier-Jahres-Jubiläum versäumt, was Brian ihr noch immer übel nahm. Gilbert Channing konnte ihr den Buckel herunterrutschen! Sie hatte ganz andere Probleme, die sie lösen musste. Allen voran ihr lieber Ehemann, der verärgert darauf reagiert hatte, dass sie nicht gewusst hatte, warum er sie in ein romantisches Restaurant ausgeführt und ihr eine wahnsinnig schöne Halskette geschenkt hatte, während Teddy in Gedanken beim Kreditantrag gewesen war, den sie für den Neubau des Trainingsgeländes vorlegen musste.

O ja – Brian war verdammt stinkig gewesen. Zwar tat Teddy ihr Bestes, ihn wieder versöhnlich zu stimmen, dennoch nahm er ihr dieses Versäumnis noch immer übel. Sowieso bemühte sie sich momentan sehr um ihn, immerhin war er noch immer aufgebracht, dass Kelly Slade als sein Ersatzmann ins Team gekommen war.

Männer konnten auch solche Diven sein! Und nachtragend waren sie allemal! Vielleicht würde es Brian etwas versöhnlicher stimmen, dass sie heute hergeflogen war, um ihn zu überraschen. Denn obwohl er sie manchmal zur Weißglut trieb und verrückt machte, liebte sie ihn über alles und ertrug den Gedanken nur schwer, dass er ihr böse war.

„Ich hoffe, dass es Ihrer Adoptivmutter gut geht. Beim letzten Mal habe ich sie auf einer Spendengala gesehen. Richten Sie ihr doch bitte meine Grüße aus."

Dass Gilbert Channing sie nun auch noch nach unten zu den Mannschaftsräumen begleitete, obwohl sie ihm in den letzten drei Stunden die kalte Schulter gezeigt hatte, ließ sie am männlichen Verstand zweifeln. Wie konnte jemand nur so dickfellig sein?

Zudem regte sie ein anderes Detail unglaublich auf. „Meiner *Mutter* geht es gut. Danke der Nachfrage. Wenn Sie mich jetzt entschuldigen würden ...?"

„Da wir schon so nett miteinander plaudern, Mrs. Palmer, dachte ich ..."

„MacLachlan-Palmer", korrigierte sie ihn ohne große Finesse. „Es heißt *MacLachlan*-Palmer, Mr. Channing. Ich habe meinen Namen behalten." Normalerweise war es ihr am liebsten, wenn man sie einfach Teddy nannte, aber sie würde einen Teufel tun und diesem Idioten anbieten, sie beim Vornamen zu nennen. Am liebsten hätte sie ihm hier mitten im untersten Flur des Stadions gesagt, was sie von ihm hielt, jedoch fand sie es klüger, den Mund zu halten. Der Mann war immerhin ein bekannter Sportmoderator, der sich gerne auf vermeintliche Gerüchte stürzte und sie gnadenlos ausschlachtete. Momentan standen die Titans sowieso unter Beobachtung, weil sie die ersten beiden Spiele der Saison verloren hatten und mit Kelly Slade einen aufsehenerregenden Neuzugang erworben hatten. Interviewanfragen häuften sich, weil die halbe Welt anscheinend erfahren wollte, wie es um den Ersatzquarterback der Titans stand.

Gilbert Channing überging ihren Kommentar zu ihrem Nachnamen und schlug stattdessen jovial vor: „Was hielten Sie davon, wenn wir ein Interview mit Ihnen, Ihrem Mann und Ihrem neuesten Ersatzquarterback machen würden? Selbstverständlich würde ich persönlich das Interview durchführen."

Teddy blieb stehen und starrte den älteren Mann an. Es bedurfte ihrer ganzen Zurückhaltung, ihm nicht ins Gesicht zu lachen. „Ich fürchte, dass dies nicht möglich sein wird."

„Die Öffentlichkeit ist äußerst gespannt darauf, was Sie damit bezwecken wollen, dass Kelly Slade nun bei den Titans spielt."

Sie reckte das Kinn in die Höhe und betonte äußerst eindringlich: „Ist es nicht offensichtlich, was ich bezwecke? Kelly Slade ist ein wahnsinnig talentierter Footballspieler. Er ist eine Bereicherung für das Team."

„Tatsächlich? Die Footballwelt geht eher davon aus, dass es seinetwegen Komplikationen geben wird, wenn man betrachtet, wie problematisch das Verhältnis zwischen ihm und Ihrem Mann ist." Der Sportmoderator lächelte zwar, jedoch machte er einen wieseligen

Eindruck. Er schien sie provozieren zu wollen, aber Teddy hatte nicht die Absicht, auf ihn hereinzufallen.

„Wer spricht von einem problematischen Verhältnis zwischen beiden?“, hakte sie kühl nach, auch wenn sie innerlich eine Grimasse schnitt. „Sie sollten eine völlig normale Konkurrenz zwischen zwei Spielern nicht dramatisieren, Mr. Channing. Mein Mann und Kelly sind Profis und spielen mittlerweile in einem Team. Für beide ist ihre frühere Rivalität, als sie noch in zwei verschiedenen Vereinen gespielt haben, kein Thema mehr.“

„Sind Sie da sicher, Mrs. MacLachlan-Palmer?“ Er machte den Eindruck, als würde er sich jeden Moment zufrieden die Hände reiben. „Denken Sie wirklich, dass Sie die Situation korrekt einschätzen?“

Teddy verschränkte die Arme vor der Brust und kniff die Augen zusammen. „Sie sprechen von meinen Spielern, von denen einer mein Ehemann ist. Entschuldigen Sie vielmals, aber ich denke, dass ich dazu in der Lage bin, die Situation korrekt einzuschätzen.“

Ihr Gegenüber zuckte unbekümmert mit der Schulter. „Warum sind Ihr Mann und sein Ersatzquarterback dann beim Trainingslager im Sommer aufeinander losgegangen, wenn es zwischen beiden kein Problem gibt? Und warum hat bislang niemand beobachten können, dass sie miteinander geredet haben?“

„Football ist ein körperbetonter Sport“, versetzte sie hochmütig. „Auch im Trainingslager können die Gemüter hochkochen. Aus eigener Erfahrung mit Footballspielern kann ich Ihnen versichern, dass man harmlose Raufereien untereinander nicht als Maßstab nehmen sollte.“

„War es auch eine harmlose Rauferei, als Kelly Slade Ihrem Mann den Kiefer ausgerenkt hat und selbst eine gebrochene Nase hatte?"

Ihre Schultern waren so angespannt, dass sie morgen sicherlich wahnsinnige Kopfschmerzen haben würde. „Mr. Channing, ich denke, wir sollten nicht über Vorkommnisse reden, die über fünf Jahre her sind. Außerdem sehe ich mich außerstande, Fragen zu beantworten, die nicht an mich gerichtet sind, da ich damals nicht dabei war."

„Deshalb wäre mein Vorschlag, ein Interview mit Ihnen, Ihrem Mann und Mr. Slade ..."

Rigoros unterbrach sie ihn mit einem Kopfschütteln. „Das ist nicht möglich."

„Sie sollten meinen Vorschlag überdenken, schließlich hat das Rätselraten darüber bereits begonnen, ob Sie richtig gehandelt haben, als Sie Kelly Slade nach New York holten. Ihre Kompetenz wird infrage gestellt, da die Titans die ersten beiden Spiele verloren haben. Wie wollen Sie sich rechtfertigen, wenn das Team, das Anfang des Jahres noch einen überragenden Sieg beim Superbowl errungen hat, nun wie waschechte Verlierer aussehen?"

Sie hätte ihm erklären müssen, dass das Team einige Veränderungen durchgemacht hatte und erst zueinanderfinden musste, auch hätte sie ihm sagen können, dass sie sich vor ihm nicht rechtfertigen musste, und sie hätte ihm mitteilen können, dass er sich im Ton vergriff. Doch am liebsten wäre sie mit gestreckten Fingernägeln auf ihn losgegangen, weil er ihr Team waschechte Verlierer genannt hatte. Kritik an ihrer Person war sie gewohnt, aber ihr Team – ihre Spieler – zu beleidigen, ließ sie vor Wut rasen.

„Mit einem öffentlichen Statement könnten Sie die Fans und die Öffentlichkeit versöhnen."

„Außerdem würde ein Interview *Ihre* Quote steigern", wies Teddy ihn freundlich hin.

„Nennen wir es doch eine Win-win-Situation", erwiderte er, als erwarte er auch noch Dankbarkeit. „Wir würden beide davon profitieren."

Teddy wollte sich gerade aufplustern und ihm mitten im Flur des Stadions den Kopf abreißen, während ihr egal war, wer dabei zuhörte, als er mit einer herrischen Handbewegung jemanden zu sich rief. Allein die selbstherrliche Geste schaffte es, dass sich ihr Nackenhaar aufstellte.

„Skyler, kommen Sie her und lernen Sie Mrs. Palmer kennen."

Zähneknirschend wollte Teddy ihn ein zweites Mal korrigieren, als eine brünette Frau aus der Umkleide der Titans kam und zu ihnen trat. Anhand des Businesskostüms identifizierte Teddy sie augenblicklich als Journalistin. Bleistiftrock, weiße Bluse, eine auf den Rock farblich abgestimmte Jacke, hohe Schuhe und eine perfekte Frisur waren das Markenzeichen der verschwindend geringen Sportreporterinnen, die nach und nach Einzug in diese Männerdomäne hielten. Jedoch kam ihr diese Frau, die ein wahnsinnig schönes Gesicht besaß, wie Teddy neidlos anerkannte, irgendwie bekannt vor.

Mit dem Feingefühl eines Preisboxers erklärte Gilbert Channing jovial. „Mrs. Palmer, das ist Skyler Wright, unser neuestes Mitglied bei Sports Network. Bestimmt kennen Sie sie. Ihr Vater ist Frank Summers und vor ein paar Jahren war sie Miss Rhode Island und wäre beinahe zu Miss America gewählt worden."

Augenblicklich fiel Teddy die Kinnlade hinunter, denn die nicht vorhandene Zurückhaltung des Mannes machte sie sprachlos. Im Gesicht der anderen Frau zuckte für einen kurzen Moment ein Muskel, was darauf schließen ließ, dass sie mit dieser Vorstellung alles andere als zufrieden war, jedoch beherrschte sie ihr Metier einwandfrei, als sie Teddy höflich eine Hand reichte und mit einem offenen Lächeln verkündete: „Sehr erfreut, Ihre Bekanntschaft zu machen, Mrs. MacLachlan-Palmer."

Teddys Mundwinkel kräuselten sich, denn im Gegensatz zum grobschlächtigen Sportmoderator achtete diese Sportreporterin auf eine korrekte Anrede.

Vielleicht war es die stumme Kommunikation unter Frauen oder die unausgesprochene Verbrüderung gegen den übergriffigen Mann, der zwischen ihnen stand, als Teddy den Händedruck erwiderte. „Nennen Sie mich doch bitte Teddy. Haben Sie gerade das Team interviewt?"

Bei dem Lächeln, das die andere Frau zeigte, war es nicht schwer, sich vorzustellen, dass sie früher an Miss-Wahlen teilgenommen hatte. „Ja, das habe ich. Es war außerordentlich aufschlussreich."

„Haben sich die Jungs höflich benommen?"

Die andere Frau nickte. „Sehr."

„Ich hoffe, niemand hat vor Ihnen blankgezogen, um Sie zu schockieren."

Ihr gefiel es, wie Skyler Wright beim Lachen zwei Reihen weißer Zähne entblößte und ihr zuzwinkerte.

Gilbert Channing schien die Unterhaltung der beiden Frauen jedoch weniger zu gefallen. „Skyler will ihrem Vater nacheifern und ist noch ganz frisch dabei. Sie muss erst noch Erfahrungen sammeln und lernen, wie sie sich als Frau Sportlern gegenüber zu verhalten hat."

Wortlos blickte Teddy zu dem älteren Mann und konnte nicht glauben, was sie da hörte. Die andere Frau jedoch machte nicht den Eindruck, sich etwas von der teilweise beleidigenden Art ihres Vorgesetzten anzunehmen, als sie wie die Ruhe selbst und sehr abgeklärt erwiderte: „Ich habe in Berkeley und an der Columbia Journalismus studiert."

Teddy schluckte den Groll dem Moderator gegenüber hinunter. „Das klingt beeindruckend, Skyler. Wo haben Sie zuvor gearbeitet?"

„Bei Cable News Chicago habe ich in der Politikredaktion gearbeitet und anschließend war ich in Seattle bei einem hiesigen Fernsehsender die Sprecherin der Abendnachrichten. Jetzt bin ich bei Sports Network." Als wäre es das Normalste auf der Welt, fuhr sie fort: „In der Sportredaktion fühle ich mich wohler als bei den Nachrichten."

„Dann wünsche ich Ihnen viel Glück. Mir gefällt es, dass sich endlich einige Journalistinnen in den Sport trauen. Wir brauchen viel mehr von ihnen."

Räuspernd machte Gilbert Channing auf sich aufmerksam. „Mrs. Palmer, um auf meinen Vorschlag zurück ..."

Resolut unterbrach sie ihn und sah voller Erleichterung, dass Brian soeben die Umkleide verließ. „Lassen Sie uns ein anderes Mal darüber reden, Mr. Channing. Skyler, es hat mich sehr gefreut. Bestimmt laufen wir uns bald wieder über den Weg."

Wieder zwinkerte die andere Frau ihr zu, als wüsste sie genau, dass Teddy so schnell wie möglich aus Gilbert Channings Reichweite verschwinden wollte. Den protestierenden Sportmoderator ließ sie einfach stehen und lief durch den Flur, um Brian aufzuhalten, der bereits die andere Richtung eingeschlagen hatte.

Die Miene ihres lieben Ehemannes änderte sich schlagartig, als er sie entdeckte. „Was machst du denn hier?“

Unglaublich erleichtert, den nervtötenden Gilbert Channing endlich los zu sein, schmiegte sie sich an ihn und drückte ihm die Lippen auf den Mund. „Ich wollte dich überraschen.“

Er schlang einen Arm um ihre Schulter und murmelte: „Du weißt aber schon, dass wir verloren haben? Warum bist du so gut gelaunt?“

„Weil ich meinen Ehemann wiederhabe.“

„Wo sind die Jungs?“

Völlig unbekümmert offenbarte sie: „George und Scott werden von Callie beschäftigt.“

„Die Arme.“ Er lachte trocken. „Vermutlich wird sie nie wieder für uns babysitten. Und das alles, weil du herfliegen wolltest?“

„Ich wollte meinen Mann unterstützen.“

„Viel gebracht hat es leider nicht.“

Sie lehnte den Kopf zurück und musterte ihn, schließlich wusste sie, dass Brian ehrgeizig war und jede Niederlage ziemlich persönlich nahm. „Das Spiel ist unglücklich verlaufen. Und ein paar der Schiedsrichterentscheidungen waren mehr als fragwürdig. Beim zweiten ...“

Mit einem Kopfschütteln unterbrach er sie. „Lass uns nicht drüber reden. Ich will eigentlich nur ins Hotel und eine Runde schlafen.“

„Okay“, murmelte Teddy und setzte sich neben ihm in Bewegung. Seine bedrückte Stimmung übertrug sich auf sie. Wenn er sie nicht eng an sich gezogen und ihre Hand in seiner gehalten hätte, hätte sie womöglich denken können, dass er wütend auf sie gewesen wäre.

„Gilbert Channing hat mich während des ganzen Spiels belagert. Der Mann ist wie die Pest."

Seine bereits finstere Miene verdüsterte sich noch weiter, wie sie an seinem Profil erkennen konnte. „Ich hoffe, du hast diesem Mistkerl gesagt, dass ihm von mir eine ordentliche Tracht Prügel bevorsteht, wenn er meine Frau nicht in Ruhe lässt."

Lächelnd schmiegte sie sich an seine Seite. Dieser mordlustige Tonfall gefiel ihr, immerhin genoss sie es, dass ihr Mann so fest auf ihrer Seite stand. Brian hatte dem Sportmoderator nicht verziehen, dass dieser noch vor wenigen Jahren ihre alten Skandale wieder zum Gesprächsthema gemacht hatte, als sie den Verein ihres Vaters übernommen hatte. Seither mied er Begegnungen mit Gilbert Channing, auch wenn dieser dies nicht zu kapieren schien. Seine bedingungslose Unterstützung erwärmte ihr das Herz.

„Sports Network ist ein einflussreicher TV-Sender. Ich möchte Gilbert Channing nur ungern verprellen, auch wenn der Typ ein Arschloch ist."

Nun gluckste ihr Göttergatte endlich. „Arschloch? Hatten wir nicht vereinbart, auf unsere Ausdrucksweise zu achten?"

„Nur in Gegenwart der Babys."

„Babys?" Er klang belustigt. „Babys sind die beiden schon lange nicht mehr. Und was Channing betrifft, hast du recht – er *ist* ein Arschloch."

„Ein Arschloch mit einer beeindruckenden Einschaltquote", erwiderte sie mit gesenkter Stimme, weil ihnen einige Angestellte des Stadions entgegenkamen. „Ich will nicht schuld an einer schlechten Berichterstattung über die Titans sein. Wir stehen momentan sowieso unter Beobachtung." Sobald sie den Satz beendet hatte, bereute sie es bereits, schließlich wollte sie Brian keinen Grund geben, ein weiteres Mal über ihren Neuzugang zu diskutieren.

Glücklicherweise schien ihm jedoch auch nicht der Sinn nach einer Auseinandersetzung zu stehen. „Jedes Team, das zwei Spiele in Folge verliert, steht unter Beobachtung"

Auch wenn sie die Stimmung zwischen ihnen nicht völlig ruinieren wollte, fügte sie unsicher hinzu: „Aber nicht jedes Team hat erst vor wenigen Monaten einen Spieler wie Kelly Slade dazubekommen."

Seine Antwort bestand aus einem Brummen.

„Brian." Sie drückte seine Hand. „Sei bitte ehrlich: Ist die Stimmung im Team durch Kellys Anwesenheit so schlecht, dass wir die letzten beiden Spiele verloren haben?"

Zwar klang er ziemlich unbedarft, aber sie kannte ihren Mann und vermutete, dass er sie lediglich beruhigen wollte. „Alle verhalten sich völlig professionell."

„Das ist keine Antwort auf meine Frage."

Er warf ihr einen langen Blick zu. „Können wir heute bitte nicht über Slade reden? Ich will mir den Tag nämlich nicht völlig verderben."

„Gilbert Channing hat angedeutet, dass ein Interview mit dir und Kelly dem Ansehen des Vereins helfen könnte."

Sein abruptes Lachen hätte nicht sarkastischer sein können. „Der Mann hat ja keine Ahnung! Slade und ich zusammen bei einem Interview? Vergiss es!"

Verzagt nagte sie auf ihrer Unterlippe herum. „Matt hat bereits im Frühling den Vorschlag gemacht, dass du und Kelly gemeinsam ...“

Beinahe herrisch unterbrach er sie. „Teddy, keine zehn Pferde würden mich dazu bringen, neben diesem Kerl in einem Fernsehstudio zu sitzen und Fragen zu beantworten. Wenn du ein Blutbad verhindern willst, hörst du jetzt lieber auf, davon zu reden.“

Die Heftigkeit, mit der er den letzten Satz von sich geschleudert hatte, ließ sie irritiert stehen bleiben. „Was ist zwischen euch passiert, dass du so halsstarrig bist?“

Auch Brian war stehen geblieben. Mit seiner gerunzelten Stirn, dem verkniffenen Mund und seinen blauen Augen, in denen ein Feuer zu brennen schien, hätte er ihr Angst machen können, wenn sie nicht gewusst hätte, dass er ihr niemals ein Haar krümmen könnte.

„Teddy, ich bin nicht halsstarrig, nur kann ich Slade nicht ansehen, ohne ihn nicht umbringen zu wollen. Dir habe ich versprochen, ihn in Ruhe zu lassen. Fein. Aber verlang nicht von mir, darüber auch noch zu reden!“

Anscheinend wartete er ihre Antwort nicht ab, weil er sie einfach stehen ließ und weiterging.

4. Kapitel

„Wenn man Sportler interviewt, die gerade ein Spiel verloren haben, muss man besonderes Fingerspitzengefühl zeigen, Skyler."

„Ich weiß, Dad."

„Sportler benehmen sich nicht wie Politiker, die dafür geschult wurden, die Ruhe zu behalten und explosive Fragen zu beantworten. Wenn du sie mit einer Frage verprellst, kannst du die restlichen Fragen vergessen."

„Das weiß ich ebenfalls, Dad."

„Die Schwierigkeit in diesem Job ist es, bei Interviews zwar professionelle Distanz zu wahren, jedoch ein gewisses Vertrauen aufzubauen, damit sich der Interviewpartner einem öffnet."

Skyler stocherte in ihrer Portion Pasta herum und verzog keine Miene, obwohl sie der guten Ratschläge ihres Vaters überdrüssig war. Während ihrer Zeit in Chicago und Seattle hatte es ihn sehr viel weniger interessiert, wie sie ihrem Job nachging. Erst seit sie in New York bei einem Sportsender arbeitete, bekam sie seine Tipps andauernd zu hören.

„Natürlich hast du es doppelt so schwer, weil du eine Frau bist."

Das hatte sie bereits bemerkt, ohne dass er es ihr hätte sagen müssen.

„Es braucht jahrelange Erfahrung, um Interviews erfolgreich führen zu können, Skyler."

„Das hast du bereits gesagt, Dad." In der Absicht, sich von ihm nicht den Appetit verderben zu lassen, nahm sie einen Bissen ihrer frischen Tagliatelle an

Hummersauce. Ihr Vater, der ihr an dem kleinen Tisch in seinem Lieblingsrestaurant gegenübersaß, rührte seine Portion Risotto kaum an, weil er damit beschäftigt war, sie über den Beruf eines Sportjournalisten aufzuklären.

„Ich kann es nicht oft genug betonen." Mit einem schweren Seufzer lehnte er sich zurück und griff nach seinem Glas Weißwein. „Natürlich weiß ich, dass du bereits ein paar Erfahrungen mit typischer Redaktionsarbeit gemacht hast, Liebes, aber Sportjournalismus ist etwas völlig anderes. Als Nachrichtensprecherinnen sind Frauen kein Unikum mehr, aber in der Welt des Sportjournalismus bleiben sie eine Ausnahme."

Skyler hob den Blick, um ihren Vater anzuschauen. Seit sie sich entschieden hatte, in den Sportjournalismus einzusteigen, wurde sie das Gefühl nicht los, dass er sie davon abbringen wollte. Vorher hatte ihr Job ihn nur mäßig interessiert, doch seit ein paar Wochen sprach er von nichts anderem, wenn sie sich trafen. Tatsächlich hatte sie den Eindruck, dass er sich nicht sonderlich wohlfühlte, obwohl ihr Vater niemals gewirkt hatte, als habe er ein Problem. Frank Summers gehörte zu den Menschen, deren Gelassenheit auf andere Menschen übersprang und in deren Gegenwart man sich so wohlfühlte, dass man sich entspannen konnte. Vermutlich war dies einer der Gründe, warum ihr Vater in seinem Job so erfolgreich gewesen war. Mittlerweile arbeitete er nur noch sporadisch, obwohl er ständig unterwegs war, weil er zu zig Sportveranstaltungen auf der ganzen Welt eingeladen war.

Während ihrer Kindheit war es nie anders gewesen. Wenn sie ehrlich war, hatte Skyler von ihrem Vater nie besonders viel gehabt. Eigentlich war ihre Mom alleinerziehend gewesen, schließlich war ihr Vater immer woanders gewesen, um dort zu arbeiten. Erst in den letzten Jahren hatte sich zwischen ihr und ihm ein engeres Verhältnis entwickelt. Ob dies daran lag, dass Skyler Journalismus studiert hatte, wusste sie nicht. Sie wusste nur, dass er kaum Anteil an ihr genommen hatte, als sie während ihrer Teenagerzeit und mit Anfang zwanzig an Schönheitswettbewerben teilgenommen hatte. Dort hatte er sich nie blicken lassen. Ganz im Gegenteil. Sie war nie den Eindruck losgeworden, dass es ihm peinlich gewesen war, was im Grunde sehr doppelmoralisch gewesen wäre, immerhin hatte er ihre Mutter kennengelernt, als diese im Finale einer Miss-Wahl gestanden hatte.

„Du solltest dir wirklich im Klaren sein, dass deine Kollegen es nicht gerne sehen, wenn sie Konkurrenz durch eine Frau bekommen. Vor allem hübsche Frauen werden von der Programmleitung gerne vor die Kamera gestellt. Deine männlichen Kollegen könnten sich dadurch benachteiligt fühlen.“

Sie legte die Gabel beiseite, tupfte sich mit der Serviette den Mund ab und erwiderte gefasst: „Ich gehe davon aus, dass die Programmleitung mich vor die Kamera stellt, weil ich intelligente Fragen stelle und interessante Interviews führe, Dad.“

„Du weißt genau, wie ich das meine, Schatz.“

„Niemandem ist daran gelegen, eine dumme Sportmoderatorin zu zeigen, nur weil sie hübsch ist.“

„Ich habe nicht gesagt, dass du dumm bist, Liebes.“

„Nein.“ Sie seufzte. „Du hast gesagt, dass ich hübsch bin, aber nicht, dass ich intelligent bin.“

„Du bist meine Tochter – natürlich bist du nicht dumm.“

Innerlich zählte sie bis fünf. Skyler wusste, wie ihr Vater es meinte, und sie wusste, dass er sie liebte, aber dennoch schaffte er es, dass sie ihm liebend gerne hier in seinem Lieblingsrestaurant eine Szene gemacht hätte.

„In Chicago und in Seattle habe ich einen guten Job gemacht, Dad."

„Das bezweifle ich gar nicht." Er machte eine wegwerfende Geste mit der Hand. „Männliche Sportjournalisten sehen Frauen nun einmal ungern in ihrem Metier. Sie denken, dass Sport Männersache bleiben soll."

Neugierig legte sie den Kopf zur Seite. „Gehörst du auch dazu?"

„Ich möchte nur, dass meine Tochter glücklich ist."

Aha – das beantwortete die Frage natürlich, sagte sie sich sarkastisch. Einen kurzen Moment fragte sie sich, ob ihr Vater in jüngeren Jahren auch zu solchen Männern gehört hätte, die ihre weiblichen Kolleginnen nackt in Hotelumkleiden zurückließen. Dass er kein Unterstützer ihrer Arbeit als Sportjournalistin war, ließ sich nicht leugnen. „Wir leben im einundzwanzigsten Jahrhundert, Dad. Frauen fliegen in den Weltraum, werden Vier-Sterne-Generäle bei der Army, können das mächtigste Amt der Welt bekleiden und dürfen sogar Auto fahren, sofern sie nicht in Saudi Arabien leben. Aber der Sportjournalismus bleibt ihnen verwehrt?"

„Das sagt doch niemand", seufzte er gutmütig. „Frauen können alles werden, was sie möchten."

„Trotzdem sollte Sport Männersache bleiben, nicht wahr?"

Er lehnte sich zurück und hob beide Hände in die Höhe. „Machen wir uns nichts vor, Liebling. Sportler sind Machos und genießen es, sich gegenüber Frauen ein wenig aufzuspielen. Das sind keine sonderlich guten Voraussetzungen für ein gelungenes Interview."

Skyler kniff die Augen zusammen. „Als ich am vergangenen Sonntag ein paar der Titans in deren Umkleide interviewt habe, hatte ich nicht den Eindruck, dass sie sich mir gegenüber aufspielten. Tatsächlich beantworteten sie meine Fragen anstandslos – ohne sexistische Kommentare zu machen."

„Sie waren sicherlich höflich, weil du eine hübsche, attraktive und hinreißende junge Frau bist."

Hübsch, attraktiv und hinreißend.

Ihr Leben lang hatte man sie als hübsch, attraktiv und hinreißend bezeichnet, als würde man ihr damit ein Kompliment machen. Skyler dagegen hatte es nie als solches aufgefasst, weil sie viel mehr als das war und ihr Aussehen nicht Folge ihrer Leistung war. Sie wollte dafür respektiert und geschätzt werden, dass sie einen klugen Kopf besaß, empathisch war und andere Menschen zum Lachen brachte. Eine hübsche Hülle mochte nett anzusehen sein, aber sie war eben nur das. Eine Hülle. Nicht einmal ihr Dad schien sich die Mühe zu machen, zu bemerken, was unter dieser Hülle war. Und das tat mehr weh als selbstherrliche Kollegen, die einem die Klamotten stahlen.

„Hast du mir nicht gerade noch gesagt, dass Sportler Machos wären?"

Als er zu ihr sprach, als müsse er etwas einem Grundschüler erklären, sträubte sich ihr Nackenfell. „Du kannst diese kurzen Statements in einer Umkleide nicht mit tiefschürfenden Interviews vergleichen, bei denen sich Menschen einem Journalisten öffnen, Skyler. Für solche Gespräche braucht man mehr als ein hübsches Gesicht. Die Männer werden kein Problem haben, dir zwei Fragen zu einem Spiel zu beantworten, aber Antworten zu persönlichen Fragen oder besondere Offenheit kannst du von ihnen nicht erwarten."

Das musste sie erst einmal verdauen. Auch die Pasta lag ihr schwer im Magen.

„Weißt du, wie sexistisch das klingt, Dad?"

„Leider ist Sexismus Alltag in unserer Gesellschaft."

Ihre Augenbrauen zuckten in die Höhe, und sie war selbst erstaunt, wie emotionslos sie klang. „Wenn du das weißt, solltest du der Meinung sein, dass dies ein Ende haben sollte. *Du* solltest mich unterstützen."

„Ich unterstütze dich, Skyler. Nur möchte ich nicht, dass ausgerechnet meine Tochter unter die Räder kommt beim Versuch, in eine Männerdomäne einzudringen."

Skyler holte tief Luft. „Willst du damit sagen, dass ich kündigen und wieder Nachrichtensprecherin bei einem regionalen TV-Sender werden soll?"

Mit einem kurzen Wink gab ihr Vater einem Kellner zu verstehen, dass er Pfeffer wünschte, bevor er ihr wie selbstverständlich erklärte: „Hast du dich schon einmal gefragt, warum alle weiblichen Moderatorinnen bei Sports Network nach wenigen Monaten in der Versenkung verschwinden?"

Sie schluckte. „Was meinst du?"

„Ich meine damit, dass die Programmbosse ihre Moderatorinnen ab und zu kleine Interviews führen oder die Fans vor dem Stadion befragen lassen, aber dass die männlichen Moderatoren sich nicht die Butter vom Brot nehmen lassen. Die weiblichen Journalistinnen werden auf keine der großen Storys angesetzt, sondern müssen im Hintergrund bleiben, bis sie ersetzt werden. Ich möchte dir diese Erfahrung ersparen. Von einem Freund weiß ich, dass ein Fernsehsender in Dallas eine

Moderatorin für eine Talkshow am Mittag sucht. Soll ich ...?“

„Eine Talkshow?“ Entsetzt riss sie die Augen auf. „Dad, ich bin Journalistin und habe nicht jahrelang studiert, um in einer Talkshow Vaterschaftstests durchzuführen oder Streitigkeiten unter Verwandten zu schlichten!“

„Denk an Oprah Winfrey“, hielt er ihr vor. „Sie ist ein großartiges Vorbild.“

Kopfschüttelnd antwortete sie: „Oprah Winfrey ist eine tolle Frau mit einer Karriere, die ihresgleichen sucht, aber sie ist nicht *mein* Vorbild. Ich möchte als Sportjournalistin arbeiten – so wie du.“

Er sah sie lange an, und seine Miene verriet, wie sehr es ihm widerstrebte, seine Tochter nicht davon abbringen zu können, einen anderen Weg einzuschlagen. „Dir sollte wirklich klar sein, dass es bei Sports Network kein Zuckerschlecken wird, Skyler.“

„Ich mag Herausforderungen“, konterte sie und hob das Kinn.

Sein rechter Mundwinkel zuckte. „Aha. Das kommt mir bekannt vor. So etwas Ähnliches habe ich deinem Grandpa gesagt, als er mich davon überzeugen wollte, meinen Job aufzugeben und stattdessen sein Geschäft zu übernehmen.“

Skyler griff nach ihrem Wasserglas. „Hat Grandpa dir auch den letzten Nerv gekostet so wie du mir?“

Auf ihren gespielt freundlichen Tonfall reagierte er mit einem Lachen. „So in etwa.“

„Gut zu wissen, Dad.“

Mit einem Räuspern murmelte er: „Gilbert Channing kenne ich noch aus gemeinsamen Zeiten bei ESPN. Wenn du willst, dann ...“

„Dad, nein.“ Warnend presste sie die Lippen aufeinander.

„Es war ja nur ein Vorschlag.“

„Mir schlägt sowieso genügend Gegenwind entgegen, weil mein Dad der große Frank Summers ist, obwohl ich meinen Nachnamen geändert habe. Wenn du jetzt auch noch mit deinem alten Kumpel über mich sprichst, kann ich mir gleich einen Strick nehmen.“ Sehr deutlich verkündete sie: „Ich will es ohne deine Beziehungen schaffen, Dad, weil ich gut bin und sie nicht brauche.“

„Dass du deinen Nachnamen geändert hast, ändert nichts daran, dass du meine Tochter bist.“ Er wirkte gekränkt. „Eine Summers zu sein, bedeutet etwas.“

„Wieso hat es dir dann nie etwas ausgemacht, dass Mom nicht deinen Namen angenommen hat, als ihr geheiratet habt?“ Neugierig zwinkerte sie ihm zu und lächelte verhalten.

Ihr Dad verdrehte die Augen. „Apropos, wie geht es deiner Mutter?“

„Gut, wenn man davon absieht, dass sie mich am Telefon terrorisiert und mich unbedingt dazu bringen will, mit ihr zu diesem Schamanen zu fahren, von dem sie in ihrer Gruppe so viel gehört hat.“

Das Lächeln ihres Vaters bezeugte seine bedingungslose Liebe zu der Frau, die seit über zehn Jahren nicht mehr mit ihm gesprochen hatte. „Deine Mutter ist eine erstaunliche Frau. Was glaubst du denn, von wem du deinen Dickkopf hast?“

Dickkopf?

Lässig lehnte sie sich zurück, starrte ihn an und hörte sich selbst sagen: „Ich hätte gerne einen Espresso, Dad. Einen doppelten.“

***

„Was macht das Training?“

„Das läuft ziemlich gut.“ Kelly rührte ein wenig Zucker in seinen Kaffee. „Ich kann mich nicht beschweren.“

„Und im Team? Hast du dich schon eingelebt?“

Er blickte auf, sah den interessierten Blick seines Mentors und zuckte mit der Schulter. Offenheit war einer der Punkte, der ihm bei seiner Therapie am schwersten gefallen war, doch Stanley gehörte zu den Menschen, die er nicht anlügen wollte, weshalb er wahrheitsgemäß erwiderte: „Ich bleibe außen vor – freiwillig. Es ist schließlich nicht mein Team. Ich bin lediglich der Ersatz, falls Palmer ausfallen sollte.“

„Für mich klingt es, als würdest du nicht zu deinem Team gehören wollen, Kelly. Oder liegt es an deinen Teammitgliedern?“

„Die sind völlig okay. Selbst wenn sie mich ablehnen, zeigen sie es nicht. Nein, es liegt an mir.“ Er legte den Kaffeelöffel auf die Untertasse und hob die Tasse an den Mund, um einen Schluck zu nehmen.

Der Kaffee, der bei den Treffen der Anonymen Alkoholiker ausgeschenkt wurde, schmeckte meistens schlimmer als Spülwasser, weshalb er die Tasse umso mehr genoss, die er regelmäßig nach den Meetings in einem Diner zusammen mit Stanley trank. Hier an einem abgelegenen Tisch mit abgewetzten Stühlen konnte er sich sehr viel besser entspannen als im auf Hochglanz polierten Kirchensaal, in dem die Treffen seiner Gruppe stattfanden. Eine der Auflagen seines relativ milden Gerichtsurteils war eine Therapie wegen seiner Alkohol- und Drogensucht gewesen. Noch vor seiner Haftstrafe war er in Kalifornien zu einem Treffen der Anonymen Alkoholiker gegangen und hatte zwei Tage später lesen müssen, dass sich ein Klatschblattreporter in ebendieses Treffen geschmuggelt hatte, um darüber berichten zu können. Zwar besuchte Kelly auch weiterhin regelmäßig Meetings, hielt sich jedoch eher zurück und schwieg lieber. Stattdessen vertraute er sich Stanley an, der seit zwanzig Jahren trocken war und viele andere Alkoholiker bereits unterstützt hatte.

Auch wenn Kelly seine gerichtliche Auflage längst erfüllt hatte, versäumte er kaum ein Treffen. Es tat ihm gut, und es beruhigte ihn, dass er nicht der einzige Mensch auf Erden war, der mit seiner Sucht kämpfte. Das Gemeinschaftsgefühl bestärkte ihn. Wenn man pathetisch werden wollte, könnte man sagen, dass er die Meetings und vor allem seine Gespräche mit Stanley als Ausgleich dazu brauchte, dass er kein Team mehr hatte, das ihm den Rücken stärkte.

Ja, Selbsterkenntnis war einer der zwölf Schritte, die er im Laufe seiner Therapie bewältigt hatte.

„Hast du schon einmal darüber nachgedacht, dich ins Team zu integrieren?“

„Ich will nicht mehr Unfrieden stiften, als ich es bereits getan habe.“ Er setzte die Tasse wieder ab. „Wie gesagt: Es ist nicht mein Team.“

„Das mag schon sein, aber niemand hält dich davon ab, Teil dieses Teams zu werden.“

Stanley war ein alter Haudegen, der fast sein ganzes Leben beim Militär gewesen war und einen großen Sinn für Kameradschaft hatte. Wie Kelly wusste, hatte es

Stanley nie verkraftet, viele seiner Kameraden verloren zu haben. Der Griff zur Flasche war die Folge gewesen. Anfangs hatte sich Kelly geschämt, mit ihm darüber zu reden, weshalb er mit dem Trinken angefangen hatte. Im Gegensatz zu einem Mann, der im Krieg seine Freunde verloren hatte, mussten seine Probleme lächerlich gewesen sein.

Er holte Luft. „Du weißt, dass ich dankbar für die Chance bin, noch einmal Football spielen zu dürfen. Das ist mein ganzer Antrieb – einmal noch auf dem Feld zu stehen und zu spielen. Aber ich bin nun einmal der Ersatzmann. Es ist Palmers Team. Er ist der Kapitän."

„Du wärst eine Bereicherung für deine Teamkameraden und für deinen Kapitän. Und das nicht nur im Ernstfall."

Seine Mundwinkel zuckten in die Höhe. „Palmer sieht das sicherlich anders. Er will mit mir nichts zu tun haben. Nicht auf dem Feld und ganz sicher auch nicht außerhalb des Feldes."

„Ich weiß, dass du schon einmal versucht hast, auf ihn zuzugehen, Kelly."

„Er ist nicht daran interessiert, mit mir Frieden zu stiften, und das kann ich verdammt gut verstehen."

Auch Stanley rührte in seiner Kaffeetasse herum. „Für mich klingt es, als hättest du dich mit dir selbst noch nicht versöhnt."

Kelly schnitt eine Grimasse und lehnte sich auf seinem Stuhl zurück. „Ich habe akzeptiert, was passiert ist, wenn du das wissen willst, aber ich habe keine Ahnung, ob ich mir selbst verzeihen kann."

„Wenn du dir selbst nicht verzeihst, kannst du nicht erwarten, dass dir deine Mitmenschen verzeihen."

Früher hätte er Stanley vermutlich voller Sarkasmus geantwortet, dass er wie ein schlechter Glückskeks klang, aber heute brummte er lediglich etwas Undefinierbares und schwieg.

„Was Corinne heute in der Sitzung gesagt hat, solltest du dir vor Augen führen. Selbstschutz und Selbstgeißelung gehen Hand in Hand."

Er spielte mit den Fingern seiner rechten Hand an ein paar der kleinen Zuckertütchen herum, die auf einem Teller lagen. „Willst du mir damit sagen, dass ich mich selbst bestrafe, indem ich mich vor Ärger schütze?"

„Wieso glaubst du, dass du dich vor Ärger schützen musst?"

Er stieß den Atem aus. „Weil ich ein Talent dafür habe, mich in Ärger zu manövrieren, Stan."

Der andere Mann schüttelte den Kopf. „Du bist trocken, clean, hast einen geregelten Alltag und besitzt mehr Selbsterkenntnis als der Durchschnittsbürger. Langsam solltest du begreifen, dass du es verdienst, ein völlig normales Leben zu führen."

„Ein völlig normales Leben?" Beinahe hätte er gegrinst.

„Ja!" Der ältere Mann nickte nachdrücklich. „Kapsel dich nicht länger von allem ab, such dir Freunde, habe Spaß, gehe eine Beziehung ein. Solche Dinge."

Stanley schaffte es tatsächlich, dass Kelly leise lachte. „Spaß? Schlägst du mir gerade Sex vor, alter Mann?"

„Den alten Mann habe ich überhört." Stanley drohte ihm mit der Faust. „Und von Sex war überhaupt nicht die Rede. Such dir eine nette Freundin, mein Junge. Setz ein paar Babys in die Welt, und hör auf, dich in deiner Wohnung zu verkriechen."

Babys? „Ich fürchte, dass wir beide grundverschiedene Ansichten über Spaß haben." Amüsiert schüttelte er den Kopf. „Eine Freundin und Babys müssen warten. Zuerst konzentriere ich mich aufs Footballspielen."

Stanleys Schultern sackten hinunter. „Soll ich dir sagen, was ich glaube?"

„Lieber nicht", witzelte er. „Dank der Baby-Nummer werde ich heute Nacht sicherlich nicht schlafen können."

Tadelnd zog der andere Mann seine Augenbrauen zusammen. „Ich glaube, du versteifst dich zu sehr auf deinen Job. Der Football ist nur dein Job. Du solltest nicht dein Leben danach ausrichten und davon ausgehen, dass alles wieder gut wird, sobald du auf dem Feld stehst und spielst. Es gibt noch viel mehr im Leben als einen Job. Eine Familie stünde dir gut, Kelly, und würde dich mit deiner Vergangenheit versöhnen."

Allein der Gedanke, dass er für eine Familie verantwortlich sein könnte, ließ ihn in kalten Schweiß ausbrechen. Nein, so weit war er noch lange nicht.

„Mit dir gehen gerade die Pferde durch, Stanley. Ich bin noch nicht einmal so weit, über ein Date nachzudenken."

„Das sehe ich anders."

Kelly presste die Lippen zusammen. „Ob du es glaubst oder nicht, aber ich will niemandem zumuten, mit meinen Problemen klarzukommen, wenn ich selbst noch nicht das Gefühl habe, sie unter Kontrolle zu haben."

„Ein wenig zwischenmenschliche Nähe würde viele deiner Probleme plötzlich relativieren. Und damit meine ich nicht, einmal in der Woche einen Kaffee mit einem alten Mann wie mir trinken zu gehen. Ein nettes Mädchen ..."

„Willst du mich verkuppeln?“

Argwöhnisch musterte Stanley ihn. „Du bist Footballspieler, siehst gut aus und kannst sehr charmant sein, wenn du möchtest. Willst du mir wirklich sagen, dass du beim Flirten Hilfe von einem alten Knacker wie mir brauchst?“

Kelly verdrehte die Augen. „Du hast vergessen zu erwähnen, dass ich ein ehemaliger Knastbruder bin, von dem das ganze Land weiß, was er auf dem Kerbholz hat. Frauen könnten das nicht besonders attraktiv finden.“

Nun verdrehte auch Stanley die Augen. „Welcher Mensch macht denn keine Fehler? Du siehst in deinen früheren Fehlern vermutlich ein viel größeres Problem als deine zukünftige Freundin.“

„Ich lasse es mir durch den Kopf gehen“, antwortete er pflichtschuldig und zog sein Portemonnaie aus der hinteren Tasche seiner Jeans.

„Solltest du auch, schließlich tut es niemandem gut, lange allein zu sein.“ Herrisch nickte er ihm zu. „Steck dein Geld weg, Junge. Ich übernehme den Kaffee.“

„Zu spät“, erwiderte Kelly mit einem Anflug von Triumpf, als er der Kellnerin zunickte und einen Zwanzig-Dollar-Schein hinlegte. „Heute bin ich dran. Bring du deiner Frau ein paar Blumen mit, und richte ihr aus, dass es mir leidtut, dass du heute meinetwegen so lange weggeblieben bist.“

„Sie spielt mit ihren Freundinnen heute Bridge – da bleibe ich freiwillig bis in die frühen Morgenstunden weg, bevor ich mir das antue.“

Lachend griff Kelly nach seiner Jacke. „Und das aus dem Mund des Mannes, der *mir* zu einer Freundin rät?“

Vor dem Diner verabschiedeten sie sich voneinander und Kelly fuhr mit der U-Bahn nach Hause. Anstatt in

Manhattan zu wohnen, hatte er sich dazu entschieden, eine gemütliche Wohnung in Williamsburg zu beziehen. Brooklyn passte weit besser zu ihm als Manhattan, und dort fühlte er sich auch nicht derart beobachtet wie in seiner jetzigen Nachbarschaft, in der vor allem junge Leute und junge Familien lebten.

Da an der Haltestelle an der Marcy Avenue der Fahrstuhl nicht funktionierte, half er einer Frau dabei, den Kinderwagen hinunterzutragen, und holte sich anschließend bei einem koreanischen Imbiss eine Kleinigkeit, bevor er die wenigen Straßenblocks bis zu seiner Wohnung spazierte. Dort angekommen räumte er seine Spülmaschine aus, machte den Müll und schaltete den Fernseher an, bevor er sich mit seinem Imbiss auf die Couch setzte und durch die Programme zappte.

Als er eine Wiederholung von Grey's Anatomy entdeckte, schaltete er den Ton lauter und begann sein Chap Chae zu essen. Seit seinem Gefängnisaufenthalt hatte er eine Schwäche für die Krankenhausserie, die man dort einmal in der Woche hatte sehen dürfen. Leider handelte es sich bei der heutigen Wiederholung um die Folge, in der die Darsteller ständig sangen. Da Kelly kein Fan von Musicals war und sich in dieser Folge alles um den Autounfall von Dr. Callie Torres handelte, schaltete er lieber um, bevor er sich noch den Appetit verdarb.

„Nach der zweiten Niederlage in Folge stellt sich ganz New York die Frage, was bei unseren heiß geliebten Titans momentan los ist. In der letzten Saison haben sie in jedem Spiel bewiesen, wie überragend das Team spielt und wie perfekt die Spieler untereinander harmonisieren. Doch in den letzten zwei Spielen wurden wir bedauerlicherweise Zeuge davon, dass von der

überragenden Spielqualität nichts übrig zu sein scheint. Gilbert, was denken Sie, woran dies liegen könnte?“

„*Wir dürfen den Teufel nicht an die Wand malen, Chris. Die New York Titans wären nicht das erste Team, das nach einer harten Saison noch nicht vollständig erholt ist. Außerdem hat es einige personelle Veränderungen gegeben. Ein Team, das aus neuen Spielern besteht und den Verlust von Stammspielern bewältigen muss, braucht seine Zeit, um zu einem gemeinsamen Spiel zu finden.*“

„*Sprechen Sie von Kelly Slade?*“

Kelly spitzte die Ohren und betrachtete die beiden Sportmoderatoren, die sich in einem Aufnahmestudio gegenübersaßen und miteinander fachsimpelten, obwohl sie selbst nicht aussahen, als hätten sie auch nur ein einziges Mal in ihrem Leben einen Football in den Händen gehalten. Kelly kannte sowohl Chris Mullins als auch Gilbert Channing. Von beiden war er kein sonderlich großer Fan.

„*Ich spreche vor allem von Julian Scott, der nach fünf Jahren seinen Abschied genommen hat und durch Graham Carter ersetzt wurde. Man sieht deutlich, dass Brian Palmer noch keinen Spielrhythmus mit seinem neuen Wide Receiver gefunden hat, Chris.*“

„*Und was ist mit Kelly Slade? Die ganze Footballnation vermutet, dass seine Anwesenheit im Team schuld an den Niederlagen ist. Wenn man die explosive Vergangenheit bedenkt, die ihn und Palmer verbindet, liegt es nur nahe, Vermutungen darüber aufzustellen, dass die Atmosphäre im Team seinetwegen beeinträchtigt ist.*“

Während Kelly angespannt Luft holte, stellte er seinen Teller weg und wollte schon umschalten, als

Gilbert Channing mit einem falschen Lächeln feststellte: „*Nun, ich denke, wir können nur hoffen, dass Teddy Palmer richtig gehandelt hat, als sie Kelly Slade als Ersatzquarterback nach New York geholt hat. Es wäre eine Schande, wenn die harte Arbeit, die diese junge Frau in den Verein gesteckt hat, für die Katz gewesen wäre.*“

5. Kapitel

Skyler kam gerade aus dem Schneideraum und wollte sich an ihren Platz setzen, als ihr Blick wie zufällig auf den kleinen Besprechungssaal fiel, in dem Gilbert Channing, Chris Parson und Mike Buchanan standen, lachten und sich über etwas zu freuen schienen, während sie auf einen Laptop starrten, der auf dem Besprechungstisch stand.

Vermutlich wollte sie gar nicht wissen, worüber sich die drei Männer so besonders freuten. Den drei Kerlen traute sie einiges zu. Mike Buchanan war der Jüngste in der Runde und fiel dadurch auf, dass er beiden älteren Männern wie ein folgsames Hündchen hinterherlief und für sie vermutlich durch einen brennenden Reifen gesprungen wäre. Gilbert Channing war zwar ein Idiot, jedoch bei Weitem nicht so kaltschnäuzig wie sein Kollege Chris Parson, von dem man sagte, dass er gerne am Arbeitsplatz etwas übergriffig wurde und seinen Kolleginnen an den Hintern grabschte. Erst gestern Morgen hatte er Skyler mit einem trägen Lächeln bedacht und sie *Schätzchen* genannt, während sie zusammen im Fahrstuhl gestanden hatten. Er war ihr nicht sonderlich geheuer und wirkte wie jemand, der mit allen Wassern gewaschen war.

Schulterzuckend richtete sie ihre Aufmerksamkeit wieder auf ihre Arbeit und setzte sich an ihren Platz. Sie schloss den USB-Stick an und öffnete auf ihrem Computer die Datei, auf der der fertige Beitrag zur Pressekonferenz des Commissioners zu sehen war. Sie durfte nun einen redaktionellen Beitrag dazu schreiben, der am Abend Thema sein würde, wenn Gilbert Channing und Chris Parson die aktuellen Entwicklungen in der NFL besprechen würden.

Skyler schlüpfte aus ihrer Jacke und kramte in der Schreibtischschublade nach einem Schokoriegel, den sie bereits zur Hälfte gegessen hatte, als plötzlich Mike neben ihr aufragte und sich völlig selbstverständlich auf die Kante ihres Schreibtisches setzte. Sie bemühte sich darum, ihn zu ignorieren, und konzentrierte sich auf das Statement des Commissioners, während sie sich Notizen machte.

„Ein Schokoriegel, Skyler?“

„Mhm.“

„Du solltest auf deine Figur achten, wenn du weiterhin vor der Kamera stehen willst. Im Fernsehen sieht man gleich zehn Kilogramm dicker aus.“

„Lass das mal meine Sorge sein“, erwiderte sie abgeklärt und spulte das Band ein wenig zurück. „Musst du nicht zurück an deinen Schreibtisch und so tun, als hättest du Ahnung von dem, was du dort treibst?“

Mike antwortete nicht, sondern griff nach dem Bilderrahmen, der neben ihrem Laptop stand, und studierte ihn eingehend. Auch wenn sie ihm diesen nur zu gerne aus der Hand gerissen hätte, blieb sie cool und arbeitete einfach weiter.

„Verdammt, der Genpool scheint es mit dir wirklich gut gemeint zu haben. Deine Mom ist immer noch ein scharfes Gerät.“ Er stellte den Bilderrahmen wieder weg, auf dem sie zusammen mit ihrer Mutter während eines Urlaubs in Rom zu sehen war, und beugte sich zu ihr, um zu flüstern: „Das hast du definitiv von ihr geerbt.“

„Sexuelle Belästigung am Arbeitsplatz, Mike?“, wollte sie träge wissen. „Du schreckst aber auch wirklich vor nichts zurück, um deine Homosexualität zu verbergen, oder?“

Er schnalzte lässig mit der Zunge, doch sein Gesicht rötete sich vor Ärger. „Eigentlich wollte ich dir ein Tauschgeschäft anbieten, Skyler, aber du scheinst deine Tage zu haben, also lasse ich es lieber bleiben.“

„Besser ist das.“ Sie machte sich eine weitere Notiz und hoffte, dass er endlich verschwand. Was er natürlich nicht tat.

„Mal ehrlich, Skyler. Du solltest ein wenig netter zu mir sein.“

„Ach? Warum sollte ich das?“ Sie blinzelte und schenkte ihm einen flüchtigen Blick. „Auf den Grund bin ich gespannt, Mike.“

Er seufzte schwer und schob ihren Laptop ein wenig beiseite – kein besonders subtiles Zeichen dafür, dass er mit ihr reden wollte. „Warum besprechen wir das nicht heute Abend bei dir? Ich könnte eine Flasche Rotwein mitbringen.“

Wenn es nicht wahnsinnig unhöflich gewesen wäre, hätte sie laut gewürgt. Stattdessen tat es ein ernster Tonfall, mit dem sie bedauerte: „Tut mir leid, aber da ich meine Tage habe, muss ich deinen Vorschlag leider ablehnen.“ Sie griff wieder nach dem Laptop und schob ihn näher zu sich. „War es das jetzt?“

„Ehrlich, Skyler. Warum fangen wir beide nicht von vorne an? Unser Einstieg war nicht sonderlich nett.“

Sie warf den Stift von sich und lehnte sich in ihrem Schreibtischstuhl zurück. Ihre Augen glitten über seine Gestalt, die auf der Ecke ihres Tisches saß, und fixierten anschließend sein Gesicht. Skyler hatte zwar keine Ahnung, was er von ihr wollte, doch dafür wusste sie umso besser, dass sie nicht so verrückt war, sich auf Mike

Buchanan einzulassen. Allein der Gedanke verursachte ihr Brechreiz.

„Unser Einstieg war nicht sonderlich nett?“, wollte sie zwischen Hohn und Belustigung wissen. „Lass mich nachdenken, Mike, woran das bloß gelegen haben kann? Ach ja, du nanntest mich Miss America, fragtest mich, wo meine Krone sei, und hast mich eine Woche lang penetranterweise mit dem Nachnamen meines Dads angeredet.“

Anscheinend wollte er charmant lächeln – leider scheiterte dieser Versuch. Mike sah lediglich wie das Opfer eines missglückten Faceliftings aus. „Das war Flirten, Skyler.“

„Flirten?“ Der Schokoriegel lag ihr nun schwer im Magen. „Tut mir leid, aber ich gehe nicht mit Kollegen aus.“

„Wie gut, dass wir in naher Zukunft anscheinend keine Kollegen mehr sein werden.“ Sein Lächeln hatte etwas Niederträchtiges an sich.

Augenblicklich war sie alarmiert, gab sich jedoch unbeeindruckt und fragte leichthin nach: „Das soll heißen?“

„Denk doch scharf nach“, riet er ihr.

Bedauernd spitzte sie die Lippen zu einem Schmollmund. „Dagegen kannst du angehen, Mike. Niemand darf dich wegen deiner sexuellen Orientierung feuern. Nimm dir einen Anwalt.“

Vergrätzt feuerte er zurück: „Ich wusste gar nicht, dass Schönheitsköniginnen witzig sein müssen. Eigentlich bin ich davon ausgegangen, dass ihr nur einen hübschen Arsch haben müsst.“

„Tja“, gab sie fröhlich von sich. „Witzig und mit einem hübschen Arsch gesegnet – von uns gibt es nicht viele. Aber lass dich von mir nicht aufhalten. Du hast doch sicherlich noch viel zu tun. Sexuelle Belästigung ist schließlich ein Fulltime-Job."

„Du solltest dir lieber Gedanken darum machen, bald noch einen Job zu haben, Schätzchen. Wenn du etwas liebenswerter wärst, könnte ich bei Gilbert ein gutes Wort für dich einlegen."

Skyler verzog keine Miene. „Leider hat mich Gott nicht damit gesegnet, auch noch liebenswert zu sein, Mike. Mein Witz und der hübsche Arsch schienen ihm zu reichen." Sie zuckte mit der Schulter. „Sorry."

„Tja, da scheint man nichts machen zu können." Endlich erhob er sich von ihrer Schreibtischkante. „Man sieht sich."

„Wenn es sich nicht vermeiden lässt."

Sobald Mike endlich verschwunden war, atmete Skyler ein paarmal durch, schloss die Augen und kämpfte das Bedürfnis nieder, die Kante ihres Schreibtisches mit Desinfektionsmittel zu bearbeiten. Mike Buchanan war ein Widerling, wie er im Buche stand. Nur wusste sie unglücklicherweise nicht, ob er tatsächlich etwas wusste, was ihren Job betraf.

Sie wollte sich nicht den Kopf über Dinge zerbrechen, die er sich vielleicht nur aus den Fingern gesaugt hatte, um sie zu verunsichern, und hielt es für die beste Entscheidung, ihren Job weiterhin gut zu machen. Daher konzentrierte sie sich darauf, den Beitrag weiter zu bearbeiten, und machte sich wieder an die Arbeit. Bevor sie jedoch wirklich loslegen konnte, trat ein anderer Kollege neben sie und legte ihr die neuesten Pressemeldungen auf den Tisch.

„Du solltest einen Blick drauf werfen, bevor du den Beitrag beendest. Das willst du sicherlich verwenden."

„Danke, Alex." Sie sah zu ihm auf und lächelte.

„Nichts zu danken." Er klopfte auf ihren Tisch. „Lass dich von unserem Arschkriecher nicht unterkriegen."

Augenblicklich begann sie zu lachen. „Ich werde es mir merken."

Ein wenig aufgemuntert griff sie nach den Pressemeldungen, als Alex verschwunden war, und überflog sie. Erst die letzte Meldung stach ihr ins Auge.

Gold Cross Beer kündigt das zehnjährige Sponsoring mit den New York Titans.

Ihre Augenbrauen fuhren in die Höhe.

Gold Cross Beer war einer der Hauptsponsoren der Titans. Zu diesem Zeitpunkt einen der wichtigsten Sponsoren zu verlieren, konnte für den Verein nichts Gutes heißen – weder finanziell noch moralisch. Skyler wollte sich gar nicht vorstellen, was momentan bei den Titans los sein musste. Eines war klar: Keine Firma würde einen Werbevertrag mit dem amtierenden Superbowlsieger beenden, wenn es keinen verdammt guten Grund dafür gab. Auf diese Meldung würde sich die Presse wie die Geier stürzen. Und Raum für wilde Spekulationen bot die Meldung ohnehin.

Ihre Neugierde siegte, also öffnete sie auf ihrem Laptop den Internetbrowser und suchte nach den neuesten Meldungen zu den New York Titans. Die Kollegen der Boulevardmedien waren schnell gewesen. Zig Meldungen waren bereits veröffentlicht worden.

Die Titans auf Talfahrt – wann kommt es zum Konkurs?

New York Titans ruiniert. Quellen berichten vom baldigen Verkauf des Vereins.

Warum kündigt Gold Cross Beer den Werbevertrag? Was steckt wirklich dahinter?

Fans fordern Klärung – muss Teddy MacLachlan-Palmer zurücktreten?

Teddy MacLachlan-Palmer riskiert nicht nur Ehe, auch ihr Verein ist am Ende. Ist Kelly Slade der Grund für das Aus?

Eingeweihte berichten, dass Gold Cross Beer nicht mit einem bekennenden Alkoholiker und verurteilten Kriminellen werben wollen. Kelly Slade in der Kritik.

Skyler schloss den Bildschirm, nachdem sie einen langen Blick auf das Foto unter der letzten Meldung geworfen hatte. Darauf zu sehen war Kelly Slade, wie er vor einigen Jahren sternhagelvoll auf einer Party abgelichtet worden war. Eines war klar: Die neuesten Entwicklungen würden dem Verein schaden – und Kelly Slade sowieso.

***

„Hast du heute schon in die Zeitung geschaut?“

Kelly blickte auf und bemerkte, dass Graham ihn angesprochen hatte. Der blonde Wide Receiver öffnete seinen Spind, während Kelly gerade die Knöpfe seines Jeanshemdes schloss und gleich abhauen wollte. Da heute freies Training war und es keine festen Trainingszeiten gab, war er so früh wie möglich gekommen, um den meisten seiner Teamkollegen aus dem Weg zu gehen. Die Umkleide war leer gewesen, als er gerade aus der Dusche gekommen war. Doch bevor er abhauen konnte, hatte ihn der andere Neuzugang der Titans erwischt, der seinen Spind genau neben Kellys hatte und ständig so gute Laune versprühte, dass sich Kelly fragte, ob es etwas damit zu tun hatte, dass Graham Carter Politikersohn war. Der gut aussehende Strahlemann wäre der perfekte Kandidat gewesen, um selbst ein politisches Amt auszuüben. Vor allem die weiblichen Wählerinnen wären zu den Wahlurnen gepilgert, um den charmanten Blondhaarigen zu wählen. Wenn er nicht ein fantastischer Footballspieler gewesen wäre, hätte Kelly ihm den Tipp gegeben, nach Washington zu ziehen und dort vor dem Weißen Haus zu kampieren, bis man ihn hineinließ.

„Ich lese keine Zeitungen“, entgegnete er kurz angebunden, weil er ziemlich sicher war, worauf Graham hinauswollte.

„Geht mir nicht anders. Die Presse ist die Pest.“ Graham zog sich sein Hemd über den Kopf. „Verdammte Wichser – alle miteinander.“

Zwischen Fassungslosigkeit und Verwirrung hin- und her gerissen verharrte Kelly mitten in der Bewegung und starrte seinen Teamkollegen an, der sein Hemd in den Spind warf und sich an seinem Gürtel zu schaffen machte.

„Was?"

Graham sah fragend auf. „Hm? Was meinst du?"

„Hast du gerade *Wichser* gesagt?"

Schulterzuckend öffnete der andere Footballspieler seinen Gürtel. „Sofern ich noch nicht dement bin: ja."

„Dürfen das Söhne von Politikern denn?"

Schnaubend sah Graham ihn an und verdrehte die Augen. „Ich bin Footballspieler."

„Außerdem sitzt dein Vater im Senat. Mich wundert es eh, dass du mit mir sprichst", fuhr Kelly mit einem Anflug von Ironie fort.

Gut gelaunt lachte sein Gegenüber auf. „Wenn du willst, nehme ich dich nächstes Mal zu meinen Eltern mit und stelle dich vor. Die Presse wird begeistert sein."

Allein die Vorstellung! Kelly schnitt eine Grimasse. „Dein Dad würde einen Herzinfarkt bekommen."

„Mein alter Herr ist lockerer, als du denkst. Außerdem hat er seinen Job und ich habe meinen."

Wenn Kelly daran dachte, dass sein neuester Teamkollege regelmäßig auf Wahlkampfpartys abgelichtet wurde, auf denen er zusammen mit seiner entzückenden Verlobten auftrat, deren Vater ebenfalls Politiker war, konnte er sich nicht vorstellen, dass Grahams Dad so locker drauf war, wie sein Sohn betonte.

„Nur zur Info: Ich bin auch kein Fan von Zeitungen, aber Tia rief mich heute Morgen an und las mir die Schlagzeile vor."

„Tia?"

„Tia Wilson, meine Verlobte. Die Titans haben ihren Hauptsponsor verloren."

Mit einem Nicken schloss Kelly seinen Spind. „Gold Cross Beer. Ich weiß."

„Klingt nach Ärger."

In seinen Ohren klang es danach, dass ihm ein Spießrutenlauf bevorstand, schließlich wusste Kelly, wie es aussah, wenn eine Biermarke seinen Sponsoringvertrag mit dem Verein auflöste, bei dem er nun spielte. Verdammt! Warum konnte er nicht einfach in Ruhe Football spielen? Er hielt sich aus allem raus, machte keinen Ärger und vergrub sich in Arbeit. Hatte er keine zweite Chance verdient?

„Ärger ist mein zweiter Vorname“, erwiderte er dumpf und schulterte seine Sporttasche.

„Sports Network hat heute Morgen einen Sonderbericht gebracht und ein Exklusivinterview mit dem Verantwortlichen von Gold Cross Beer geführt. Arbeitet da nicht Skyler Wright? Ich dachte, ich hätte so etwas läuten hören, als sie in Florida mit dir geflirtet hat.“

Augenblicklich runzelte er die Stirn. „Geflirtet? Da musst du dich irren.“

Sein Teamkollege grinste breit. „Ich irre mich nie, wenn es ums Flirten geht. Sie wollte dir an die Wäsche. Pass lieber auf – Journalistinnen traue ich alles zu.“

„Viel Spaß beim Training“, versetzte Kelly mit einem Brummen und ließ Graham stehen, um sich auf den Weg nach draußen zu machen, wo er seine Harley geparkt hatte.

Leider lief ihm seine Chefin über den Weg, die einen Zwillingsbuggy vor sich herschob, in dem ihr Nachwuchs saß und ziemlichen Krach machte. Kelly hatte die beiden Knirpse schon einmal gesehen, als er mit dem Team nach Mexiko geflogen war. Da auch die Familien der Spieler eingeladen gewesen waren, war der Urlaub ziemlich lebhaft gewesen. Es waren einige Kinder dabei gewesen, doch an die Zwillinge der Teamchefin und des Quarterbacks erinnerte er sich sehr gut. Dies war schon ein paar Monate her, und die beiden Jungs, die ihrem Dad wie aus dem Gesicht geschnitten waren, waren enorm gewachsen.

„Kelly, hey. Wie geht's?“

Weil es der Anstand gebot, blieb er stehen und neigte höflich den Kopf. „Gut, Mrs. MacLachlan-Palmer. Und selbst?“

Seine Chefin, die eine knappe Latzhose und ein wild besprenkeltes T-Shirt trug und mit alten Turnschuhen unterwegs war, verdrehte ihre Augen. Kelly mochte sie sehr gut leiden – und das nicht nur, weil sie ihm eine Chance gegeben hatte und ihm nicht das Gefühl gab, dass er ihr dafür dankbar sein musste. Nein, Teddy MacLachlan-Palmer war cool, unkonventionell und hatte verdammt viel Ahnung von Football. Außerdem schien sie Verständnis für ihn zu haben, was wohl auch daran lag, dass sie Ähnliches hinter sich hatte wie er – nur ohne einen orangefarbenen Gefängnisoverall. Außerdem musste er eine Frau einfach gerne haben, die mit einem großkotzigen Quarterback verheiratet war und ihn perfekt im Griff hatte. Kelly wusste schließlich am besten, welche Primadonnen sie waren. Er gehörte auch zu dem gleichen Kaliber. Beziehungsweise er *hatte* dazugehört.

„Du sollst doch Teddy sagen“, korrigierte sie ihn.

„Ja, Ma'am.“

Sie kniff die Augen zusammen. „Ich ignoriere einfach, dass du zu mir Ma'am gesagt hast. Erzähl mir lieber, wie es dir im Team gefällt.“

Äußerst höflich erklärte er: „Sehr gut. Ich fühle mich dort wohl.“

Seine Chefin blinzelte ihn schräg an. „Ein besonders guter Lügner scheinst du nicht zu sein. Machen dir die Jungs Probleme?“

Kelly schüttelte den Kopf. Mit fester Stimme wollte er sie überzeugen: „Alle sind höflich zu mir. Und selbst wenn es Probleme gäbe, würde ich mich darum kümmern. Es sollte nicht Ihre Sorge sein.“ Mit einem Räuspern fuhr er fort: „Wenn wir bereits beim Thema sind: Ich bedaure es, dass der Hauptsponsor der Titans meinetwegen abgesprungen ist und Sie nun in einer unangenehmen Situation stecken.“

Mit einer fahrigen Handbewegung antwortete sie ihm: „Das hat überhaupt nichts mit dir oder einem anderen Spieler zu tun. Wir haben schon vor Monaten mit Gold Cross Beer darüber kommuniziert, das Sponsoring auslaufen zu lassen. Die Pressemitteilung wurde lediglich aufgebauscht und kam zu einem unglücklichen Zeitpunkt. Darüber sollte sich das Team keinen Kopf zerbrechen.“ Als müsse sie ihn ablenken, schob sie den Buggy ein Stück vor und deutete auf die beiden Kleinkinder, die beide Spielzeugautos in den Händen hielten und sich damit beschäftigten. „Habe ich dir eigentlich George und Scott vorgestellt?“

Aus der Nähe betrachtet sahen die Zwillinge ihrem Dad sogar noch ähnlicher. Beide besaßen das schwarze Haar und die blauen Augen des amtierenden Quarterbacks der Titans, und der linke Zwilling verzog die Stirn ebenso konzentriert wie sein Dad, wenn dieser einen Spielzug ansagte.

„Im Februar werden sie bereits zwei Jahre alt. Eigentlich sollten sie heute ihre Grandma besuchen, aber meine Mom hat sich eine Erkältung eingefangen, weshalb ich die beiden mit in den Verein nehmen musste“, offenbarte Teddy ihm wie selbstverständlich. Dass der rechte Zwilling einen Zwergenaufstand in seinem Sitz veranstaltete, beachtete sie nicht. Auch dieser kleine Kerl ähnelte seinem Dad, als er dagegen protestierte, in seinem Buggy zu sitzen, und mit lauten Rufen seine Mom dazu bringen wollte, ihn aus dem Sitz zu heben. Und das Spielzeugauto warf er mit solch einem Schwung in Kellys Richtung, dass dieser davon ausging, einen zukünftigen Quarterback vor sich zu haben.

„George, lass es sein“, bellte Teddy MacLachlan-Palmer, während Kelly das Auto fing. „Ihr bleibt in eurem Buggy sitzen, bis wir in Mommys Büro sind.“ Entschuldigend sah sie Kelly an. „Vorletzte Woche sind mir hier beide entwischt. Dupree fand sie in der Kantine, wo sie mit Eis gefüttert wurden. Seit sie laufen können, treiben sie mich in den Wahnsinn. Am liebsten würde ich sie fesseln.“

Angesichts der lebhaften Kerlchen und der gestressten Mom musste er grinsen.

„Mommie, Mommie! Pipi!“ Der linke Zwilling fasste sich in den Schritt. „Schnell, Mommie! Pipi!“

„Verdammt, Scott“, schimpfte die Frau mit dem Kurzhaarschopf. „Vor fünf Minuten wolltest du nicht auf die Toilette!“ Ohne großes Federlesen befreite sie den Jungen aus seinem Sitz und klemmte sich ihn unter den Arm. Kelly wies sie einfach an: „Pass bitte kurz auf George auf! Ich bin gleich zurück!“

Bevor er auch nur ansatzweise hätte protestieren können, fand sich Kelly mit einem Kleinkind allein wieder, das ihn neugierig musterte und gleichzeitig in seinem Buggy strampelte, als wolle es unbedingt hinaus und das Vereinsgebäude erkunden.

Kelly hatte keine Ahnung von Kindern. Eigentlich hatte er noch nie ein Baby im Arm gehalten und von Kleinkindern hatte er ebenfalls keinen blassen Schimmer. Vorsichtig starrte er den Knirps an. Und dieser starrte zurück, bis er auffordernd die Hand ausstreckte und auf das Spielzeugauto in Kellys Hand deutete. Der Mund des kleinen Kerlchens verzog sich zu einem derart charmanten Lächeln, dass Kelly ebenfalls leise auflachte.

„Willst du dein Auto wiederhaben?“

„Ja! Will haben!“

„Dann darfst du es aber nicht wegwerfen“, ermahnte Kelly ihn amüsiert und machte einen Schritt auf den Buggy zu, bevor er sich hinhockte und dem Kind sein Spielzeug wiedergab.

„Danke.“ Der kleine George bedachte ihn mit einem Grinsen, bei dem ein paar Zähnchen zum Vorschein kamen.

„Bitte. Ein schönes Auto hast du da.“

„Brumm! Brumm!“

Kelly ließ seine Tasche neben sich fallen und half dem Kind dabei, das Auto festzuhalten, damit es nicht hinunterfiel. „Weißt du, was das hier ist? Das ist die Motorhaube“, erklärte er dem Kleinen. „Und das hier sind die Reifen.“

„Reifen?“

„Genau.“ Bestätigend nickte er.

Wie aus dem Nichts ertönte eine ärgerliche Stimme hinter ihm. „Slade!“

Das Kind begann frenetisch zu gurgeln. „Daddy!“

Kelly musste den Kopf nicht einmal nach hinten drehen, um zu wissen, dass es Palmer war, der mit groben Schritten auf ihn und den Buggy zukam. Ohne eine Miene zu verziehen, erhob er sich und nahm seine Tasche wieder auf, bevor er einen Schritt zur Seite machte.

„Was hast du bei meinem Sohn zu suchen?“, zischte sein Kapitän ihm zu und starrte ihn misstrauisch an. Als er seinen Sohn aus dem Buggy nahm und auf seinen Arm setzte, klang seine Stimme viel sanfter. „Hey, Kumpel. Kommst du Daddy besuchen?“

Einen kurzen Moment fragte sich Kelly wütend, was Brian für ein Problem hatte, schließlich war überhaupt nichts Dramatisches passiert. Doch bevor er aufbrausen konnte, antwortete er mit lahmer Stimme: „Deine Frau hat deinen anderen Sohn auf die Toilette gebracht und mich gebeten, auf den Kleinen hier aufzupassen.“

Auch wenn der andere Mann gedämpft sprach, schwang eine unmissverständliche Drohung in seiner Stimme mit. „Lass die Finger von meiner Familie, Slade.“

Kellys Miene verschloss sich und er brach den Blickkontakt zu Brian ab. Stattdessen nickte er dem Kleinkind zu. „Tschüss, Kleiner.“

Wenigstens grinste ihn ein Palmer an. „Tschüss!“

6. Kapitel

„Ich lasse mich von irgendwelchen Journalisten nicht manipulieren, Matt! Hast du überhaupt eine Ahnung, was Gilbert Channing für ein Arschloch ist?“

Brian legte den Kopf zurück und rief in Richtung Küche, wo seine Göttergattin gerade eine hitzige Diskussion mit ihrem PR-Chef ausfocht. „Nur weil die Zwillinge in ihren Betten liegen, heißt das nicht, dass sie dich nicht hören! Ich dachte, Wörter wie Arschloch wären zu Hause verboten?“

„Ach, halt die Klappe, Brian!“

Er zuckte mit der Schulter und schaltete den Ton lauter. Wenn Teddy wütend war, ließ man sie lieber in Ruhe. Und wenn sie PMS schob, dann widersprach man ihr lieber nicht oder sagte ihr auch nicht, was sie tun sollte. Leider hatte Matt Willis, der eigentlich vorbeigekommen war, um mit Brian ein Basketballspiel zu schauen, keine Ahnung, was er gerade anrichtete. Der Arme. Vermutlich sollte Brian nicht mehr als ein Bier trinken – für den Fall, dass er Matt heute Abend noch ins Krankenhaus fahren musste. Zuzutrauen war es Teddy, dass sie auf ihren PR-Chef losging, immerhin stand sie schon seit Tagen unter Strom.

„Arschloch hin oder her, Teddy, aber er kann uns in die Scheiße reiten, wenn er so weitermacht. Die ganze Sache mit Gold Cross Beer ...“

„So ein Schwachsinn, Matt! Wir haben schon vor einem halben Jahr beschlossen, den Vertrag mit diesem Sponsor auslaufen zu lassen. Stattdessen haben wir Pepsi an der Angel ...“

„Das war vor ein paar Wochen. Wenn wir weiterhin für schlechte PR sorgen, wird Pepsi abspringen.“

„Was Gilbert Channing tut, ist geschäftsschädigend! Wir sollten ihn verklagen!“

Brian verdrehte die Augen und griff nach den Nüssen, um sich eine Hand davon in den Mund zu werfen. Am Anfang ihrer Beziehung hatten Teddy und er noch versucht, Arbeit und Privatleben nicht aufeinandertreffen zu lassen – Gott, was waren sie für Optimisten gewesen. Momentan schien es zwischen ihnen kein anderes Gesprächsthema mehr zu geben. Er konnte nicht einmal in Ruhe mehr ein Basketballspiel mit seinem Kumpel sehen, weil dieser Kumpel der PR-Beauftragte des Vereins war. Hätte er bloß Julian fragen können, ob der Bock auf einen Abend vor der Glotze hatte! Leider war Julian ausgerechnet in dieser Woche mit Liv und den Kindern im Urlaub. Verdammt, Brian hätte gerade jetzt einiges dafür gegeben, wenigstens für ein paar Stunden nicht an den Verein denken zu müssen – oder daran erinnert zu werden, dass die Titans die ersten beiden Spiele der Saison verloren hatten.

Das war bitter.

Wenn er ein Arschloch gewesen wäre, hätte er Teddy gerne vorgeworfen, dass ihr Neuzugang daran schuld war, dass Chaos im Team herrschte, doch er liebte seine Frau und wollte nicht, dass sie sich Vorwürfe machte. Ihre bedrückte Miene konnte er kaum ertragen.

Außerdem gab er ihr keine Schuld an der Niederlage. Ein guter Quarterback akzeptierte seine eigenen Fehler und suchte nicht die Schuld bei anderen.

„Du kannst ganz unmöglich von mir verlangen, mit Gilbert Channing zu kooperieren! Der Mann hat mich früher durch den Dreck gezogen.“

Weil seine Frau klang, als würde sie jeden Moment zu weinen anfangen, hob Brian den Kopf und schaltete den Ton aus. „Teddy wird mit diesem Scheißkerl nichts zu tun haben, Matt. Wenn du meiner Frau noch einmal so einen Vorschlag machst, werfe ich dich raus."

Zwar hatte er relativ ruhig und gelassen gesprochen, doch Matt nickte mit einer knappen Kopfbewegung und schien zu verstehen, wie ernst es ihm war.

Weil ihm der Sinn sowieso nicht mehr für das Basketballspiel stand, schaltete Brian den Fernseher aus, warf die Fernbedienung aufs Sofa und erhob sich, um in die offene Küche des Lofts zu schlendern, in der Teddy stand und völlig verkrampft wirkte. Matt stand ihr gegenüber und lehnte mit der Hüfte gegen den Tisch, während er die Arme vor der Brust verschränkt hatte.

Brian schlang seiner Frau einen Arm um die Schulter und küsste sie auf die Schläfe. Mit belustigter Stimme wisperte er halblaut: „Soll ich den Idioten rauswerfen, Schatz?"

„Nein", brummte seine bessere Hälfte und schnitt eine Grimasse. „Sag ihm nur, dass er Channings Namen nicht noch einmal in meinem Haus erwähnen soll."

Matt seufzte und setzte mit verständnisvoller Stimme an: „Der Mann ist ein schleimiges Wiesel, das weiß ich, Teddy. Wenn er Willow so behandelt hätte wie dich früher, würde ich ihn auf offener Straße ausweiden ..."

„Wie romantisch", ächzte Teddy.

„Ich meine es ernst."

Räuspernd warf Brian ein: „Heißt das, dass ich den Typen kaltmachen soll? Ich dachte, dir würde es reichen, dass ich ihm Interviews verweigere, Liebling."

„Könnten wir bitte aufhören, über ihn zu reden?" Teddy machte ihrem Ärger Luft, indem sie mit dem Fuß aufstampfte. „Ich habe genügend Sorgen, ohne auch noch über diesen Mistkerl nachdenken zu müssen!“

„Channing macht mir Sorgen“, fuhr Matt fort. „Und ich würde niemals vorschlagen, dass du etwas mit diesem Hurensohn zu tun hast, Teddy, aber wir sollten darüber nachdenken, die Presse nach den unschönen Ereignissen der letzten Zeit wieder auf unsere Seite zu holen.“

„Was willst du damit sagen?“

Brian hörte das Misstrauen aus der Stimme seiner Frau heraus. „Dass wir mit Channing dieses Interview machen sollen? Das kommt gar nicht ...“

Matt unterbrach sie hastig. „Wir müssen nicht unbedingt mit Channing zusammenarbeiten, sollten jedoch darüber nachdenken, Sports Network ins Boot zu holen.“

Auch wenn es Teddy und Matt waren, die miteinander darüber sprachen, ihre Pressearbeit auszuweiten, wusste Brian sofort, worum es ging. Und da hatte er auch ein Wörtchen mitzureden. Rigoros erklärte er daher beiden: „Vergesst lieber ganz schnell, dass ihr Slade und mich ein gemeinsames Interview machen lassen wollt. Da spiele ich nicht mit.“

Sein Kumpel knirschte mit den Zähnen. „Unser größter Sponsor ist abgesprungen, ohne dass wir eine definitive Zusage eines Nachfolgers haben. Das ist ein ernstes Problem.“

„Ihr habt ein Problem, wenn ihr für gute Presse sorgen wollt, indem ihr Slade und mich zusammen vor die Presse zerrt.“

„Brian ...“

Er brauste auf. „Verdammt, wir haben den Superbowl geholt! Von Erfrischungsgetränken bis hin zu Damenhygieneartikeln lecken sich alle Firmen die

Finger, mit uns Werbung machen zu dürfen! Wenn Pepsi nicht will, sind sie selbst schuld!"

„Wenn du kein Problem damit hast, den Slogan *Saugstark auch an den schwächeren Tagen* auf deinem Trikot zu tragen, während du aufs Feld läufst ..." Matt stockte und zuckte mit der Schulter. „Die Jungs werden begeistert sein!"

„Ich mache lieber Werbung für Tampons und verteile Damenbinden an unsere weiblichen Fans, als dass ich mit Slade Händchen halte und vor die Kamera trete", knurrte er aufgebracht. „Schlagt euch das aus dem Kopf!"

Allein die Vorstellung, dass er zusammen mit Slade vor die Kameras treten sollte, um einem schmierigen Journalisten Fragen zu ihrem Verhältnis zu beantworten, ließ Brian innerlich zum Berserker werden. Der Verein sollte eigentlich alles dafür tun, damit er nicht auf Slade traf, anstatt so eine Schnapsidee auch noch voranzutreiben. Jedes Aufeinandertreffen konnte in einem Blutbad enden – wenn seine Frau und Matt wollten, dass sich Slade und er gegenseitig umbrachten, mussten sie nur so weitermachen. Bereits jetzt musste Brian jedes Quäntchen Selbstbeherrschung, über das er verfügte, aufwenden, um seinen Ersatzmann zu ignorieren. Wie schwer ihm das fiel, konnte niemand verstehen, der nicht wusste, was vor Jahren passiert war, als Brian noch bei Pittsburgh gespielt hatte. Das alles war passiert, bevor er zu den Titans gekommen war und bevor er Teddy kennengelernt hatte. Aber das hieß nicht, dass er vergessen hatte.

Wie konnte er auch vergessen?

„Brian, denk doch ..."

Sein wütender Blick traf Matt. „Nein."

„Ich war auch einmal Footballspieler", insistierte der andere Mann. „Und ich weiß, dass Rivalitäten untereinander ziemlich heftig sein können, aber denk an die Mannschaft."

Wenn Matt tatsächlich glaubte, dass er auf dieses pseudopsychologische Gewäsch hereinfiel, war er nicht ganz richtig im Kopf. „Ich bin Quarterback und keine Marionette, die für gute Presse in die Kamera lächelt, weil ihr das so wollt."

Glücklicherweise bekam er Rückendeckung durch seine Frau. „Nur weil Channings Berichterstattung ein negatives Licht auf uns wirft, lass ich mich nicht erpressen, Matt. Brian wird kein Interview oder Ähnliches machen, wenn er es nicht will." Sie griff nach seiner Hand und drückte sie. „Angesichts der Tatsache, dass ich Kelly nach New York geholt habe, ohne auf meinen Mann Rücksicht zu nehmen, werde ich ausbaden, was es auszubaden gibt, aber Brian zwinge ich nicht dazu, irgendetwas zu tun, was er nicht will."

Matt warf beide Hände in die Höhe. „Und was sollen wir dann tun? Die Sponsoren werden nervös und die Fans werden sauer, wenn wir die nächsten Spiele verlieren. Außerdem wird die Gerüchteküche immer lauter. Wir müssen irgendetwas für unser Image tun!"

„Besorg den Cheerleadern neue Trikots." Brian küsste Teddy ein weiteres Mal auf die Schläfe. „Und lass Blake und Dupree zusammen in irgendeiner Promi-TV-Show auftreten. Das schafft Sympathien und bringt gute Laune."

„Ha, ha, sehr komisch." Matt runzelte finster die Stirn. „Die Pressearbeit muss besser werden. Sports Network ist einer der etabliertesten Sender, die wir haben. Durch sie ..."

„Ich arbeite nicht mit Gilbert Channing zusammen“, unterbrach Teddy den anderen Mann rigoros.

„Und ich trete nicht mit Slade auf.“ Brian verzog abfällig den Mund.

„Wieso seid ihr so verdammt stur?“

Genau in diesem Moment begann einer der Zwillinge zu weinen.

Teddy löste sich augenblicklich von ihm und ließ die beiden kommentarlos stehen, um nach dem Kleinen zu sehen.

Sobald Brian mit Matt allein war, nickte er ihm zu. „Mach, was du willst, aber komm nicht auf die Idee, uns Channing oder Slade vorzusetzen. Ich habe Männer schon für weniger kaltgemacht.“

Matt verdrehte die Augen und fuhr sich durch sein Haar. „Nett, dass du mir einen kleinen Anreiz lieferst.“

„Ich meine es ernst, Willis. Todernst. Weder Teddy noch ich haben Lust darauf, vorgeführt zu werden.“

Sein Gegenüber maß ihn kritisch und verschränkte die Arme vor der Brust. Da Matts Blick regelrecht stechend war, hatte Brian plötzlich das Gefühl, gleich aufzufliegen.

„Was ist zwischen dir und Slade passiert, dass du den Typen derart hasst?“ Nachdenklich legte er den Kopf schief. „Eine Frauensache?“

Abfällig schnaubte Brian und holte tief Luft. „Wenn es um eine alte Frauengeschichte ginge, würden Slade und ich jetzt vermutlich zusammen das Spiel sehen und ein Bier zischen.“

Matt wirkte ahnungslos. „Dann verstehe ich gar nichts mehr. Wenn es nichts mit einer Frau zu tun hat, was ist dann das Problem zwischen dir und Slade?“

Brians Mundwinkel fielen hinunter und er sah beiseite. „Als Footballspieler müsstest du eigentlich wissen, was es bedeutet, Teamkollegen im Stich zu lassen.“

7. Kapitel

Als heute Morgen um kurz nach sieben ihr Handy geklingelt hatte und Gilbert Channing sich gemeldet hatte, war Skyler davon ausgegangen, dass man sie feuern würde. Nach einem frühmorgendlichen Joggingausflug war sie verschwitzt und kurzatmig gewesen, als der Sportmoderator mit todernster Stimme davon sprach, dass sie heute an einem wichtigen Gespräch teilnehmen musste.

Ihr Dad hatte es ihr prophezeit und auch der schmierige Mike Buchanan hatte erst vorgestern eine Andeutung in jene Richtung gemacht. Ihr Ausflug in den Sportjournalismus schien bereits zu Ende zu sein, bevor er richtig begonnen hatte. Nicht einmal alle Umzugskartons hatte sie ausgepackt und würde sich nun einen Job und damit eine neue Bleibe suchen müssen – es sei denn, hier in New York tat sich eine neue Möglichkeit auf.

Sehr gefasst hatte sie sich für ihren scheinbar letzten Arbeitstag bei Sports Network fertig gemacht und sich besonders viel Mühe mit ihrem Aussehen gegeben. Wenn man sie feuerte, wollte sie wenigstens fabelhaft aussehen und nicht wie jemand wirken, der geknickt seinen Schreibtisch räumte. Der Vorteil von ehemaligen Schönheitsköniginnen war nun einmal, dass sie zu wirklich jedem Zeitpunkt mit einem strahlenden Lächeln aufwarten konnten.

Mittlerweile glaubte Skyler jedoch nicht mehr, dass sie gefeuert wurde, immerhin saß sie zusammen mit dem anderen Sportmoderator, ihrem Programmchef, Teddy MacLachlan-Palmer, deren PR-Chef und dem Trainer der

New York Titans in einem Besprechungsraum des Vereinsgebäudes und nippte an einer Tasse Kaffee. Gerne hätte sie etwas Stärkeres getrunken, allein um ihre Nerven zu beruhigen.

Auch die andere Frau am glänzend polierten Konferenztisch sah aus, als hätte sie eine Stärkung nötig. Teddy MacLachlan-Palmer wirkte ein wenig angesäuert, sobald ihr Blick auf Gilbert Channing fiel, der direkt neben Skyler saß und penetrant nach Jean Paul Gautiers Le Male roch. Tatsächlich dachte Skyler darüber nach, dem älteren Mann vorzuschlagen, etwas weniger Parfum zu nehmen, wenn er nicht wollte, dass man ihn für einen dieser Zeitgenossen hielt, die sich nicht wuschen und stattdessen lieber in Parfum tränkten. Jedoch wäre es vermutlich kontraproduktiv gewesen, den angesehenen Sportreporter vor den Kopf zu stoßen – selbst wenn dies hieß, dass Skyler Kopfschmerzen bekam.

Im Gegensatz zu Teddy MacLachlan-Palmer verbreitete der PR-Chef der Titans fabelhafte Laune, was jedoch kein Wunder war, wenn man bedachte, dass dies sein Job war. Sogar John Brennan, den Skyler im Alter von dreizehn Jahren kennengelernt hatte, als sie ihren Dad zu einem Spiel hatte begleiten dürfen, verströmte gute Laune, obwohl sein Team momentan eine Pechsträhne zu haben schien und für negative Schlagzeilen sorgte.

Sie wollte den Erfolgstrainer der Titans nicht zu sehr anstarren, weil sie hoffte, dass man ihr nicht ansah, wie verknallt sie im Alter von dreizehn Jahren in den damaligen Quarterback gewesen war. Das war zwar fünfzehn Jahre her, aber auch mit einundvierzig sah John Brennan fabelhaft aus und schien es sportlich betrachtet mit seinen Spielern problemlos aufnehmen zu können.

Wenn Skyler nicht wahnsinnig neugierig gewesen wäre, was sie hier erwartete, hätte die Phalanx der Titans sie nervös gemacht.

„Wir wissen es wirklich zu schätzen, dass Sie es so kurzfristig geschafft haben, heute alle herzukommen." Matt Willis nickte lächelnd in die Runde. „Nach dem Gespräch, das ich gestern mit Ihnen, Phil, geführt habe, und nach einer ausführlichen Besprechung mit Mrs. MacLachlan-Palmer und dem Coach bin ich mir sicher, dass wir vor einer fabelhaften Kooperation stehen. Die New York Titans schätzen die Arbeit von Sports Network sehr und wissen um die einmalige Bedeutung einer solchen Gemeinschaftsarbeit."

Skyler verstand nur Bahnhof und schielte unauffällig zu ihrem Programmchef Phil Sanders. Der Mann, der bei Sports Network alle Strippen zog, hielt sich normalerweise im Hintergrund und kommunizierte nur durch seine Assistenten. Dass der vielbeschäftigte Medienmogul anwesend war, konnte nur bedeuten, dass es sich bei dieser Besprechung um etwas verdammt Wichtiges handeln musste. Und sie hatte keine Ahnung, was sie hier sollte.

„Ab der kommenden Woche haben wir bei Sports Network bereits Sendezeit reserviert – Sendezeit während des höchsten Einschaltquotenbereichs. Dies können wir selbstverständlich ausweiten. Außerdem arbeitet ein Team schon unter Hochdruck an einem passenden Format. Sollte es heute zu einer Übereinkunft kommen, könnten wir das Programm ab übermorgen in unseren sozialen Kanälen bewerben. Auf dem Sender selbst würden wir am Wochenende damit beginnen, Werbung dafür zu schalten." Phil Sanders beugte sich mit einem Räuspern vor. „Wie Sie sehen, sind Gilbert und Miss

Wright mitgekommen. Sicherlich verstehen Sie, dass unser bekanntester und versiertester Moderator unsere erste Wahl für diese neue und innovative Sendung wäre, Mrs. MacLachlan-Palmer, jedoch hat mir Mr. Willis von Ihrem Wunsch berichtet, Miss Wright die Sendung moderieren zu lassen."

Wie vom Donner gerührt saß Skyler auf ihrem Stuhl und unterdrückte den Drang, verwirrt von einem zum anderen zu sehen. Wovon zum Teufel sprachen sie hier überhaupt?

Die einzig andere Frau im Raum räusperte sich und beugte sich vor. Obwohl sie ein T-Shirt trug, auf dem eine tollwütig wirkende Katze und der Text *This Pussy Grabs Back* abgedruckt waren, zeugten ihr Tonfall und ihre Gestik davon, dass sie ein knallharter Verhandlungspartner war.

„Ich schließe mich in allen Punkten Mr. Willis an. Selbstverständlich freue ich mich sehr darüber, dass Sports Network derart bereitwillig und spontan von unserer Idee angetan war. Und so versiert und erfahren Mr. Channing auch ist, denke ich, dass Miss Wright für ein derart junges Projekt genau die Richtige wäre." Sie blickte über den Tisch zu Skyler und blinzelte ihr eine Millisekunde lang zu. „Um es offen und ehrlich zu sagen: Ich schätze ihre unverbrauchte und frische Art sehr. Wir würden eine Berichterstattung vonseiten Sports Networks begrüßen, die weniger ... verstaubt ist."

Es war extrem schwierig, nicht dümmlich vor sich hinzugrinsen. Skyler hatte sehr wohl kapiert, was die Besitzerin der New York Titans damit sagen wollte. Und sie verstand auch, dass Teddy MacLachlan-Palmer Gilbert Channing auf den Tod nicht ausstehen konnte. Jeder im Umkreis von mindestens zehn Meilen musste dies kapieren. Nur Gilbert Channing selbst schien zu dickfellig zu sein, um die Botschaft verstanden zu haben.

Er räusperte sich vernehmlich. „Bei allem Verständnis für Ihren Wunsch, Mrs. Palmer, aber Miss Wright verfügt über keine nennenswerte Erfahrung, um dieses Projekt zu moderieren. Ich dagegen bin – bei aller Bescheidenheit – mehr als befähigt ..."

„Bei aller Bescheidenheit, Mr. Channing, aber *ich* bin die Besitzerin dieses Teams", unterbrach die junge Frau den Sportmoderator. Wenn Skyler ehrlich war, wollte sie nur ungern mit ihrem Kollegen tauschen, wenn sie den eisigen Blick bedachte, mit dem die Chefin der Titans Gilbert Channing fixierte. „Sie wollten ein Interview führen, aber nun kam die Idee auf, dass Sports Network mein Team während der laufenden Saison begleitet. Meine Spieler sind loyal. Mein Mann sowieso. Denken Sie, dass sie sich *Ihnen* gegenüber öffnen können, wenn ich Sie daran erinnern darf, wie Sie vor einigen Jahren über meine Wenigkeit berichtet haben?"

Für einen Moment war es totenstill im Raum. Selbst Gilbert Channing, der seinen Mund öffnete und schloss, als wäre er ein Fisch auf dem Trockenen, sagte keinen Ton.

Erst Phil Sanders brach das Schweigen, als er schwer seufzte. „Selbstverständlich verstehe ich Ihre Ressentiments, Mrs. MacLachlan-Palmer, jedoch sollten wir sehr bedacht an dieses Projekt herangehen."

„Ich verfüge über keine Ressentiments Mr. Channing gegenüber", versicherte die andere Frau gelassen. „Jedoch kann ich nur für mich sprechen und nicht für das Team. Wir haben sehr lange darüber geredet, wer am besten dazu geeignet wäre, die Spieler während der nächsten Wochen zu begleiten, und sind einstimmig der

Meinung, dass Miss Wright die perfekte Kandidatin dafür wäre.“

Nun mischte sich Skylers älterer Kollege erstmals wieder ein, nachdem er mundtot gemacht worden war. Beinahe spuckte er vor lauter Widerwillen. „Sie scheinen zu vergessen, dass Miss Wright früher an Miss-Wahlen teilgenommen hat! Wenn das keine Ressentiments unter Ihren Spielern gesät hat, weiß ich auch nicht!“

Skyler zog die Augenbrauen in die Höhe und drehte sich mit ihrem Stuhl zu dem penetrant stinkenden Mann neben sich um. „Ressentiments? Es waren Miss-Wahlen. Auf der Fahndungsliste des FBI stand ich nicht.“

„Miss Wright hat zudem eine fabelhafte Figur in ihrem Bikini gemacht“, ächzte Teddy voller Sarkasmus. „Meine Spieler werden ihr Glück nicht fassen können.“

Während Phil Sanders auf den letzten Satz der Vereinschefin mit einem amüsierten Zucken seiner Mundwinkel reagierte, schnappte Gilbert Channing empört nach Luft. „Du kannst diesen Vorschlag ganz unmöglich ernst nehmen, Phil!“

Matt Willis warf mit professioneller Ruhe ein: „Eine Frau wäre zudem die richtige Ansprechperson, um mehr weibliche Zuschauerinnen dazuzugewinnen. Sehen Sie das nicht auch so?“

„Doch. Ein interessanter Punkt“, stimmte Phil Sanders ihm zu. „Unsere Statistiken zeigen, dass wir viel zu wenige weibliche Zuschauerinnen ansprechen. Gutes Argument, Willis.“

Ganz und gar nicht wie ein Gentleman zeigte Gilbert Channing mit einem Finger auf Skyler. „Frauen haben nicht das Zeug, um Sportler dazu zu bringen, ihre Fragen zu beantworten. Die Spieler werden sie niemals ernst nehmen!“

John Brennan räusperte sich und widersprach ihm mit einem Anflug von Belustigung. „Nichts für ungut, Gilbert, aber wenn meine Spieler jemanden ernst ehmen, dann ist es eine Frau – nämlich ihre Chefin.“

„Oder ihre Mannschaftsärztin“, warf Matt Willis ein.

Teddy kniff die Augen zusammen und musterte den Sportmoderator kühl. „Das Team hat sich daran gewöhnt, eine Frau an der Spitze des Vereins zu haben. Meine Spieler sind nicht im Mindesten sexistisch oder chauvinistisch.“ Provokativ wischte sie seinen Einwand mit einer Handbewegung fort. „Entweder wir machen dieses Projekt mit Miss Wright oder gar nicht.“

Dies schien der Moment zu sein, in dem Gilbert Channing den Rest seiner Würde behalten wollte, da er einfach aufsprang und den Raum verließ. Sobald sich die Tür hinter ihm mit einem lauten Knall geschlossen hatte, atmete Skyler auf. Es war ihr von Sekunde zu Sekunde schwerer gefallen, den Mund zu halten.

„Gilbert scheint Ihre Ansage nicht besonders gefallen zu haben, Mrs. MacLachlan-Palmer“, gab Phil Sanders von sich, ohne dabei besonders ernst zu wirken.

Die Teambesitzerin der Titans zuckte achtlos mit der Schulter. „Ich heiße Teddy. Und was Mr. Channings Unwillen betrifft ... der wird mir keine schlaflose Nacht bereiten.“

Matt Willis schien sich diplomatischer ausdrücken zu können als seine Chefin. „Wenn es Ihnen nichts ausmacht, Mr. Sanders, würde ich zu gegebener Zeit mit Mr. Channing ein Gespräch unter vier Augen führen und ihm unsere Argumente erläutern. In der Hitze des Gefechts hat unser Standpunkt vermutlich etwas sehr harsch gewirkt.“

Der Senderchef gluckste kurz auf. „So kann man es auch sagen.“ Er wandte sich an Skyler. „Trauen Sie sich das zu, Miss Wright? Wir sprechen hier nicht von einem einmaligen Interview. Sie würden in der kommenden Saison das Team begleiten, den Zuschauern einen Blick hinter die Kulissen der NFL ermöglichen und benötigen ganz sicher etwas Fingerspitzengefühl, um dennoch die Privatsphäre der Spieler zu respektieren.“

Skyler erwiderte den fragenden Blick ihres Chefs und nickte ernst, auch wenn ihr angesichts der vor ihr liegenden Aufgabe etwas schlecht wurde. Nichtsdestotrotz wusste sie um die einmalige Gelegenheit, die sie sich ganz sicher nicht entgehen lassen wollte.

„Jawohl, Sir. Ich werde mein Bestes geben.“ Sie schaute zu Teddy MacLachlan-Palmer und konnte nun doch nicht anders, als zu grinsen. „Solange ich keinen Bikini anziehen muss, wenn ich vor die Kamera trete, sollte ich klarkommen.“

***

Kelly saß in der letzten Reihe des Besprechungsraumes der Mannschaft, hatte die Beine von sich gestreckt und die Arme vor der Brust verschränkt. Mit milder Neugierde verfolgte er das Spektakel, das nur ein paar Reihen vor ihm stattfand. Ian Carlisle und Blake O’Neill stritten sich darum, dem bedauernswerten Eddie Goldberg Tipps zu geben, wie dieser seiner Freundin einen Antrag machen sollte. Auch wenn Kelly von den meisten seiner Teamkollegen nicht mehr wusste, als welche Nummer sie auf ihren Rücken trugen, auf welcher Position sie spielten und welche Stärken oder Schwächen sie auf dem Spielfeld besaßen, war selbst ihm klar, dass weder Ian Carlisle noch Blake O'Neill die perfekten Ratgeber dafür waren, wie man einer Frau einen Heiratsantrag machte.

„Zeig noch mal den Ring her, Eddie! Wie viel hast du für den Klunker hingelegt?"

Der dunkelhäutige Eddie wurde rot und brummte abwehrend: „Das geht dich gar nichts an, Blake. Verdammt, warum habe ich nur den Mund aufgemacht?"

„Mal abgesehen davon, dass du meiner Meinung nach einen Prinzessinnenschliff und keinen Emerald-Cut hättest nehmen sollen, wird Ava bestimmt begeistert sein."

„Prinzessinnenschliff?" Der stiernackige Runningback Blake O'Neil blökte los und starrte seinen Teamkameraden Ian Carlisle fassungslos an. „Was zum Teufel ist ein Prinzessinnenschliff? Bist du etwa schwul geworden, oder was?"

Der blonde Wide Receiver versetzte Blake einen nicht gerade sanft wirkenden Schlag in die Seite. „Ich höre meiner Freundin zu, anstatt ständig nur Pornos mit ihr zu schauen. Und dass ich nicht schwul bin, wird dir Taylor bestätigen können, wenn wir nächste Woche Madisons Geburtstag feiern."

„Hey! Zufällig schaut sich Madison gerne Pornos mit mir an!"

„Der armen Frau bleibt ja auch nichts übrig“, warf jemand anderes ein.

„Ja, Blake, soll die Arme etwa deine Bude aufräumen, während du dir einen Porno nach dem anderen reinziehst? An ihrer Stelle würde ich lieber das Gesundheitsamt anrufen, damit sie mit einem Dekontaminationsteam bei dir für Ordnung sorgen.“

Ian lachte auf. „Weißt du, was man über Männer mit einem überdurchschnittlichen Pornokonsum sagt?“

„Und weißt du, was man über Männer sagt, die sich überdurchschnittlich viel für Schmuck interessieren?“

Neugierig verfolgte Kelly, wie sich Ian Carlisle und Blake O’Neill gegenüberstanden und den Anschein machten, gleich aufeinander loszugehen. Seit er vor ein paar Monaten zu den Titans dazu gestoßen war, hatte er bereits einige Male erlebt, wie sich der Wide Receiver und der Runningback eine gutmütige Prügelei geliefert hatten. Anschließend waren sie stets ein Herz und eine Seele gewesen. Tatsächlich war das Herumgeblödele der beiden eine willkommene Ablenkung von den neuesten Nachrichten, die Kelly nicht ignorieren konnte, egal, wie viel Mühe er sich auch gab. Die Titans verloren ihren Sponsor und er war in aller Munde. Zusammen mit dem unerträglichen Frühstücksfernsehen, das heute Morgen in dem Diner gelaufen war, in dem er sich einen Kaffee geholt hatte, war seine Stimmung auf dem Tiefpunkt. Zwei ziemlich grell geschminkte Weiber hatten sich dort darüber ausgelassen, dass man ihn seit seiner Entlassung aus dem Gefängnis vor fast drei Jahren mit keiner Frau mehr gesehen hatte. Noch jetzt knirschte er mit den Zähnen, wenn er daran dachte, dass beide Tussis darauf angespielt hatten, er habe im Gefängnis eventuell das

Interesse an Sex verloren, weil man ihm Gewalt angetan haben könnte.

Fuck!

Hatten die Menschen keine anderen Probleme, als sich mit so etwas zu beschäftigen?

Und was den Sex betraf ... Verdammt, er hatte wahnsinnig viel Interesse an Sex! Er träumte eigentlich nur noch von Sex und lag nachts in seinem Bett, während er an weiche Frauenhaut, zarte Frauenhände, pralle Brüste und heiße, verschwitzte Frauenkörper dachte. Wenn er sich nicht vorgenommen hätte, seine Karriere zu retten und wenigstens den letzten bescheidenen Rest seines Rufes wiederherzustellen, wäre er sofort losgezogen, um jemanden aufzureißen. Aber Kelly war nicht so weit gekommen, um wieder in alte Muster zu fallen.

Der Sex konnte warten.

Finster runzelte er die Stirn und rutschte unruhig auf seinem Stuhl hin und her, als ihm auffiel, dass allein der Gedanke an Sex ihm Probleme verursachte, schließlich wollte er sich auf das Teammeeting konzentrieren, das der Coach einberufen hatte. Anstatt also an seinen Job zu denken, erging er sich lieber in der Vorstellung einer heißen, nackten Frau, die sich auf seinem Bett rekelte und mit ihrem warmen, weichen Mund über jeden Zoll seines Körpers glitt.

Kelly schluckte.

Die letzte Frau, die er nackt gesehen hatte, war Skyler Wright gewesen. Noch immer verfolgte ihn der Anblick ihres perfekten Hinterns ...

Kaum dass er an sie gedacht hatte, trat sie in sein Sichtfeld.

Er staunte nicht schlecht, als die brünette Sportjournalistin zusammen mit seiner Chefin, seinem Coach und Matt Willis den Raum betrat. Im Gegensatz zu Kellys Chefin, die ein Paar zerfetzter Jeans und ein saloppes T-Shirt trug, sah Skyler Wright aus, als käme sie aus einem Nachrichtensender – oder von einer Modenschau. Der cremefarbene Hosenanzug saß perfekt und betonte verdammt vorteilhaft, dass die scharfe Journalistin über einen bombastischen Körper verfügte.

Sie stellte sich neben die Tür, lehnte sich gegen die Wand und machte nicht den Eindruck, sich inmitten einer Schar Footballspieler unwohl zu fühlen. Nein, sie legte den Kopf schräg und nickte ihm zu, während sie die Hand hob und ihn lässig grüßte.

Keine Ahnung, warum, aber Kelly brach augenblicklich den Blickkontakt ab und starrte stur nach vorne, wo Teddy MacLachlan-Palmer und der Coach auf die kleine Bühne traten, auf der zig Tafeln standen, die mit Spielzügen vollgekritzelt waren.

Seine Chefin räusperte sich und erklärte mit einiger Befehlsgewalt in der Stimme: „John und ich wollen euch über eine kleine Veränderung informieren ...“

„Kriegen die Cheerleader endlich neue Trikots?“, quäkte Blake O’Neill dazwischen. „Ich frage nicht für mich, sondern für Ian – der will Taylor in einem knapperen Outfit sehen, traut sich aber nicht, danach zu fragen.“

„*Du* bekommst gleich ein knapperes Outfit verpasst!“

„Mann, O’Neill, halt die Klappe!“

„Unterbrich meine Frau nicht, verdammt noch mal!“ Der letzte Einwurf kam von Brian Palmer, der sich aus der ersten Reihe erhob und die Plätze hinter sich wütend fixierte. „Ich trete dir mit Anlauf in den Arsch, wenn du ihr noch einmal ins Wort fällst, Blake!“

Selbst aus der hintersten Reihe konnte Kelly sehen, wie verdutzt Blake O’Neill wirkte. Von seinem Kapitän schien er solche Ausbrüche nicht gewohnt zu sein.

„Danke, Liebling“, mischte sich nun Teddy wieder ein und schnitt eine Grimasse, während sich ihr Mann setzte. „Ich weiß deine Unterstützung zu schätzen, aber sei etwas netter zu Blake, damit ich später nicht wieder Händchen halten muss.“

„Vielleicht solltest du einfach weiterreden, bevor sie sich wieder versöhnen und Kumbaya singen“, hörte man den Coach sagen, woraufhin Teddy müde erwiderte: „Weißt du was, John? Es sind deine Spieler. Sprich du mit ihnen – mir reicht es, einem von ihnen den Rücken zu schrubben und mir sein Gejammer anzuhören, wenn er sich beim Training die Schulter prellt.“

Kelly fand es erfrischend, seinen Kapitän dabei beobachten zu können, wie er erst rot anlief, seine Frau anschließend mit dem Finger zu sich rief und der ausgeflippten Teamchefin den Po tätschelte, als sie tatsächlich zu ihm trat. Das Gegröle der Mannschaft war nicht zu überhören. Coach Brennan hatte seine liebe Müh und Not, sich Gehör zu verschaffen.

„Anscheinend wird mir die zweifelhafte Ehre zuteil, euch zu sagen, dass wir in der laufenden Saison eine Kooperation mit Sports Network eingehen, die euch betrifft. Weil wir für etwas bessere Presse sorgen wollen, wird die Saison ab sofort dokumentiert werden. Einmal in der Woche sendet Sports Network ein vierzigminütiges Special, das die Titans hinter den Kulissen zeigen wird. Der Verein erwartet eure absolute Kooperation, während das Kamerateam uns begleitet. Selbstverständlich hat uns der Sender zugesichert, dass eure Privatsphäre gewahrt wird. Außerdem segnet der Verein jede einzelne Sendung ab, bevor sie gezeigt wird."

Das Gegröle verstummte augenblicklich.

Jetzt verstand Kelly endlich, was Skyler Wright hier zu suchen hatte.

Das konnte die Vereinsleitung nicht ernst meinen. Innerlich zuckte er zusammen und merkte, wie sich sein Magen zusammenzog. Ein Kamerateam wollte das Team während der Saison begleiten? Wer auch immer diese schwachsinnige Idee hatte, sollte gefeuert werden!

„Falls ihr wissen wollt, wer Urheber dieser Idee ist, kann sich an mich wenden", warf Teddy MacLachlan-Palmer geradezu streitlustig in den Raum. „Von keinem von euch will ich Klagen hören. Verstanden?"

Vermutlich standen die anderen Spieler ebenfalls noch unter Schock – wie Kelly, weil niemand etwas sagte. Lediglich das nervöse Schaben der Stühle auf dem Linoleumboden sprach für sich.

„Unsere zwei Niederlagen, die Kündigung unseres Hauptsponsors und anhaltende Gerüchte haben uns leider nichts anderes übrig gelassen", fuhr John Brennan ruhig weiter. Dass er lediglich Gerüchte erwähnte, ohne seinen Namen zu nennen, rechnete Kelly ihm hoch an. Dennoch war ihm klar – und vermutlich auch dem restlichen Team –, dass es an ihm lag, dass von nun an ein Kamerateam sie begleiten würde.

Schöne Scheiße.

„Uns wurde erklärt, dass sich das Team von Sports Network im Hintergrund halten wird. Wer von euch einzeln interviewt oder begleitet wird, klären wir bei Bedarf. Für euch ändert sich nichts." John Brennan schnitt eine Grimasse. „Außer dass einige von euch etwas mehr auf ihre Ausdrucksweise achten und nicht ständig blank ziehen sollten."

„Scheint so, als würde der Coach dich meinen, O'Neill!"

Wieder ertönte Gegröle, auf das John Brennan genervt reagierte. „Ich will mich nicht für euch schämen müssen, wenn ich im Fernsehen verfolge, wie einer von euch aus Hochhausfenstern pinkelt ..."

„Das ging gegen dich, Carlisle!"

„Oder wie jemand beim Training kotzt, weil er am Abend vorher gesoffen hat", fuhr der Coach fort.

„Ha, ha! Jetzt hat der Coach es dir gegeben, Rabbit!"

„Und ein gewisser Jemand verzichtet in Zukunft bitte darauf, seine Hunde mit in die Umkleide zu nehmen, wenn diese gerade Dünnpfiff haben." John Brennan stieß ein inbrünstiges Stöhnen aus. „Superbowl hin oder her – wenn ich euretwegen zur Lachnummer aller NFL-Trainer werde, lasse ich euch auf dem Feld Dessous tragen."

„Ich fürchte, dass *das* niemand sehen will", ertönte Teddy MacLachlan-Palmers Stimme. „Und ich möchte betonen, dass ich dem Chef des Senders versichert habe, dass ihr alle wohlerzogene Männer seid, die sich Miss Wright gegenüber weder sexistisch noch übergriffig verhalten werden. Miss Wright wird das Team nämlich in den kommenden Wochen begleiten, die Interviews führen und die Show moderieren."

Wie seine Teamkollegen sah auch Kelly zu Skyler hinüber, als ihre Teamchefin auf die Sportjournalistin deutete, die in keiner Weise eingeschüchtert wirkte.

Blake O'Neills Stimme bildete beinahe ein Echo, als er laut flüsterte: „War die nicht mal Miss America?"

Tom Peacock schlug dem verwirrten Runningback in den Nacken, doch selbst das laute Klatschen konnte

Skylers Stimme nicht übertönen, als sie das Team informierte: „Es hat nur zur Vize-Miss-America gereicht. Die Jury hatte etwas an meinem Bikini auszusetzen."

„Für mich völlig unverständlich." Ausgerechnet Graham Carter ergriff das Wort. „Meine Stimme hätten Sie bekommen, Miss Wright."

„Skyler reicht vollkommen", entgegnete sie entspannt. „Und danke für das Kompliment, Mr. Carter."

Der Wide Receiver grinste. „Graham reicht vollkommen."

Der Wunsch, seinem neuesten Teamkollegen den Kopf abzureißen, kam ganz plötzlich und ließ Kelly die Hände zu Fäusten ballen.

„Morgen erhält jeder von euch einen Leitfaden zum Umgang mit Miss Wright und ihrem Team ..."

Entgegen der Forderung des Quarterbacks, seine Frau nicht zu unterbrechen, quatschte Blake O'Neill schon wieder dazwischen. „Gehört zu dem Leitfaden, dass Miss Wright uns ihren Bikini vorführt? Ich habe das damals verpasst!"

„Miss Wright könnte mit sich reden lassen, wenn Mr. O'Neill ihr ein Interview gibt und erklärt, wie es dazu kam, dass er im letzten Jahr von der Homosexuellenvereinigung derart gefeiert wurde", schlug Skyler äußerst professionell vor. „Quid pro quo."

Das belustigte Gegröle zeugte davon, dass Skyler Wright ein schlagfertiges Persönchen war.

Anschließend ließen Teddy MacLachlan-Palmer und der Coach sowie Matt Willis noch ein paar Ratschläge zum kommenden Dreh vom Stapel, die in Kellys rechtes Ohr hineingingen und zum linken wieder hinauskamen. Er konnte es kaum abwarten, endlich zu verschwinden. Die nächsten Wochen mit einer Journalistin im Nacken, die ihn die ganze Zeit unter Beobachtung hatte, würden ein Höllentrip werden. Verdammt! Das hatte ihm gerade noch gefehlt.

„Sie müssen nicht verbergen, wie sehr Sie sich freuen, mich bald die ganze Zeit um sich zu haben, Kelly.“ Plötzlich tauchte sie neben ihm auf, als er sich von seinem Stuhl erhob, sobald die Versammlung aufgehoben wurde. „Diese finstere Miene nimmt Ihnen doch niemand ab.“

Kelly schlüpfte in seine Jacke hinein und erwiderte mit trockener Stimme: „Hat man Ihnen schon gesagt, dass Sie eine Nervensäge sind, Skyler?“

„Ha! Es gefällt mir, dass Sie mich bei meinem Vornamen nennen.“ Sie wirkte äußerst zufrieden, als sie sich ihm in den Weg stellte und ihn davon abhielt, einfach zu verschwinden. Natürlich hätte er sie beiseiteschieben können, aber das hätte bedeutet, sie berühren zu müssen – keine gute Idee, wenn man von Sexfantasien mit ebendieser Frau geplagt wurde, die gerade vor einem stand und wahnsinnig gut roch.

Betont gleichmütig zuckte Kelly mit der Schulter. „Was soll’s? Ich habe Sie nackt gesehen, und Sie werden Fotos von mir kennen, auf denen ich Handschellen trage. Was meinten Sie gerade noch? Quid pro quo.“

Man musste ihr zugutehalten, dass sie bei der Erwähnung seiner Handschellen nicht einmal zusammenzuckte. Lediglich auf ihren Namen reagierte sie, als der Coach sie zu sich rufen wollte.

Sie deutete ihm mit einem strahlenden Lächeln an, dass sie gleich käme, und musterte anschließend Kelly, während sich ihre Mundwinkel kräuselten. „Leider habe ich keine Zeit, um weiter mit Ihnen zu plaudern ...“

„Sehr schade“, brummte er sarkastisch und erntete ein fröhliches Lachen.

„Ja, sehr schade. Anscheinend müssen wir unser Gespräch ein anderes Mal fortsetzen.“

Abweisend schüttelte er den Kopf. „Ich denke nicht.“

„Ich denke doch.“ Sie lehnte sich etwas näher zu ihm und flüsterte belustigt: „Quid pro quo wäre es eigentlich nur dann, wenn ich *Sie* nackt sehen würde und Sie ein Foto von mir zu Gesicht bekämen, auf dem *ich* Handschellen trage, Kelly.“

Fassungslos öffnete er den Mund und war erstaunt über den Ton, der ihm wenige Sekunden später über die Lippen kam. Es war ein Lachen.

Skyler Wright schien sich dafür jedoch nicht zu interessieren, weil sie sich mit einem frechen Grinsen umdrehte und ihn einfach stehen ließ.

8. Kapitel

Skyler kramte in ihrer Tasche herum und suchte nach ihrer Notreserve, um ihren knurrenden Magen zu besänftigen. Dummerweise hatte sie heute Morgen ein wenig verschlafen und war erst in letzter Sekunde am Flughafen eingetroffen. Für ein Frühstück war kaum Zeit gewesen. Leider schien es im Mannschaftsflieger nicht einmal Snacks zu geben, weswegen Skyler nun wie eine Verrückte nach dem Schokoriegel suchte, den sie noch vorgestern in ihre Tasche gesteckt hatte.

Andere Menschen konnten Zigaretten nicht widerstehen. Bei ihr waren es Schokoriegel.

Den dreistündigen Flug nach Minneapolis würde sie niemals überstehen, wenn sie nicht etwas Zucker im Blut hatte. Nicht auszudenken, dass sie sozusagen ihren ersten Arbeitstag damit begann, vor lauter Unterzuckerung Sterne vor Augen zu sehen und in einem Flugzeug voller Footballspieler ohnmächtig zu werden. Außerdem saß sie neben Mitch Cahill, dem Teammanager der Titans, und sie befürchtete zickig zu werden, wenn sie nicht augenblicklich etwas im Magen hatte.

Sobald sie den leicht zerquetschten Schokoriegel endlich erwischte und aus der Tasche zog, war sie dermaßen erleichtert und froh, dass sie die Verpackung aufriss und sich den Inhalt ohne Zurückhaltung in den Mund stopfte. Es war Skyler egal, dass das Karamell wie ein Klumpen in ihrem Mund steckte und dort ihre Zähne verklebte oder dass es vermutlich wenig damenhaft aussah, auf dem klebrigen Süßen herumzukauen. Sie war wahnsinnig erleichtert, wenigstens irgendetwas zwischen die Zähne zu bekommen.

„Das Frühstück sollte jeden Moment serviert werden“, flüsterte Mitch Cahill ihr belustigt ins linke Ohr.

„Oh.“ Skyler schluckte einen Großteil des unzerkauten Schokoriegels hinunter und schielte nach rechts, wo John Brennan mit zwei seiner Co-Trainer saß und über Papieren brütete. Die drei schienen nicht mitbekommen zu haben, mit welcher Gier sie ihren Snack verputzt hatte. „Gut zu wissen.“

„Ich sterbe auch vor Hunger“, informierte Mitch Cahill sie leise. „Unser Baby war die ganze Nacht wach. Ich habe kein Auge zugetan und hatte heute Morgen nur einen Kaffee.“

„Mist“, flüsterte sie zurück. „Das war mein einziger Schokoriegel. Beim nächsten Mal bekommen Sie die Hälfte ab.“

„Ist gebongt“, verkündete der Teammanager und widmete sich wieder seiner Zeitung.

Ein vorsichtiger Blick zurück sagte ihr, dass die Spieler nichts gesehen haben konnten. Die meisten von ihnen dösten in ihren Sitzen, hörten Musik oder beschäftigten sich mit irgendwelchen elektronischen Spielzeugen. Für Skyler war es ein wenig befremdlich, dass sie nicht nur die einzige Frau an Board war – wenn man von den Flugbegleiterinnen absah –, sondern dass alle Männer um sie herum den gleichen Anzug trugen. Natürlich hatte sie gewusst, dass Footballspieler auf Mannschaftsreisen einen Einheitsanzug trugen, aber die Spieler in eleganten Mannschaftssakkos zu sehen, war ein kleiner Schock. Nein, um ehrlich zu sein, war es ein kleiner Schock gewesen, Kelly Slade mit einem ordentlichen Anzug bekleidet zu sehen. Der dunkelhaarige Mann mit den bärtigen Wangen und den wild tätowierten Armen wirkte in einem dunklen Anzug wie ein anderer Mensch.

Und verdammt heiß sah er dabei auch noch aus.

Skyler seufzte innerlich, während ihr Blick über die Schulter zu Kelly Slade glitt, der nur wenige Reihen von ihr entfernt saß. Es war auffällig, dass die beiden Plätze neben ihm leer waren. Ebenfalls auffällig war, dass Brian Palmer ganz hinten saß – mit so viel Abstand wie möglich zwischen ihm und seinem Ersatzmann.

„Ich hoffe, es gibt nicht wieder diesen trockenen Bagel", drang Mitch Cahills Stimme an ihr Ohr. „Da kann man gleich Styropor essen."

Skyler wandte ihre Aufmerksamkeit wieder dem Generalmanager zu und drehte den Kopf zu ihrem Sitznachbarn. „Ein styroporartiger Bagel? Das klingt in meinen Ohren nicht nach ausgewogener Ernährung für Footballspieler."

„Dann warten Sie erst einmal ab, wie sich die Jungs über ihre Tacos hermachen, wenn wir heute Abend bei diesem Mexikaner essen gehen, den sich Al gewünscht hat."

„Al Rory hat sich ein Abendessen beim Mexikaner gewünscht?" Vermutlich hätte selbst ein Tauber ihre Fassungslosigkeit verstanden.

Mitch Cahill zuckte mit der Schulter. „Nennen Sie es Tradition. Einer der Jungs darf das Restaurant aussuchen, in dem das Team bei Auswärtsspielen essen geht. Das hat sich irgendwie ergeben, nachdem Teddy ständig in makrobiotischen Restaurants reserviert hatte. Al steht auf mexikanisches Essen."

„Aha." Nachdenklich spielte sie mit dem Ende ihres Sicherheitsgurtes. „Und Sie denken wirklich, dass das Team damit einverstanden ist, dass ich zu diesem Essen mitkomme?“ Sie fragte nicht aus Höflichkeit, weil sie sich nicht vorstellen konnte, dass die Spieler viel Spaß daran hatten, mit einer Journalistin am Tisch zu sitzen. Ihr Kamerateam würde zwar erst morgen nach Minneapolis kommen, aber Skyler wollte es mit ihrer Reportage auch nicht auf die Spitze treiben.

„Solange Sie damit einverstanden sind, die Schweinerei zu ertragen, die ein paar der Spieler veranstalten, wenn sie Chimichangas essen. Nicht einmal meine Söhne haben dermaßen schlechte Tischmanieren, dabei ist der Jüngste nicht einmal ein halbes Jahr alt.“

„Danke für die Warnung.“ Skyler gluckste auf. „Wie heißen Ihre Söhne, Mitch?“

„Seth und Max. Seth ist vor Kurzem acht Jahre alt geworden und Max wird im nächsten Monat sechs Monate alt. Eigentlich wollte meine Frau mit nach Minneapolis fliegen, aber weil Max eine Mittelohrentzündung hat, ist sie lieber zu Hause geblieben.“ Als müsste er ihr erklären, wer seine Frau war, setzte er an: „Avery ist ...“

„Die Mannschaftsärztin.“ Skyler nickte. „Ich weiß. Es ist beachtlich, dass sie bereits wieder arbeitet.“

Der Generalmanager der Titans verdrehte die Augen. „Mein Fehler war es, ihr dazu zu raten, erst im nächsten Jahr wieder einzusetzen. Mein Tipp, Skyler: Streiten Sie sich niemals mit einer Schwangeren.“

„Ich werde es mir merken.“

Bevor das Frühstück aufgetischt wurde, machte sie sich auf den Weg zur Toilette, die sich im hinteren Ende des Flugzeuges befand. Als sie an Kellys Reihe vorbeikam, sah sie, dass er die Nase in ein Buch gesteckt hatte, und wäre vor Verblüffung beinahe über die langen Beine von Dupree Williams gestolpert, der den halben

Flur für sich beanspruchte. Auf dem Rückweg von der Toilette zu ihrem Sitzplatz sah sie, dass der Servierwagen den Flur blockierte, und setzte sich kurz entschlossen neben Kelly, um nicht im Weg zu stehen.

„Hey“, begrüßte sie den dunkelhaarigen Ersatzquarterback, der lediglich kurz aufschaute, bevor er seine Aufmerksamkeit wieder dem Buch schenkte.

„Hey.“

„Sie lesen, Kelly?“

„Nein“, kam es trocken aus seinem Mund. „Ich sehe mir lediglich die Bilder an.“

Neugierig beugte sie sich vor und las: „*Was ich vom Leben gelernt habe*. Aha. Oprah Winfreys Biografie – auf die Bilder bin ich gespannt.“

Während er sprach, sah er nicht auf, sondern blätterte eine Seite weiter. „Wenn ich fertig bin, kann ich es Ihnen leihen. In einem Kapitel beschreibt sie, wie wichtig es ist, die Privatsphäre seiner Mitmenschen zu achten und sie nicht zu stören.“

„Klingt gut. Sagen Sie mir, ob sich das Buch lohnt, wenn Sie fertig sind.“

Anscheinend sollte sein Brummen ihr signalisieren, dass er allein sein wollte. Da der Servierwagen jedoch noch immer den Weg blockierte, machte es sich Skyler neben Kelly bequem und löcherte ihn mit der nächsten Frage: „Wie läuft das Training?“

„Gut.“

„Wie gut?“

„Das sollten Sie den Coach fragen“, erwiderte er leichthin, auch wenn man an seinem Unterton erkennen konnte, dass er genervt war. „Ich bin nicht wirklich objektiv, was meine Leistung betrifft. Tatsächlich glaube ich, dass er gerade ein paar Minuten für Sie übrig hat, Skyler."

Gelassen schloss sie den Sicherheitsgurt und streckte die Beine von sich. „Der Service geht gerade seiner Arbeit nach und ich komme nicht zu meinem Sitz. Anscheinend müssen Sie sich noch ein paar Minuten lang mit mir unterhalten."

„Muss ich das?"

Fröhlich lachte sie auf und griff nach dem Journal, das in der Sitztasche vor ihr steckte. „Wenn Sie nicht wollen, dass ich Ihnen hieraus vorlese. Oh ... das klingt gut! *Zehn Dinge, die er tun kann, um sie kommen zu lassen*. Ist das Ihr Magazin, Kelly?"

Sein stoisches Gesicht verzog sich genervt. „Nein, ist es nicht."

Interessiert blätterte Skyler zu besagter Reportage und hakte nachdenklich nach: „Wussten Sie, dass man seiner Sexpartnerin Wachs in die Ohren stecken soll, um ihre Sinne zu schärfen? Erinnert mich eher an das *Schweigen der Lämmer*. Keine Ahnung, wie Frau da zum Orgasmus kommen soll."

„Es soll sogar Frauen geben, die ihre Sexpartner dermaßen vollquatschen, dass die nicht zum Orgasmus kommen", konterte Kelly Slade ruhig.

„Ist Ihnen das schon einmal passiert?"

Er senkte das Buch und starrte sie derart intensiv an, dass ihr ganz flau im Magen wurde.

„Wir sollen zwar mit Ihnen kooperieren, Miss Wright, aber das heißt nicht, dass ich mit Ihnen mein Sexleben bespreche."

Skyler nahm ihm das Buch weg und klappte es zu. „Himmel, Kelly, entspannen Sie sich. Sie tun ja gerade so, als habe ich Ihnen vorgeschlagen, heißen Sex auf der

Flugzeugtoilette zu haben. Ich kann nun wirklich nichts dafür, dass einer Ihrer Kollegen dieses Magazin braucht, um sein Sexleben auf Vordermann zu bringen."

„Ach!" Sein rechter Mundwinkel schien sich selbstständig zu machen.

„Ja!" Sie klemmte sich die Oprah-Winfrey-Biografie unter den Arm. „Honorieren Sie wenigstens meinen Versuch, höfliche Konversation mit Ihnen zu betreiben."

„Höflich?" Eine seiner dunklen Augenbrauen zuckte in die Höhe. „Waren Sie es nicht, die mir gerade Sextipps geben wollte?"

Skyler tätschelte seinen Arm, der auf der Lehne zwischen ihren beiden Sitzen lag. „Das Leben als Miss Rhode Island ist lange nicht so sexy wie das Leben eines Footballspielers."

„Soll das heißen, dass *Sie* von *mir* Sextipps haben wollen?"

Auf seine gespielte Ungläubigkeit reagierte sie mit einem Schnauben. „Um Gefahr zu laufen, morgen Wachsohrstöpsel zu kaufen?"

Skylers Sitznachbar hatte einmal den Ruf besessen, alles flachzulegen, was bei drei nicht auf den Bäumen war. Hinter vorgehaltener Hand hatte man sich erzählt, dass Kelly Slade nicht nur ein begnadeter Liebhaber war, sondern Frauen im Bett um den Verstand bringen würde. Er mochte sich nicht daran erinnern, aber Skyler hatte ihn auf irgendeiner Party getroffen, kurz nachdem sie Vize-Miss-America geworden war. Damals hatte sie auf der Damentoilette der Unterhaltung dreier Frauen gelauscht, die davon geredet hatten, dass der Quarterback für zahlreiche gebrochene Herzen und ruinierte Ehen verantwortlich war. Seine wilden Tage mochten vielleicht vorbei sein, aber als sich seine Lippen zu einem schmelzenden Lächeln verzogen und sich seine Augen auf ihren Mund richteten, bekam Skyler einen kleinen Einblick in den Kelly Slade, der für seinen Frauenverschleiß berühmt gewesen war.

Geradezu vertraulich raunte er ihr zu: „Wachsohrstöpsel hatte ich noch nie nötig."

Unerschrocken erwiderte sie seinen Blick. „Darf ich Sie zitieren?"

Er lachte kurz und entblößte dabei strahlend weiße Zähne, die in seinem bärtigen Gesicht besonders hervorstachen. Statt auf ihre Frage zu antworten, deutete er auf sein Buch, das Skyler noch immer unter ihren Arm geklemmt hatte.

„Bekomme ich mein Buch zurück?"

„Vielleicht später", wägte Skyler ab und wollte ihm feierlich das Magazin überreichen. Weil er dieses nicht entgegennahm, legte sie es ihm kurzerhand auf den Schoß. „Seien Sie ein Schatz und tun Sie wenigstens so, als würden Sie es lesen. Mein Weltbild ist gerade ins Wanken geraten."

„Weil ein Footballspieler ein Buch liest?" Misstrauisch maß er sie.

„Nein." Mit einem dramatischen Seufzer schüttelte sie den Kopf. „Weil Männer zu Wachsohrstöpsel zurückgreifen müssen, um Frauen zu befriedigen. In was für einer Welt leben wir eigentlich?"

Bevor er ihr eine Antwort geben konnte, öffnete sie den Sicherheitsgurt und ließ ihn sitzen. Sein Buch nahm sie jedoch mit.

***

„Ich habe gehört, dass die Guacamole ein Gedicht sein soll. Teilen wir uns eine Portion?“

War die Frau eine Stalkerin? Oder hatte sie es sich einfach nur so aus Spaß zur Aufgabe gemacht, ihn in den Wahnsinn zu treiben?

Kelly sah nach links, wo der Nachbarstuhl gerade noch frei gewesen war und wo jetzt Skyler Wright saß, die nach dem Pitcher voll Wasser griff und sich etwas einschenkte. Zwar wusste Kelly nicht, was sie den ganzen Tag lang getrieben hatte, während er zusammen mit dem Team ein Abschlusstraining vor dem Spiel gegen die Vikings absolviert hatte, jedoch sah sie fröhlich, erholt und geradezu strahlend aus. Im Gegensatz zum frühmorgendlichen Flug, als sie ein Businesskostüm getragen hatte, trug sie jetzt ein Paar Jeans, ein dunkelblaues Top und hatte ihre Mähne zu einem mädchenhaften Pferdeschwanz frisiert. Einzig der dunkelrote Lippenstift passte nicht wirklich zu ihrer lässigen Aufmachung.

Um nicht an ihren dunkelroten Kussmund denken zu müssen, runzelte er die Stirn und brummte abweisend: „Der Platz war reserviert.“

Gut gelaunt zuckte sie mit der Schulter und schenkte ihm ebenfalls Wasser nach. „Tja, dann können Sie ja froh sein, dass ich so früh da war, um mich zu Ihnen zu setzen. Also? Teilen wir uns die Guacamole?“

Abwehrend schüttelte er den Kopf. „Nein, ich ...“

„Ach, bevor ich es vergesse: Ich fürchte, ich schulde Ihnen ein neues Buch, Kelly."

„Was?"

Keineswegs zerknirscht wandte sie sich ihm zu, griff nach dem Körbchen mit dem Besteck und legte ihm ein in eine Serviette gepacktes Bestecktrio auf seinen Platz. „Das Buch von Oprah ist wirklich gut. Ich habe es heute Nachmittag in der Badewanne gelesen und dabei ist es mir kurz aus den Händen gerutscht und ins Wasser gefallen. Zwar trocknet es gerade auf der Heizung, aber ich besorge Ihnen ein neues."

Die Vorstellung, dass sie in einer Badewanne lag und ein Buch las, brannte sich in sein Gehirn ein. Da er nicht antwortete, schien sie wohl zu denken, dass er sauer war, weil sie entschuldigend anführte: „Dieser Whirlpool ist ein Teufelswerkzeug. Versehentlich gingen die Düsen an – da habe ich mich so erschrocken, dass ich das Buch losgelassen habe."

Wie erstarrt sah er sie an und wollte nicht daran denken, dass Skyler Wright nackt in einem Whirlpool sein Buch gelesen hatte. Er tat es dennoch und merkte, wie er in Schweiß ausbrach. Verdammt, das war mit Abstand die erotischste Fantasie, die er momentan haben konnte.

„Worüber redet ihr?" Genau in diesem Moment setzte sich Graham Carter ihnen gegenüber an den alten Holztisch, der in dem beliebten mexikanischen Restaurant für einen Großteil der Titans reserviert worden war.

Kellys Nemesis antwortete an seiner Stelle. „Kelly und ich diskutieren gerade über ein Geheimnis. Es hat mit einem Whirlpool, einem Buch und Sextipps zu tun."

Graham Carter begann dröhnend zu lachen. „Es ist doch kein Geheimnis mehr, wenn Sie alle Einzelheiten verraten."

„Ich dachte, dass ihr Jungs eh alles untereinander breittretet." Unbekümmert zuckte sie mit der Schulter und lehnte sich interessiert vor. „Raus mit der Sprache: Was erwartet mich in den nächsten Wochen?"

„Ich habe keine Ahnung, was Sie meinen, Skyler." Für einen verlobten Mann flirtete Graham ziemlich offensiv mit einer anderen Frau, fand Kelly, als er seinen Teamkollegen dabei beobachtete, wie der die Sportjournalistin angrinste.

Die schwang den Kopf jedoch in seine Richtung und schaute ihm voll ins Gesicht. „Weiß Graham etwa, dass Sie mich nackt gesehen haben?"

Obwohl Kelly nach seinem Glas Wasser griff, um seine Nerven zu beruhigen, klang seine Stimme erstaunlich gelassen. „Wenn er es weiß, dann nur deshalb, weil Sie damit gerne hausieren gehen. Ich kann wie ein Grab schweigen."

„Was ich bestätigen kann." Graham schielte beinahe vor Neugierde. „Und jetzt zum Wesentlichen. Warum hat er Sie denn nackt gesehen? Oder hat das etwas mit diesem ominösen Geheimnis zu tun?"

„Nein, ein Geheimnis ist es nicht." Skyler schüttelte den Kopf und griff nach einem der Tortilla-Chips, die gerade serviert wurden. „In Orlando schienen es meine Kollegen spaßig zu finden, meine Klamotten und Handtücher zu klauen, als ich unter der Dusche des Fitnessbereichs stand." Als wäre es das Normalste von der Welt, tunkte sie den Tortilla-Chip in die Salsa und erklärte gleichzeitig: „Kelly traf mich vor dem Aufzug und lieh mir sein Sweatshirt. Apropos: Das gute Stück habe ich noch zu Hause."

Kelly machte eine wegwerfende Handbewegung und verfolgte angestrengt den Klecks roter Salsa, der ihr am Mundwinkel klebte.

„Ihre Kollegen haben Sie nackt durchs Hotel laufen lassen?" Graham öffnete den Mund. „Ernsthaft?"

„Wer hat wen nackt durchs Hotel laufen lassen?" Ausgerechnet Blake O'Neill setzte sich neben Graham und war in Begleitung von Al Rory und Eddie Goldberg. Ein Blick zum anderen Ende des Tisches sagte Kelly, dass Brian dort Platz nahm und dass sein Kumpel Dupree Williams verwirrt die große Lücke betrachtete, die dazwischen herrschte. Anscheinend waren die meisten seiner Teamkollegen noch auf ihren Zimmern.

„Miss Wright hat gerade erzählt ..."

„Skyler", korrigierte die Sportjournalistin den Wide Receiver mit vollem Mund und nahm sich einen weiteren Tortilla-Chip, auf dem sie großzügig Jalapenos verteilte.

„Nun ... Skyler hat erzählt, dass ..." Graham runzelte die Stirn, bevor er den Kopf schüttelte und den Politikersohn herauskehrte. „Das sollte ich nicht erzählen."

Obwohl sie noch kaute, schnaubte sie, als fände sie seine plötzliche Zurückhaltung albern.

Kelly stellte sein Glas Wasser zurück auf den Tisch und ergriff das Wort – womöglich zum ersten Mal während eines Beisammenseins mit seinem neuen Team. „Ihre Kollegen haben ihr die Klamotten geklaut, als sie im Fitnessbereich des Hotels geduscht hat."

Blake O'Neill fielen beinahe die Augen raus. „Hier? Sie sind hier nackt durchs Hotel gerannt? Wann? Und wieso sagt man mir das erst *jetzt*?"

„Nein, in Orlando“, widersprach Skyler lachend und schien kein Problem damit zu haben, derart intime Details zu verraten. „Ist also schon ein paar Tage her. Außerdem habe ich beschlossen, Duschen in Fitnessbereichen in Zukunft zu meiden.“

„Zu schade.“ Blake schnalzte mit der Zunge.

„Du hast eine Freundin“, ermahnte Eddie Goldberg ihn, bevor er Skyler besorgt betrachtete. „Haben Sie Ihrem Vorgesetzten davon berichtet? Das ist sexuelle Belästigung am Arbeitsplatz!“

Für einen Footballspieler klang er erstaunlich entrüstet, wie Kelly fand.

„Ach was!“ Skyler verdrehte die Augen. „So schlimm war es gar nicht, schließlich war Kelly ja da und hat mir mit seinem Sweatshirt ausgeholfen. Außerdem bin ich Schlimmeres von unzähligen Miss-Wahlen gewohnt.“

Ein Augenblick der Stille folgte, die nur durch Als Kichern unterbrochen wurde, bis Blake über den Tisch hinweg Kelly ansah. „Alter! Du hast sie nackt gesehen?“

„*Sie* sitzt hier auch am Tisch“, warf Skyler ein. „Und ja, er hat mich nackt gesehen. Ich schätze, alle hier am Tisch haben schon eine nackte Frau gesehen.“

Das mochte stimmen, aber nicht alle Personen am Tisch hatten seit der Episode vorm Hotelfahrstuhl erotische Fantasien mit ebendieser ehemaligen Schönheitskönigin, die ihn nachts mit wild schlagendem Herzen im Bett liegen ließen und ihm nicht mehr aus dem Kopf gingen. Und wenn die frühere Miss Rhode Island nicht endlich aufhörte, Salsa von ihren Fingern zu lecken, müsste sich Kelly den Pitcher mit dem eiskalten Wasser über den Kopf schütten – oder in die Hose.

Verdammt! Wie sollte er sich unter diesen Voraussetzungen auf seinen Job konzentrieren?

„Können wir endlich bestellen?“, knurrte er und sah sich mit finsterer Miene nach einer Kellnerin um. Wenn Skyler Wright so weitermachte, würde er noch zur Lachnummer im Team werden. Ein Außenseiter zu sein, war okay, aber er würde einen Teufel tun und sich von einer ehemaligen Schönheitskönigin vorführen lassen.

„Ey, Skyler“, rief Blake über den Tisch und versprühte beste Laune. „Kommen Sie nach dem Spiel wieder in unsere Umkleide?“

„Ja, klar. Wenn ich darf.“

„Gut zu wissen. Es wäre nur ausgleichende Gerechtigkeit, wenn Slade vor Ihnen blank zieht, nachdem er Sie bereits in voller Pracht gesehen hat.“

Mit einem düsteren Blick maß Kelly den Runningback und ballte unter dem Tisch die Hände zu Fäusten. Seinem eigentlichen Wesen hätte es entsprochen, Blake mit einem gezielten Schlag unschädlich zu machen, jedoch hielt er sich im Zaun und beschränkte sich darauf, lediglich kampfeslustig das Kinn nach vorne zu schieben.

Fast rechnete er damit, dass Skyler die Runde darüber informierte, dass er bereits vor ihr blank gezogen hatte, als sie nach dem letzten Spiel zu Gast in der Umkleide der Titans gewesen war, doch die wunderbar duftende Frau neben ihm fragte stattdessen leichthin nach: „Fällt Ihr Kommentar nicht unter sexuelle Belästigung, Blake?“

„Hey, ich habe nicht angefangen, über Nacktheit in Hotels zu reden!“

Ausgerechnet der zurückhaltende Eddie Goldberg riet seinem Kumpel: „Das Hotel soll einen Pornokanal haben. Dein Glück, Blake. Vielleicht belästigst du uns dann nicht mit deinen Perversitäten."

„Die meisten Pornos sind nicht pervers, sondern geil", belehrte ihn Blake überheblich. „Ist ein kleiner, aber feiner Unterschied."

Al Rory flüsterte anscheinend verstört: „Blake, Miss Wright sitzt mit uns am Tisch!"

Die begann neben Kelly zu glucksen. „Ihr Jungs seid echt der Knaller. Wer teilt sich mit mir eine Portion Guacamole?"

Während des Essens bemühte sich Kelly darum, sich auf sein Essen zu konzentrieren und nicht wie gebannt zu lauschen, worüber sich Skyler mit seinen Teamkollegen unterhielt. Er nahm an den Mannschaftsessen sowieso nur der Höflichkeit halber teil und hielt sich im Hintergrund. Normalerweise hatte er damit kein Problem, doch wenn dicht neben ihm eine Frau saß, die gut roch, hell lachte und Witze machte, die seine Mundwinkel zucken ließen, fiel es ihm schwer, die Beherrschung nicht zu verlieren.

Als sich das Abendessen seinem Ende zuneigte, war er verdammt froh, es hinter sich zu haben. Mit einem Brummen erwiderte er Skylers Gruß, als sie sich erhob und ging, und trank sein Wasser aus. Ein paar seiner Mannschaftskollegen überlegten gerade, noch den einen oder anderen Club der Stadt aufzusuchen, da das morgige Training crst für die Mittagszeit angesetzt war, jedoch wäre Kelly selbst dann nicht mitgekommen, wenn er eingeladen gewesen wäre.

Zum Abschied klopfte er kurz auf die Tischplatte und machte sich dann vom Acker. Bevor er die Lobby durchquerte, wollte er halt im Hotelshop machen, um eine Tube Zahnpasta zu kaufen, doch als er sah, wer dort vor dem Regal mit dem Süßkram stand, hätte er beinahe kehrtgemacht. Als Verfechter von Körperhygiene blieb ihm jedoch nichts anderes übrig, als sich zu Skyler zu gesellen.

„Haben Sie etwa noch immer Hunger?“ Dicht hinter ihr blieb er stehen und genoss es, wie sie zusammenzuckte und sich regelrecht erschrocken zu ihm umdrehte.

„Kelly! Was machen Sie denn hier?“

Über ihren Kopf hinweg griff er nach einer Tube Zahnpasta und zuckte mit der Schulter. „Anscheinend nicht das Gleiche wie Sie. Meine Zahnpasta neigt sich dem Ende zu. Und Sie?“

Sie nahm einen Schokoriegel aus dem Regal und lächelte schwach. „Meinen letzten Schokoriegel habe ich im Flieger verdrückt und brauche unbedingt Nachschub.“

Kelly zog eine Augenbraue in die Höhe. „Schokoladennachschub?“

„So ungefähr.“

Er nahm ihr den Schokoriegel wieder ab und legte ihn zurück, bevor er eine andere Sorte aussuchte. „Wenn Sie Schokoladennachschub brauchen, sollten Sie lieber den Riegel nehmen. Der hat einen flüssigen Kern und doppelt so viele Nüsse als alle anderen.“

„Und wenn ich Nüsse nicht mag?“ Sie verschränkte die Arme vor der Brust.

„Dann verpassen Sie eines der besten Dinge im Leben.“

„Ha! Sie können ja sogar richtig witzig sein, Kelly. Ich bin begeistert.“

„Bekomme ich von Ihnen ein Empfehlungsschreiben, falls ich aus dem Team geworfen werde? Dann heuere ich bei Comedy Central an.“ Er trat an die Kasse und wartete darauf, dass ein Hotelangestellter kam. „Ich übernehme Ihren Schokoriegel."

„Danke." Sie räusperte sich. „Warum sollten Sie aus dem Team geworfen werden?"

Kelly zuckte mit der Schulter und zog sein Portemonnaie hervor. „Weil ich nur der Ersatz für einen der besten Quarterbacks der gesamten Liga bin, weil ich ein paar Jahre nicht gespielt habe und weil ich ziemlich untragbar bin. Suchen Sie es sich aus."

Anscheinend hatte sein Kommentar sie verstummen lassen.

Ein kurzer Blick über seine Schulter sagte ihm, dass Skyler ihn nachdenklich ansah. Glücklicherweise rettete ihn der Kassierer, der die beiden Waren einscannte. Währenddessen trat Skyler dicht neben ihn und raunte zögerlich: „Keine Sorge, das bleibt unter uns ..."

Er schnaubte abfällig. „Nichts für ungut, Skyler, aber ich habe Ihnen gerade kein Geheimnis verraten. Wenn man meinen Namen bei Google eingibt, zeigt mich das erste Foto in meinem Gefängnisoverall."

Den taxierenden Blick des Kassierers erwiderte Kelly kühl und legte ein paar Dollar auf den Tresen, bevor er sich zu Skyler drehte.

Bemüht fröhlich wollte sie von ihm wissen: „Das Team wird sicherlich heute um die Häuser ziehen. Warum sind Sie nicht dabei?"

Er konterte er ihre Frage mit einer Gegenfrage. „Und warum sind Sie nicht dabei?"

Sie hob die Schultern in die Höhe und erwiderte wie selbstverständlich: „Weil ich nicht zum Team gehöre."

„Tja." Er übergab ihr den Schokoriegel. „Ich auch nicht."

9. Kapitel

„Halt auf Palmer und schwenk dann zum Coach. Ach ... und vergiss O’Neill nicht“, wies Skyler ihren Kameramann angesichts des jubelnden Runningbacks belustigt an, der auf die hölzerne Sitzbank gesprungen war und nun mit nacktem Oberkörper dort stand, sein Trikot über den Kopf hin und her schwang und dabei wie ein Gorilla klang, an dem man Aufputschmittel testete.

Der knappe Sieg gegen die Vikings wurde in der Umkleide der Titans gerade so frenetisch wie der Superbowl gefeiert. Skyler, die während des Spiels zusammen mit ihrem Kamerateam an der Seitenlinie hatte stehen dürfen, um so lebensnah wie möglich das Spiel aus der Sicht der Spieler einzufangen, war von der feierwütigen Truppe ein wenig überfordert und hatte es längst aufgegeben, einen der Spieler zu einem Interview zu bekommen. Als sie vor wenigen Minuten Ian Carlisle nach einem kurzen Statement hatte fragen wollen, hatte dieser Idiot sie im Überschwang seiner Gefühle auf den Mund geküsst und anschließend das Gleiche bei seinem Teamkollegen Dupree Williams getan.

Natürlich hatten sie gestern und heute so viele Aufnahmen und Interviews gedreht, dass es problemlos für die erste Ausstrahlung der neuen Sendung reichen würde, aber sie wollte unbedingt einen Spieler vor der Kamera haben, der *nach* dem Sieg seinen Jubel kundtat. Aufnahmen und Interviews beim Mannschaftsfrühstück, im Mannschaftsbus, beim Training und sogar ein kurzer Einspieler, wie Julian Scott kurz vor dem Spiel via Skype seinen früheren Mannschaftskollegen drohte, ihnen in den Arsch zu treten, wenn sie kein ordentliches Spiel ablieferten, würden die Zuschauer von Sports Network begeistern. Aber Skyler genügte es nicht, nur den Jubel zu filmen. Sie wollte einen freudestrahlenden Spieler vor der Kamera haben, der den Zuschauern ein Bild davon vermittelte, wie sehr sich hoch bezahlte, berühmte und gefeierte Superstars über einen Sieg freuen konnten – und wie hart sie dafür arbeiteten.

Fest entschlossen packte sie daher das Mikrofon und gab ihrem Kameramann Cyril und dem Tontechniker Percy ein Zeichen, ihr zu folgen, während sie sich durch die feiernde Meute kämpfte und Brian Palmer anvisierte. Er war schließlich nicht nur Quarterback und Mannschaftskapitän, sondern auch Ehemann der Frau, die dieses Projekt angeleiert hatte.

„Brian." Ohne viel Federlesen stellte sie sich vor den bedeutend größeren Mann, der gerade lachend eine Flasche Wasser fing, und hielt ihm ohne Zaudern das Mikrofon unter die Nase. „Was ist das für ein Gefühl, nach zwei Niederlagen endlich einen Sieg errungen zu haben?"

Er antwortete mit einem Grinsen. „Ein verdammt geiles Gefühl!"

Ihre Augenbrauen fuhren bedeutungsvoll in die Höhe. „Könnten Sie das näher ausführen? Auch für unsere jüngeren Zuschauer?"

Brian Palmer fuhr sich mit seinem nackten Unterarm über die verschwitzte Stirn und stand so unter Strom, dass Skyler jeden Moment damit rechnete, ihn abheben zu sehen. Augenblicklich bewies er, dass er ein Vollprofi war, als er ausführte: „Es ist ein wahnsinnig gutes Gefühl, dass wir endlich punkten konnten und zeigen durften, welche Qualität die Titans haben. Unser Team wächst langsam zusammen, und nun möchten wir unseren Fans beweisen, wie gut wir noch immer sind."

Im Hintergrund deklarierte Blake O'Neill johlend den nächsten Superbowl für sein Team, was Skyler dazu zwang, näher an den Quarterback zu treten, der sich ebenfalls hinunterbeugte, um sie zu verstehen.

„Was können wir beim nächsten Spiel von Ihrem Team erwarten?"

„Unser Bestes. Wir gehen immer aufs Feld, um unser Bestes zu geben."

Skyler hatte angesichts der Lautstärke Mühe, sich auf ihre Frage zu konzentrieren, und hoffte, dem Mannschaftskapitän nicht ins Ohr zu brüllen, als sie von ihm wissen wollte: „Joe Montana hat gesagt, dass es keinen schöneren Nervenkitzel gibt, als einen Pass zum Touchdown zu werfen. Würden Sie das nach Ihrem heutigen letzten Pass auch sagen, schließlich war es ein sehr enger Sieg."

Das Lächeln, mit dem er sie bedachte, bewies, dass Brian Palmer vor seiner Ehe nicht umsonst den Ruf eines Ladykillers besessen hatte. „Was den Football betrifft, mag Joe Montana recht haben – da gibt es tatsächlich keinen schöneren Nervenkitzel, aber als Ehemann einer impulsiven Ehefrau muss ich ihm da leider widersprechen." Er zwinkerte in die Kamera und schien seine impulsive Ehefrau zu grüßen. „Ich liebe dich, Baby. Ach ... wir haben kein Klopapier mehr."

Skylers Schultern sackten hinunter, während sie hilflos den Kopf schüttelte und ausgerechnet jetzt nicht lachen wollte. „Schnitt", rief sie Cyril zu und erklärte an den unschuldig dreinblickenden Quarterback: „Ihre Frau wird Ihren letzten Kommentar rausschneiden lassen."

„Da kennen Sie Teddy aber schlecht.“ Ziemlich selbstgefällig klopfte er sich auf die Brust. „Sie steht auf so etwas.“

Zwar konnte sich Skyler nicht vorstellen, dass eine Frau auf eine Liebesbotschaft stand, in der die Rede von fehlendem Klopapier war, aber wer war sie schon, sich Gedanken über die Ehe eines fremden Paares zu machen? Langsam kam sie zu der Erkenntnis, dass Footballspieler durchgeknallt sein mussten.

Der einzige Footballspieler, der von der geradezu manischen Stimmung in der Umkleide nichts abbekommen hatte, war Kelly Slade, der gerade dabei war, seine Tasche zu packen.

Nachdem Skyler Cyril und Percy nach draußen geschickt hatte, um das Material zu sichten, schlenderte sie zum Ersatzquarterback, der seine Ausrüstung ordentlich zusammenpackte.

„Feiern Sie nicht auch, Kelly?“ Ungezwungen lehnte sie sich neben seinen Spind und nickte einem glücklich wirkenden Quinn Atherton zu, der gerade an ihnen vorbeiging.

Auch Kelly schien sich wie sein Mannschaftskapitän auf Diplomatie zu verstehen. „Das Team hat verdient gesiegt. Offense und Defense haben gute Arbeit geleistet.“

„Und das ist für Sie kein Grund zu feiern?“

Seine dunklen Augenbrauen zogen sich ein wenig zusammen. „Nicht wirklich.“

„Wollen Sie den Tag nicht vor dem Abend loben?“ Amüsiert musterte sie ihn, während er fein säuberlich seine Sachen faltete. „Ich hätte Sie nicht für abergläubisch gehalten, Kelly.“

„Bin ich auch nicht.“

„Und warum feiern Sie dann nicht wenigstens ein wenig den Sieg?“

Mit einem genervten Seufzen ließ er das Handtuch fallen, das er gerade noch in den Händen gehalten hatte. „Weil ich keinen Anteil am Sieg habe. Erinnern Sie sich? Ich saß auf der Bank und habe Däumchen gedreht. Wieso sollte ich mir jetzt auf die Schulter klopfen und mich zum Sieg beglückwünschen?“

Nachdenklich erwiderte sie seinen Blick und gab anschließend bedächtig zu bedenken: „Mein Dad hat immer gesagt, dass die Mannschaft siegt und nicht der einzelne.“

Träge glitt sein Blick über ihr Gesicht, und Skyler wurde den Eindruck nicht los, als wolle er etwas zu ihrem Dad sagen, doch dann zuckte er lediglich mit der Schulter. „Kann schon sein.“

„Kann schon sein? Soll das heißen, dass Sie mir recht geben?“

Wortlos zuckte er mit der Schulter, bevor er ebenfalls bedächtig erklärte: „Palmer ist verheiratet.“

Woher kam das denn so plötzlich? Irritiert und auch ein wenig ahnungslos antwortete sie ihrem verschlossenen Gesprächspartner: „Das weiß ich.“

„Früher hat er nichts anbrennen lassen, aber heute wirkt er nicht wie jemand, der seine Frau betrügen würde.“

Zwinkernd öffnete sie den Mund, während ihr langsam ein Licht aufging.

Allein die Vorstellung, dass sie sich an den Mannschaftskapitän heranwerfen würde, war so lächerlich, dass sie zu grinsen begann. Wie kam Kelly bloß auf die Idee? Hatte sie irgendetwas verpasst?

Betont angelegentlich erläuterte sie: „Man hört ja so einiges über ihn, und ich könnte mir vorstellen, dass Footballspieler während ständiger Auswärtsspiele ziemlich einsam sein können.“

Zwar sah er sie nicht an, aber an seinem Profil konnte sie erkennen, wie finster seine Miene mit einem Mal wurde. „Sie sollten aufhören, *darüber* nachzudenken.“

„Na ja ... er sieht sehr gut aus. Finden Sie nicht?“

„Ich finde, dass Palmers Frau keinen Spaß versteht.“ Sein Tonfall war lediglich ein Brummen.

„Da ist sie anscheinend nicht die Einzige.“ Skyler verdrehte die Augen, nahm das Handtuch und warf es ihm zu, damit er sie endlich ansah. Sie schnitt eine Grimasse. „Denken Sie, ich würde mich an Brian Palmer heranmachen? Ich bin doch nicht lebensmüde. Außerdem ist er gar nicht mein Typ.“

Zweifelnd rümpfte er die Nase. „Das sah tatsächlich anders aus, als Sie sich gerade beinahe an ihn geschmiegt hätten.“

Nun musste sie wirklich lachen und stieß sich von dem Spind hinter sich ab. „Glauben Sie mir, Kelly, wenn ich mich an jemanden heranmache, dann sieht das ganz anders aus.“

Wenn sie sich nicht täuschte, glomm in seinen dunklen Augen ein winziger Funke Neugierde auf. „Und wie sieht es aus, wenn Sie sich an jemanden heranmachen?“

Voller Bedauern deutete sie auf die Uhr an ihrem Handgelenk. „Tut mir leid, ich muss leider los. Die Arbeit wartet auf mich.“

„Wie praktisch“, schnarrte er. „Ausgerechnet jetzt.“

„Ja, ausgerechnet jetzt.“ Skyler nickte fröhlich.

„Dann wünsche ich Ihnen frohes Schaffen."

„Danke." Sie hob die Hand zum Abschied und wollte gehen, als kurz innehielt und freundschaftlich meinte: „Wenn Sie heute Abend nicht mit der Mannschaft feiern, können Sie sich gerne zu mir gesellen. Ich sitze gewöhnlich in der Bar ..."

„Ich trinke nicht."

Skyler strich sich eine Haarsträhne aus der Stirn. „Dann probieren Sie die Nüsse – die sind grandios. Nur ein Tipp: Sie würden eines der besten Dinge im Leben verpassen, Kelly."

***

Kelly hatte keine Ahnung, was er hier tat, als er die Bar des Marriotts betrat und diese nach Skyler absuchte.

Vielleicht lag es an der Langeweile, allein in seinem Hotelzimmer zu versauern, oder an seiner Unruhe nach einem Tag wie heute, an dem er von der Bank aus zugeschaut hatte, wie Palmer den entscheidenden Wurf ausübte, um den Titans den Sieg zu holen, dass er ihrer Einladung folgte.

Eigentlich sollte und wollte er sich von ihr fernhalten, denn eine Frau wie Skyler Wright bedeutete ganz sicher Ärger. Das Problem war nur, dass er sich zum ersten Mal seit ewigen Zeiten wohl in der Gegenwart eines anderen Menschen fühlte. Und es war verdammt lange her, dass er sich dabei selbst erwischte, über einen Witz zu lachen.

Vielleicht war er auch nur neugierig, was die Sportjournalistin im Schilde führte, dass sie so oft seine Nähe suchte und mit ihm ein Gespräch begann.

Als er sie entdeckte, war er nicht überrascht, sie an der Bar zu finden, wo sie anscheinend gerade mit dem Barkeeper flirtete, der an ihren Lippen hing und ein Glas abtrocknete, das vermutlich gleich einen Sprung bekommen würde, wenn der Typ weiter daran polierte. Kelly konnte es dem Kerlchen, der nicht alt genug wirkte, um selbst Alkohol trinken zu dürfen, nicht verübeln, dass er die Frau wie ein Weltwunder anstarrte, und sein Glück vermutlich nicht fassen konnte, dass sie sich an seine Bar verirrt hatte. Selbst in ihrer saloppen Kleidung, die aus einem Jeansrock und langärmeligen Top bestand, sah man Skyler Wright an, dass sie keine Probleme hätte, von jetzt auf gleich an einer Victoria's-Secret-Show teilzunehmen.

„Hey." Ohne auf eine Einladung zu warten, setzte er sich auf den Barhocker neben ihren, sobald er an die Bar trat.

„Hey." Sie klang erfreut und wandte sich ihm zu. „Ich habe Stewie gerade erzählt, dass ich anscheinend versetzt wurde. Jetzt wird er sich bestimmt freuen, dass er keinen Trauerkloß bedienen muss." Mit einem Augenaufschlag, den jeden sterblichen Mann vermutlich in die Knie zwang, bedachte sie den Barkeeper namens Stewie, der nicht aussah, als würde er sich sonderlich freuen, sie in Begleitung zu sehen.

Kelly nickte dem jungen Mann zu und hoffte, dass er ihm kein Zyankali in sein Getränk gab. „Ne Cola, bitte."

Stewie nickte gottergeben, schenkte Skyler einen letzten schmachtenden Blick und stellte das zu Tode polierte Glas anschließend beiseite.

Dass sie gerade zum feuchten Traum eines jungen Barkeepers mit Pubertätspickeln geworden war, hatte sie allem Anschein nach nicht einmal bemerkt. Stattdessen richtete sie ihre ganze Aufmerksamkeit auf ihn. „Cola? Ist der ganze Zucker nicht schädlich für einen Sportler? Dein Körper ist dein Tempel und so weiter."

Von ganz allein wanderte seine Augenbraue in die Höhe. Eigentlich wollte er nicht allzu sarkastisch klingen, tat es dennoch, als er nachfragte: „Meinen Sie das ernst? In meinem Körper befanden sich zeitweise so viele schädliche Substanzen, dass ich das mit dem Tempel ohnehin vergessen kann. Abgefuckte Kaschemme wäre vermutlich passender."

Keineswegs schockiert richtete sie ihren Blick auf seinen Körper. „Sie sehen für mich nicht abgefuckt aus."

Er dankte Stewie mit einem Nicken und nahm die Cola entgegen. Mit den Lippen bereits am Glas erwiderte er murmelnd: „Dann hätten Sie mich vor ein paar Jahren sehen sollen."

„Ohne Ihnen die Illusionen rauben zu wollen, Kelly, aber ich habe Sie vor ein paar Jahren gesehen. Damals sahen Sie auch nicht wie eine abgefuckte Kaschemme aus."

„Dann scheinen Sie nicht richtig hingesehen zu haben." Er nahm einen Schluck seiner Cola und stellte das Glas anschließend auf die Theke. Weil die Gerichtsakten eh offen waren und er ihr nichts verriet, was ohnehin nicht das ganze Land wusste, fuhr er fort: „Ich habe ein halbes Vermögen für Koks,

Aufputschmittel und Alkohol ausgegeben. Abgefuckter ging es kaum."

„Aber jetzt sind Sie clean, trocken und trinken Cola."

„Ja, ich bin ein Held", antwortete er voller Sarkasmus. Weil er nicht zugeben wollte, wie komisch es für ihn war, unzählige Flaschen harten Alkohol vor der Nase zu haben, hielt es Kelly für an der Zeit, das Thema zu wechseln. Auf seinem Barhocker drehte er sich ein Stück zu ihr um und nickte auffordernd. „Genug von mir. Was ist mit Ihnen?"

Ihre blauen Augen rundeten sich fragend. „Was soll mit mir sein?"

„Sagen Sie es mir. Was bringt eine preisgekrönte Schönheitskönigin dazu, ihre blonden Haare zu färben und Journalistin zu werden?"

Ganz und gar nicht beleidigt verriet sie ihm: „Eigentlich ist das hier meine natürliche Haarfarbe. Und jetzt kommen Sie nicht auf die Idee, dass ich Ihnen beweisen soll, nicht naturblond zu sein, indem Sie sich auf mein Hotelzimmer einladen. Anscheinend haben Sie nicht richtig hingeschaut, als wir vor jenem Hotelfahrstuhl standen."

Ein Lachen brach sich in ihm Bahn, das ihm die Tränen in die Augen trieb. „Skyler ... Sie sind echt eine Nummer!"

Wortlos stieß sie mit ihrem Glas gegen seines.

Kelly war noch damit beschäftigt, sich ein paar Lachtränen aus dem Augenwinkel zu entfernen, als sie ein tiefes Seufzen ausstieß. „Ich hätte nicht gedacht, dass ausgerechnet Sie Miss-Wahlen verfolgen. Ist das irgendein perverses Hobby?"

„Wenn die Tochter von Frank Summers in einem Bikini auf der Bühne steht und sich den Weltfrieden wünscht, dann ist es die Pflicht eines Footballspielers, sich die Show anzusehen."

„Als ich mir den Weltfrieden gewünscht habe, hatte ich ein Ballkleid an und keinen Bikini. Es war rosa und grauenvoll unbequem. Meine Betreuerin und meine Mom hatten es ausgesucht, obwohl es meine Brüste eingequetscht hat."

„O Mann." Kelly ließ die Schultern hinabfallen. „Ich glaube, dass will ich gar nicht wissen."

Es war, als hätte sie ihn gar nicht gehört. „Und nur fürs Protokoll: Ich wollte mir nicht den Weltfrieden wünschen. Das fand ich wahnsinnig albern. Eigentlich wollte ich sagen, dass die Cubs nach über hundert Jahren endlich wieder einmal die World Series gewinnen sollten, aber meine Betreuerin lief deswegen fast Amok. Deshalb der Weltfrieden." Erklärend fügte sie hinzu: „Ich war damals erst einundzwanzig."

Als müsse er sich verteidigen, hob er beide Hände. „Schon gut, ich sage doch gar nichts gegen Frauen, die sich den Weltfrieden wünschen."

„Sollten Sie lieber." Vertraulich beugte sie sich zu ihm und duftete schon wieder so gut, dass er schlagartig vergaß, dass er sich in einer Bar befand. „Unter uns: Die meisten der Mädels hatten einen IQ, der ungefähr ihrer BH-Größe entsprach."

„Klingt doch nett." Mit einem verschmitzten Lächeln nippte er ein weiteres Mal an seiner Cola. „Warum beschweren Sie sich darüber?"

„Vielleicht weil ich mir das Zimmer mit einer Frau teilen musste, die Kanada für einen Bundesstaat der USA hielt." Auf sein Prusten reagierte sie mit einem Stöhnen. „Und sie war noch eine der cleversten Bewerberinnen."

„Scheiße.“ Kelly schüttelte den Kopf. „Dabei dachte ich immer, dass die Mädels durchweg Studentinnen wären.“

„*Die* Uni muss erst noch gegründet werden, an denen die *Mädels* studieren.“

Langsam wurde er neugierig. „Wenn Sie keinen Spaß daran hatten, warum haben Sie dann mitgemacht? Es wird Sie doch niemand gezwungen haben.“

Skyler Wright griff nach der Schale mit Nüssen und schob diese zwischen sie beide. „Hier ... die sollten Sie probieren.“

„Lenken Sie nicht ab“, tadelte er gutmütig. „Ich könnte jetzt in meinem Bett liegen und eine Folge Jeopardy aus den Achtzigern schauen, wenn Sie mich nicht nach unten gelockt hätten. Also können Sie meine unverfängliche Frage beantworten.“

„Unverfänglich?“ Ihre blauen Augen musterten ihn kritisch. „An Ihnen ist nichts Unverfängliches, Kelly.“

Er hielt ihrem Blick stand, bis sie sich auf ihrem Barhocker hin und her wand und resigniert den Mund verzog. „Es war ja nicht *immer* schrecklich. Es hat manchmal auch großen Spaß gemacht.“

„Wie die Bikinivorführung.“

„Sehr komisch.“ Skyler spitzte die Lippen. Zuckersüß konterte sie: „Wenn Männer nicht darauf angewiesen wären, Frauen in Bikinis anzustarren, würden die sich auf der Bühne auch keine Erkältung holen.“

Träge zuckten seine Mundwinkel. „Wer sagt, dass wir auf Bikinivorführungen angewiesen sind? Sie sind nett anzusehen ...“

„Hier spricht der Fan!“

Schulterzuckend erwiderte Kelly: „Ich habe Ihnen doch schon gesagt, dass Sie eine verdammt gute Figur im

Bikini abgegeben haben – was jedoch nicht erklärt, *warum* Sie nun teilgenommen haben."

„Was denken Sie denn, warum? Meine Mom hat früher teilgenommen, also meldete sie mich bei diversen Veranstaltungen an, als ich klein war. Irgendwann war es selbstverständlich, dass ich daran teilnahm."

„Und was sagte Ihr Dad?" Neugierig schaute er auf sie hinab und glaubte, einen Funken von Unwillen auf ihrem hübschen Gesicht zu sehen.

„Meinem Dad war es peinlich."

„Tatsächlich?"

Sie nickte abfällig. „Es war für ihn kein Problem, eine Schönheitskönigin zu heiraten, aber als seine eigene Tochter mit einer Schärpe auf der Bühne stand und vom Weltfrieden faselte, wäre er am liebsten im Boden versunken."

Das hätte nicht einmal er Frank Summers zugetraut. „Klingt nach Doppelmoral."

„Aber hallo." Als wolle sie das Thema wechseln, fixierte sie ihn plötzlich. „Die Nüsse. Sie haben noch nicht probiert."

Brummig nahm er eine Handvoll. „Hat man Ihnen schon gesagt, dass Sie eine Plage sind, Skyler?"

„Mehrmals."

„Und?"

„Und was?"

„Schon gut." Kelly seufzte und warf sich die Nüsse in den Mund.

„Da wir schon so nett beieinandersitzen und reden …"

„Ich ahne Schlimmes", sagte er kauend voraus.

„Unsinn, ich wollte eigentlich fragen, warum Sie sich bisher so rigoros weigern, mit mir zu reden."

Natürlich wusste er, was sie meinte, erwiderte jedoch trocken: „Wir reden doch gerade.“

Skyler stieß ihn freundschaftlich in die Seite. „Sowohl gestern als auch heute sind Sie mir aus dem Weg gegangen, sobald ich mit Cyril und Percy in Begleitung in Ihre Nähe kam. Langsam habe ich den Verdacht, dass Sie mich schneiden.“

Wenn er ihr aus dem Weg gehen würde, säße er nicht hier in einer Bar und würde mit ihr Nüsse verputzen, die tatsächlich ziemlich lecker waren. „Ich gehe nicht Ihnen aus dem Weg, sondern der Kamera.“

„Kommen Sie schon, Kelly ...“

Rigoros schüttelte er den Kopf. „Wenn ich vor laufender Kamera etwas zu sagen hätte, würde ich es auch tun.“

Bevor sie ihn wieder bequatschen konnte, trank er sein Glas leer und erhob sich. „Es ist spät. Wir sehen uns morgen im Flieger.“

Als er nach seinem Portemonnaie greifen wollte, legte sie ihm eine Hand auf den Arm und erklärte ruhig: „Die Cola geht auf mich.“

„Danke.“

Die Berührung fühlte sich wie kleine Nadelstiche an. Selbst im Aufzug spürte er sie noch.

10. Kapitel

„Slade, hast du eine Minute?“

Kelly blickte auf und fuhr sich durch sein verschwitztes Haar. Er nickte kurz. „Sicher, Coach. Was gibt’s?“ Nach einem einstündigen Training auf dem Rasen hatte er sich fünfundvierzig Minuten lang auf dem Laufband verausgabt und trainierte mittlerweile seit anderthalb Stunden seine Arm-, Bauch- und Brustmuskeln an diversen Geräten. Gerade hatte er eine Runde Klimmzüge hinter sich, die ihn außer Atem gebracht hatten. Für heute war er ziemlich fertig, kämpfte gegen seine schmerzenden Muskeln an und sehnte sich nach einer heißen Dusche und neuen Klamotten. Sein Trainingsoutfit war nämlich völlig durchgeschwitzt.

John Brennan trug selbst Trainingsklamotten und lehnte gegen die Butterflymaschine im Trainingsraum der Titans, während er mit professioneller Ruhe erklärte: „Roy hat mir erzählt, wie gut du dich auf dem Feld machst. Alles okay mit deinem Arm?“

Automatisch nahm er die Schultern zurück und stellte sich aufrecht hin. „Dem geht’s gut.“

Sein Coach nickte mit undurchsichtiger Miene. „Roy hat außerdem gesagt, du würdest mittlerweile einhundertfünfzig stemmen. Mehrmals hintereinander.“

Er fuhr sich über die Unterlippe. „So ziemlich.“

„Mhm.“ Brennan verschränkte die Arme vor der Brust. „Brian hat im Sommer einhundertdreißig gestemmt.“

Obwohl er eine Ahnung hatte, worauf sein Coach hinauswollte, zuckte Kelly mit der Schulter. „Einhundertdreißig sind echt ne Hausmarke.“

„Einhundertfünfzig aber auch.“ John Brennan erlaubte sich ein kleines Lächeln und schlug ihm geradezu kameradschaftlich vor: „Morgen früh trainieren Brian und ich ein paar Lob Passes, um den Raiders keine Chance für Interceptions zu geben. Bei einhundertfünfzig Kilogramm würde ich gerne deinen Wurfarm testen. Lust, dich zu uns zu gesellen?“

Verdammte Scheiße, das brauchte Brennan ihn nicht zweimal zu fragen, immerhin hieß es, dass es auffiel, wie sehr sich Kelly täglich den Arsch aufriss, um perfekte Trainingsergebnisse zu erzielen. Nur bedeutete ein Training mit Brian Palmer eben auch ein Training mit Brian Palmer – und Kelly konnte sich vorstellen, wie erfreut der Mannschaftskapitän wäre, ausgerechnet mit ihm ein lauschiges Training zu dritt zu absolvieren. Das Trainingsgrün wäre in kürzester Zeit verwüstet und einer von beiden hätte eine gebrochene Nase und der andere einen ausgerenkten Kiefer. Nur weil Palmer mittlerweile Ehemann und Familienvater war, hieß das nicht, dass er nicht ordentlich Prügel austeilen und einstecken konnte.

„Danke, Coach, aber Palmer wird das vermutlich nicht ...“

„Eigentlich war das keine Frage, Slade“, unterbrach Brennan ihn mit befehlsgewohnter Stimme. „Morgen früh um halb acht. Und falls Blut fließen sollte, wische ich es nicht auf.“

Das waren ja tolle Aussichten!

Er blickte seinem Coach hinterher, wie dieser den Fitnessraum verließ, und sah gleich darauf, wie Skyler mit ihrem Kamerateam im Schlepptau den Raum betrat, ein Mikrofon in der Hand hielt und in die Kamera sprach. Na wunderbar! Zwar hatte er den Zettel gelesen, dass Sports Network in dieser Woche viele private

Aufnahmen machen wollte, und er wusste, dass die einen oder anderen armen Schweine bereits dazu verdonnert worden waren, das Kamerateam durch ihr Heim zu führen, aber hier im Fitnessraum hatte er sich sicher gefühlt. Im Gegensatz zu Eddie Goldberg, der mit der Kamera begleitet wurde, wenn er das Konzert seiner Verlobten besuchte, oder zu Quinn Atherton, der vor laufender Kamera auf einem Pferd saß und von seiner Frau angebrüllt wurde, die Hacken beim Reiten herunterzunehmen, wollte Kelly mit dem ganzen Quatsch nichts zu tun haben.

Und er wollte mit Skyler Wright nicht übermäßig viel zu tun haben. Egal, wie gut sie duftete oder wie angenehm es war, mit ihr zu reden und ihr dabei ins hinreißende Gesicht zu sehen. Seinem Seelenfrieden tat es einfach nicht gut. Und seiner Karriere konnte sie mehr schaden, als er auch nur ahnen konnte. Jetzt, da er eine reelle Chance hatte, irgendwann wieder auf dem Feld zu stehen, wollte er sich diese Möglichkeit nicht durch eine Journalistin vermasseln lassen, die vermutlich hemmungslos ausschlachten würde, warum Brian Palmer ihn derart hasste. Für Kelly hätte es den Todesstoß bedeutet, wenn herausgekommen wäre, was Brian, Peter und er ...

„Wie ich gehört habe, hat Blake seine Wohnung renovieren lassen, weil Sports Network ihn daheim besuchen kommen will. Und Dupree wurde vorgestern dabei gefilmt, wie er seine Tölen in die Tierklinik gebracht hat, weil sie kastriert werden sollten.“ Ausgerechnet Quinn Atherton stellte sich neben ihn und warf sein Handtuch auf die Butterfly-Maschine. „Scheiße, unser Ruf ist ruiniert, wenn die Zuschauer sehen, wie Dupree wegen seiner Bulldoggen zu heulen anfängt, weil man ihnen die Eier entfernt.“

Kelly hob sein Handtuch vom Boden auf und warf es sich über die Schulter. „Mir gefiel die Szene, in der du auf einem Pferd saßt.“

Der Linebacker veränderte die Einstellung des Übungsgeräts und zuckte mit der Schulter. „Mir fiel selbst auf, dass meine Körperhaltung nicht die beste war.“

„Das sah deine Frau wohl ähnlich“, erwiderte Kelly trocken, obwohl er sich am wenigstens ein Urteil über die Ehe seines Mannschaftskollegen bilden sollte. Er kannte Athertons Frau überhaupt nicht.

„Bryce ist so wunderbar offen“, versetzte Quinn mit einem Glucksen. „Du hättest sie toben hören sollen, als die Sendung ausgestrahlt wurde. Sie beschwerte sich, dass ihr Arsch fett ausgesehen habe. Noch heute jammert sie mir die Ohren deshalb voll, obwohl ich schon ein Dutzend Mal gesagt habe, dass sie spinnt.“ Kopfschüttelnd setzte er sich auf den Sitz und legte seine Unterarme über die Gewichte. „Mal ehrlich ... ihr Arsch sah gut aus. Nicht wahr?“

War das eine Fangfrage?

Misstrauisch beäugte Kelly den dunkelhaarigen Footballspieler, dessen T-Shirt ihm ebenfalls verschwitzt an der Brust klebte. Bekam er die Fresse poliert, wenn er Atherton zustimmte, dass der Arsch seiner Frau gut aussah? Er müsste sowieso lügen, was den Allerwertesten seiner Göttergattin anging, schließlich hatte er eher Augen für Skyler gehabt, die ein Paar enge Bluejeans getragen hatte, als sie das Ehepaar auf dessen renoviertem Bauernhof besucht hatte.

Da Atherton noch auf seine Antwort wartete, nickte Kelly vorsichtig und brummte zurückhaltend: „Sah super aus.“

Dass sein Teamkollege ebenfalls durch die Ehe weichgespült worden war, bewies er postwendend: „O Mann, habe ich ihr doch gleich gesagt! Momentan ist sie ein wenig launisch, weil wir noch nicht schwanger sind, dabei haben wir massig Sex.“ Er stöhnte hilflos, als wäre es etwas Schlechtes, *massig Sex* zu haben.

Ungläubig betrachtete Kelly den Linebacker, der ein verstörtes Gesicht machte, während er eine beachtliche Kilogrammanzahl stemmte und die Muskeln spielen ließ. Was war mit den Spielern dieses Vereins los? Die einen heulten, weil ihre Hunde kastriert wurden, die anderen jammerten über zu viel Sex, und Typen wie Blake O'Neill ließen ihre Bude renovieren, weil ein Fernsehteam zu Besuch kam. Gute PR sah anders aus.

Und er machte sich Gedanken um seine Drogenvergangenheit!

Irgendwie kam es ihm so vor, als wäre er hier der Einzige, der sich wenigstens nach außen hin um das Klischee eines Footballspielers bemühte. Vielleicht sollte er sich eine Coladose schnappen, sich vor die Kamera stellen, dort den Inhalt mit einem Schluck hinunterspülen, bevor er laut rülpste und die Dose an seiner Stirn platt drückte. Genau so etwas erwarteten die Zuschauer doch von Footballspielern.

Als er wieder in Richtung Kamerateam sah, bemerkte er, wie Skyler dabei war, Al Rory zu befragen, der auf einem Fitnessfahrrad saß und der Journalistin somit nicht entkommen konnte. Der arme Idiot.

Er selbst würde die Biege machen, bevor sie auch nur auf die Idee kam, ihm das Mikrofon unter die Nase zu halten. Nicht, dass sie es bisher probiert hätte. Tatsächlich hielt sie sich zurück und belästigte ihn nicht mit Fragen. Er fand es ziemlich angenehm, dass sie ihm mit der Kamera und dem Mikrofon nicht zu nahe kam. Was aber auch nicht hieß, dass sie ihn ansonsten in Ruhe ließ, immerhin ließ sie selten eine Gelegenheit aus, ihn anzusprechen und mit ihm plaudern zu wollen. Nur ging er seit jenem Abend in der Bar im Marriott nicht mehr darauf ein. Irgendetwas ließ ihn vorsichtig werden. Warum sollte sich auch eine Frau wie Skyler Wright – eine Sportjournalistin – derart brennend für einen Ersatzquarterback interessieren, wenn es ihr nicht darum ging, seine schmutzige Vergangenheit zurück ans Tageslicht zu zerren?

Immerhin wäre es eine tolle Story gewesen.

Er *war* eine tolle Story.

„Kommst du morgen Abend mit ins Gibson's?"

Verwirrt schaute er zu Atherton, der die Gewichte der Butterfly-Maschine mit einem lauten Knall einrasten ließ und angestrengt keuchte. „Gibson's?"

„Ein Pub im Meatpacking District", informierte sein Teamkollege ihn. „Die Rippchen sind der Wahnsinn, und Blake gibt einen aus, weil Madison dort morgen Abend einen Auftritt mit ihrer Band hat."

„Mal sehen."

„Du solltest kommen." Atherton griff wieder nach dem Handlauf des Geräts. „Ein bisschen Teambuilding kann nicht schaden."

„Teambuilding beim Rippchenessen?" Zynisch verzog er den Mund.

„Ich würde ja eher eine Nacktbar vorschlagen, aber ein paar der Jungs sind mit echt eifersüchtigen Frauen gesegnet. Von daher bleibt nur das Rippchenessen."

Kelly enthielt sich lieber eines Kommentares über eifersüchtige Ehefrauen, weil er nicht wollte, dass Atherton ihm doch noch die Fresse polierte.

„Wie ich gehört habe, soll Brian nicht mitkommen.“ Der Linebacker zuckte mit der Schulter. „Nur mal am Rande.“

„Nur mal am Rande – hab schon verstanden.“ Innerlich schnitt er eine Grimasse. Das Team musste sich bereits seine eigenen Gedanken gemacht haben.

„Also falls du Lust auf Rippchen und eine ziemlich gute Rockband hast, komm einfach vorbei.“

„Ich werde es mir merken“, entgegnete Kelly ernst und sah, wie Skyler samt Mikrofon in Richtung Butterfly-Maschine gestakst kam. Zeit für ihn, einen Abflug zu machen.

„Man sieht sich, Atherton.“

***

„Die Aufnahmen von Dupree Williams sind erstklassig geworden, Skyler.“

„Danke, Alex!“ Skyler lehnte sich auf ihrem Stuhl zurück und schaute zu ihrem Kollegen, um ihm begeistert zu erzählen: „Ich denke, es wird ein tolles Portrait von ihm. Die Hunde, seine nette Frau und dann diese Kampfmaschine auf dem Feld, die die Gegner niederwalzt. Die Fans werden begeistert sein.“

„Ich habe ein paar Zahlen und Zuschauerreaktion zusammengestellt. Die Einschaltquoten sind wirklich gut und die Zuschriften sind durchweg positiv.“

Sie warf ihren Stift beiseite und kniff ein Auge zusammen. „Durchweg?“

Keineswegs böswillig oder ansatzweise hinterhältig erwiderte Alex: „Ich hoffe, es war in deinem Sinne, die blöden Miss-America-Sprüche in meinem Bericht außen vor zu lassen.“

Gespielt enttäuscht zog sie eine Schnute. „Ach Mann! Dabei freue ich mich auf die immer besonders! Gab es wenigstens ein paar Kommentare zu meinem fehlenden Bikiniauftritt? Enttäusch mich nicht, Alex!“

Der lachte heiter. „Ich glaube, der fehlende Bikini wurde ein oder zwei Mal erwähnt.“

„Puh!“ Skyler wischte sich imaginären Schweiß von der Stirn. „Zum Glück! Beinahe hätte ich schon befürchten müssen, alt zu werden.“

„Das dauert noch.“ Ihr Kollege zwinkerte und verschwand von ihrem Platz.

Rundum zufrieden öffnete Skyler die oberste Schreibtischschublade und griff nach einem Schokoriegel, den sie unbeschwert aus seiner Verpackung befreite und in den sie anschließend hineinbiss. Auch ohne die genauen Zahlen zu studieren, wusste sie, dass die neue Sendung verdammt gut ankam. Die Idee, ein NFL-Team während der Saison zu begleiten und auch das Privatleben der Spieler ein wenig zu beleuchten, schlug ein wie eine Bombe. Die letzte Ausstrahlung war sogar noch besser als die erste gewesen. Das soziale Netz war voll von positiven Kommentaren zu Quinn Atherton während seiner Reitstunde, die ihm seine Frau, eine Olympiagewinnerin im Springreiten, gegeben hatte. Der zurückhaltende Eddie Goldberg, der seine Verlobte bei deren Klavierkonzert angehimmelt hatte, wurde frenetisch gefeiert, und Blake

O'Neills halb nackter Auftritt in der Umkleide nach dem Sieg gegen die Vikings endete damit, dass es mittlerweile Klingeltöne mit seinen Gesangskünsten gab.

Der tierliebe Dupree Williams und der spaßige Ian Carlisle, der an dem Cheerleadertraining mit seiner Freundin teilgenommen hatte, würden bei der nächsten Ausstrahlung ganz sicher viele Zuschauer begeistern.

Tatsächlich war *Titans Forever* ein voller Erfolg.

Der Einzige, der diesen Erfolg nicht wahrhaben wollte, kam gerade auf sie zu und machte wieder einmal ein wahnsinnig mürrisches Gesicht. Gilbert Channing hatte anscheinend noch immer nicht verdaut, dass nicht er die Show moderierte, sondern sie.

„Skyler, haben Sie fünf Minuten?"

„Sicher." Rasch schluckte sie das Stück Schokoriegel hinunter, auf dem sie gerade noch gekaut hatte, und verstaute den Rest in ihrer Schreibtischschublade. Bemüht fröhlich drehte sie sich auf ihrem Stuhl zu ihm um. „Was kann ich für Sie tun?"

„Die Frage ist doch eher, was ich für Sie tun kann." Ohne zu fragen, wuchtete er seinen Körper auf die Kante ihres Schreibtisches und sah so besorgt auf sie nieder, als wäre er ihr Vertrauenslehrer, der gerade erfahren hatte, dass sie mit vierzehn Jahren schwanger geworden wäre. „Himmel ... Mädchen ... was tun Sie da nur?"

Augenblicklich versteifte sie sich. „Wie bitte?"

Enttäuscht schüttelte er den Kopf. „Sie wissen doch, welche Verantwortung der Sender auf sich genommen hat, um dieses Projekt mit den Titans zu realisieren. Ich hätte wirklich gedacht, dass Sie Ihre Aufgabe ernster nehmen würden."

Wovon zum Teufel redete er da?

Als sie seinen oberlehrerhaften Blick wahrnahm, entschlüpfte ihr die leicht flegelhafte Frage tatsächlich: „Wovon zum Teufel reden Sie denn da? Die beiden ersten Sendungen sind sehr erfolgreich und lassen die meisten Konkurrenzausstrahlungen zur gleichen Zeit weit hinter sich."

Sein Seufzen sollte ihr wohl signalisieren, dass sie keine Ahnung hatte. „Richtig, es waren die ersten beiden Sendungen, aber was kommt jetzt? Zuschauer langweilen sich sehr schnell. Sie müssen ihnen immer etwas Neues bieten, um sie bei der Stange zu halten."

Kritisch runzelte sie die Stirn und bemühte sich sehr darum, ihm nicht allzu sehr auf das Toupet zu starren, auch wenn es noch so offensichtlich war, dass der Sportmoderator ein Haarteil trug. „Wir reden hier immerhin vom letzten Superbowlgewinner", belehrte sie ihn. „Und von einem Programm, das es so noch nicht gab. Welche Fans können schon verfolgen, was die Spieler ihres Lieblingsvereins in ihrer Freizeit machen und wie es hinter den Kulissen eines Spiels aussieht? Haben Sie nicht die positiven Reaktionen gelesen?"

„Und haben Sie nicht gelesen, dass es einige Stimmen gibt, die wissen wollen, wie es mit der Rivalität des Quarterbacks zu seinem Ersatzmann aussieht?" Er rückte vertraulich näher. „Qualitätsjournalismus bedeutet, nicht nur lustige Familiengeschichten zu zeigen, sondern auch den Finger in die Wunde zu legen."

„In die Wunde legen?"

„Ja!" Er warf erst eine Hand in die Luft und schnipste dann mit seinen Fingern aufdringlich nah vor ihrer Nase herum, bevor er raunte: „Was die gesamte Footballnation wissen will, ist nicht, wie sich Quinn Atherton beim Ponyreiten anstellt oder mit welchem verklärten Gesicht Eddie Goldberg in einem Konzert sitzt. Die Fans wollen Slade und Palmer sehen, wie sie sich gegenseitig in den Boden rammen oder sich versöhnen. *Das* müssen Sie bringen, Skyler, um hier bestehen zu können. Ansonsten sind Sie schneller weg vom Fenster, als Sie gucken können."

Missgelaunt verschränkte sie die Arme vor der Brust. „Wenn das der Wahrheit entspricht, verstehe ich nicht, warum Sie mir diesen Tipp geben, Gilbert. Ich weiß, dass Sie es nur ungern sehen, wie ich diese Show moderiere. Wieso helfen Sie mir also?"

„Weil Sie Franks Tochter sind", erwiderte er geduldig. Doch Skyler kaufte ihm die Hilfsbereitschaft nicht ab.

„Tja, vielen Dank, aber ich schätze, ich muss auf mein Bauchgefühl vertrauen." Betont gleichmütig schaltete sie ihren Laptop an. „Außerdem haben wir eine Vereinbarung mit den Titans. Eine Schlammschlacht zwischen beiden Quarterbacks vor laufender Kamera ist sicherlich nicht das, was sich der Verein unter guter Presse vorstellt."

Sein Seufzen sollte wohl mitleidig klingen. „Sie müssen noch viel lernen, Skyler. Nur ungern möchte ich Ihrem Vater erklären müssen, warum Sie sich einen neuen Job suchen."

Eigentlich verschlug es ihr nicht oft die Sprache, doch jetzt gerade sah sie Gilbert Channing mit offenem Mund nach, wie er wieder verschwand, während ihr kein flotter Spruch einfallen wollte, mit dem sie ihm hätte kontern können.

Als ihr Telefon klingelte, nahm sie wie ferngesteuert ab. „Hallo?"

„Hallo, Schatz. Ich bin's."

„Mom. Hi. Wie geht's dir?"

„Bist du beschäftigt, Liebes? Soll ich später anrufen?"

„Nein." Skyler schüttelte sich und zwang sich dazu, Gilbert Channings Unverschämtheiten zu verdrängen, während sie mit ihrer Mom telefonierte. „Ich war gerade nur abgelenkt. Erzähl ... ist alles in Ordnung?"

„Aber natürlich", flötete ihre Mom. „Eigentlich wollte ich dich fragen, wie es dir geht. Hast du dich schon eingelebt?"

Abgesehen davon, dass sie nachts beinahe über Umzugskartons fiel, wenn sie ins Badezimmer wankte, hatte sie sich ziemlich gut eingelebt. Ein paar Freunde wären nicht schlecht gewesen, aber auch das bekam sie hin, sofern sie irgendwann nicht gefühlte vierundzwanzig Stunden am Tag arbeitete. Ihrer Mom erzählte sie davon nichts – auch nichts davon, dass sie sich bereits mit ihrem Dad zum Mittagessen getroffen hatte. „New York ist toll – vielleicht ein bisschen neurotisch, aber ich mag es hier."

„Und hast du schon einen netten Mann kennengelernt? Der einzige Vorteil deines Jobs scheint es ja wirklich zu sein, dass du viele Männer triffst." Fröhlich kicherte ihre Mutter.

Warum plötzlich Kelly Slades verschlossene Miene vor ihrem inneren Auge aufblitzte, konnte sie nicht sagen.

Räuspernd verneinte sie die Frage ihrer Mutter. „Nein, habe ich nicht. Dafür habe ich vermutlich zu viel Arbeit im Moment." Auch wenn sie wusste, dass sie sich damit in die Nesseln setzte, hakte sie gespielt interessiert nach: „Was macht deine Yoga-Gruppe?"

„Skyler, du weißt doch, dass wir keine Yoga-Gruppe sind!“ Ihre Mom schnalzte mit der Zunge. „Wir suchen unsere ...“

„Spiritualität, ich weiß.“ Während sie die Augen verdrehte, öffnete sie ihre Schreibtischschublade und kramte nach ihrem angebissenen Schokoriegel. „Beim letzten Mal ging es um Yoga. Und um die Renovierung des Gartens. Nach Yin und Yang.“

Empört schnalzte ihre Mom mit der Zunge. „Nach Feng-Shui. Kann es sein, dass du mir nicht zuhörst?“

„Mom ...“

„Wie dein Vater“, ertönte es resigniert aus dem Telefonhörer. „Du bist wie dein Vater.“

Vermutlich lag es daran, dass sie überarbeitet war, dass Skyler achtlos erklärte: „Dad hat mir vor Kurzem noch gesagt, dass ich meinen angeblichen Dickkopf von dir habe.“

Es wurde einen Moment lang still.

Scheiße.

Gefährliches Terrain.

„Du hast deinen Vater getroffen?“

Seufzend fasste sie sich an die Stirn. „Hör mal, Mom, Dad wohnt schließlich in New York.“

„Immer noch mit dieser Stewardess?“

Die Stewardess hieß Gloria und war ziemlich nett gewesen, wie sich Skyler erinnerte. Außerdem war ihr Dad schon seit drei Jahren nicht mehr mit ihr zusammen. Abgesehen davon war es nicht Gloria gewesen, derentwegen ihre Mom sich von ihrem Dad getrennt hatte. Der Grund war eine schwedische Nationaltrainerin gewesen, mit der er während der Olympischen Winterspiele vor zehn Jahren eine Affäre begonnen hatte. Wen es nach der Nationaltrainerin und vor Gloria gegeben hatte, wusste Skyler nicht. Und das war ihr nur recht. Ihre Eltern waren erwachsen, waren seit zehn Jahren getrennt und hatten sich nie scheiden lassen. Sollten sie machen, was sie wollten – Skyler war zu alt, um als Scheidungskind zwischen ihren Eltern zu vermitteln. Es hätte auch nichts genützt, ihrer Mom zu erklären, dass ihr Dad sie noch immer liebte, oder ihrem Dad zu sagen, dass er sich bei seiner Frau entschuldigen sollte und ihr klarmachen musste, dass er seinen Fehler bedauerte.

Sie hatte ihre eigenen Probleme.

„Das musst du ihn selbst fragen, Mom“, entgegnete sie daher lässig.

„Kein Wort rede ich mehr mit ihm.“

„Ich weiß. Nur allzu gut erinnere ich mich an meine Abschlussfeier. Es war ein denkwürdiger Tag, als ich Dad ausrichten sollte, dass er das Auto holen sollte, obwohl er direkt neben dir stand“, ächzte sie zwischen Belustigung und Genervtheit hin- und hergerissen.

„Kinder leiden unter Trennungen immer am meisten, Schatz. Es tut mir leid.“

„Das Kind war damals vierundzwanzig“, betonte sie.

„Kind bleibt Kind. Das wirst du irgendwann auch herausfinden.“

Innerlich flehte sie jede Macht zwischen Himmel und Hölle an, ihre Mom davon abzuhalten, jetzt über mögliche Enkelkinder zu reden. Irgendjemand musste ihr Flehen gehört haben, weil ihre Mutter in den Hörer seufzte: „Es hat an der Tür geklingelt. Warte kurz ...“

„Schon gut, Mom, ich muss sowieso in ein Meeting. Lass uns ein anderes Mal weiterreden.“

„Okay, aber dann machen wir einen Termin aus, an dem ich dich besuchen komme.“

„Das machen wir“, versprach sie und akzeptierte die anschließenden mütterlichen Ratschläge anstandslos, bevor sie auflegte.

Obwohl ihr Schokoriegel nach dem kurzen Telefonat mit ihrer Mutter ein wenig nach Pappe schmeckte, steckte sie sich den Rest in den Mund und schaute sich auf ihrem Laptop das Material an, das sie heute im Verein gedreht hatten.

Sobald ihr Blick auf die grimmige Miene eines bestimmten Footballspielers fiel, blendete sie alles andere um ihn herum aus und konzentrierte sich lediglich auf den Mann, der ihr und der Kamera mehr als offensichtlich aus dem Weg ging. Nur im Hintergrund war er zu sehen, wie er mit einem verschwitzten grauen T-Shirt, das an seiner breiten Brust klebte, und schwarzen Trainingshosen neben einem Sportgerät stand und wunderbar mürrisch zu ihnen rübersah. Dass Kelly Slade nicht der mürrische, düstere Zeitgenosse war, vor dem man Angst haben musste, bemerkte Skyler jedes Mal, wenn sie mit ihm sprach. Warum er sie faszinierte und warum sie ihre Augen kaum bei sich behalten konnte, wenn sie ihn sah, konnte nichts mit ihrer beruflichen Neugierde zu tun haben. Denn im Gegensatz zu Gilbert Channing war sie nicht so rücksichtslos, dass sie um jeden Preis eine gute Story haben musste.

Dafür mochte sie Kelly zu sehr.

Scheiße.

11. Kapitel

Zu Kellys grenzenloser Verwunderung joggte er nun schon seit zwanzig Minuten neben Brian her, um sich fürs eigentliche Training warm zu machen, und er hatte noch keinen Faustschlag abbekommen. Sein Mannschaftskapitän sagte zwar kein Wort und machte keine begeisterte Miene, aber das war es auch schon.

Vielleicht lag es auch an der Anwesenheit des Coaches und zwei seiner Assistenztrainer, dass bislang noch nichts passiert war.

Ein ohrenbetäubender Pfiff ertönte, bevor John Brennan ihnen zubrüllte: „Herkommen! Wir haben nicht den ganzen Tag Zeit!"

Zusammen mit Brian lief Kelly über den Rasen und wurde den Verdacht nicht los, dass es sich bei diesem Quarterbacktraining um eine vertrauensbildende Maßnahme handelte, als der Coach sie beide anwies, zusammen das kurze Zuspiel zu trainieren, indem sie sich gegenseitig den Ball mit einem Bullet-Pass zuwerfen sollten. Palmers finstere Miene und die Wucht hinter jedem Ball verrieten Kelly, was der Mannschaftskapitän über diese Trainingsmethoden dachte.

Kelly erwiderte die Bälle mit gleicher Kraft und warf den Pass hart zu seinem Gegenmann, während sich die Trainer miteinander unterhielten und Trainingsequipment auf dem Rasen verteilten. Die Bälle flogen in präziser Eleganz von einem zum anderen und landeten jeweils zielgenau in den Armen des anderen, der den Ball gleich darauf in einer perfekten Spirale zurückwarf.

„Bewegt euch mal ein bisschen! Das ist hier kein Altherrentreffen!" John Brennan schien wenig zufrieden.

„Wenn ich zwei unbewegliche Greise sehen will, dann kann ich mir ein Boccia-Spiel im Park anschauen! Antäuschen, Ausfallschritt, Pass – los!“

In ihr kurzes Zuspiel kam etwas Bewegung hinein, als er und Brian den Befehlen des Coaches Folge leisteten. Die Würfe wurden immer härter. Kelly fing die Pässe an seiner Brust und hörte selbst, wie ihm der Atem aus der Lunge entwich, wenn der Ball aus genarbtem Leder auf seinen Oberkörper prallte. Dass Brian ebenfalls mit einem schmerzverzerrten Blick jeden seiner Pässe an seiner Brust fing und auch mit den harten Würfen seines Gegenspielers zu kämpfen hatte, versöhnte Kelly ein bisschen. Beide schenkten sich nichts.

Er war bereits ein wenig außer Atem, als der Coach sie zu sich rief, sich einen Ball schnappte und ihnen die Wurftechnik eines Lob-Passes erklärte. Obwohl Kelly – vermutlich wie Brian – seit der Collegezeit seine Wurftechniken perfektioniert hatte, hörte er seinem Trainer aufmerksam zu und musste ihm zustimmen, als der ihm erklärte, dass er sein Gewicht beim Wurf noch mehr nach vorne verlagern musste, und als er Brian anwies, das Handgelenk beim Werfen noch weiter nach außen zu drehen.

Nebeneinander übten sie anschließend Lob-Passes, die sie den beiden Assistenztrainern zuwarfen, während der Headcoach die Würfe ganz genau beobachtete und jeden noch so winzigen Fehler zu bemerken schien.

Kurz darauf ging Brennan dazu über, selbst den Snap auszuführen und ihm und Brian abwechselnd den Ball zuzuspielen, damit sie diesen zu den Assistenztrainern werfen konnten. Bald waren Kelly und Brian dabei, gegenseitig den Ball zu snappen und standen sich dafür genau gegenüber. Ausgerechnet Brian Palmer den Ball zu übergeben oder ihn selbst von ihm zu bekommen, war ein merkwürdiges Gefühl. Und dem anderen Quarterback schien es ähnlich zu gehen.

Über eine Stunde ließ Brennan sie beide das Zuspiel variieren, trainierte das Antäuschen und drillte sie darauf, den Ballempfänger genau zu lokalisieren.

Nach dem Training war Kelly völlig außer Atem und spürte ein Brennen in seinem Wurfarm und seiner Schulter, das er jedoch willkommen hieß, weil es bedeutete, dass er ein verdammt gutes Training hinter sich hatte.

In schweigsamem Beieinander stand er noch immer neben Brian und spritzte sich etwas Wasser in den Mund, als der Coach zu ihnen trat und sich einen Ball unter den Arm geklemmt hatte, den er Brian zuwarf. Relativ schonungslos trompete er los: „Zieht endlich den Kopf aus eurem Arsch und kommt miteinander klar."

Abwehrend grollte Brian: „John."

Dieser schob das Kinn vor und kniff die Augen zusammen. „Nein, ich habe langsam die Schnauze voll von diesem primadonnenhaften Theater. Mir stehen hier zwei der talentiertesten Quarterbacks der letzten Jahrzehnte gegenüber, die voneinander wahnsinnig viel lernen und mein Team wieder auf Erfolgskurs bringen könnten. Stattdessen reden sie nicht miteinander und schneiden sich, als wären sie zickige Highschoolschülerinnen, die sich gegenseitig den Freund ausgespannt haben!" John Brennan zog den Reißverschluss seines Kapuzenpullis zu. „Entweder ihr regelt das langsam oder ich setze euch beide auf die Bank und stelle mich selbst aufs Feld!"

Da Kelly seinen Coach noch nicht gut genug kannte, wusste er nicht, ob er seine Drohung wirklich wahr machen würde.

Als der Coach wütend das Trainingsgrün verließ, blieben Brian und Kelly schweigend nebeneinander stehen.

Kelly warf seine Wasserflasche auf den Boden und fuhr sich durchs Haar. „Ich würde ja sagen, wir sollten uns auf ein paar Drinks treffen, aber ich trinke nicht mehr."

„Wie schön für dich", versetzte Brian sarkastisch.

„Ja, meine Leber freut's. Jeden Monat trudelt ein Dankesschreiben ein."

Sein Mannschaftskapitän antwortete nicht.

Langsam schlug Kelly die Situation auf den Magen. „Frühstück? Wir könnten reden."

Eisige Augen bohrten sich in seine. „Wie kommst du darauf, dass ich mit dir rede?"

„Weil du es vielleicht gerade tust?" Kelly zuckte mit der Schulter. „Der Coach hat recht, was das Team betrifft."

„John hat keine Ahnung, warum ich lieber einen einhändigen Hundertjährigen als meinen Ersatzmann hätte als dich, Slade, also komm nicht auf den Gedanken, mich hier als das Arschloch darzustellen, das sich für die Mannschaft zusammenreißen soll. Wenn es nach mir ginge, wärst du nicht hier."

Kelly ballte die Hände zu Fäusten, weil er es langsam satthatte, wie ein Bittsteller vor seinem Kapitän Männchen zu machen – egal, was früher passiert war. Aus diesem Grund versetzte er grob: „Aber es geht nicht nach dir, sondern nach deiner Frau."

Brians Gesicht erstarrte, während er abfällig erwiderte: „Meine Frau hat eine Schwäche für Underdogs, Slade, also bilde dir nichts ein. Du hast ihr leidgetan, weil kein anderer Verein dich zu sich geholt hätte. Das war alles. Wenn sie wüsste, was damals mit Peter geschehen ist, dann ...“

„Warum hast du ihr nichts davon erzählt?“, fuhr Kelly auf. „Wäre doch eine super Gelegenheit, um mich loszuwerden!“

„Das bist du nicht wert, Slade“, knurrte Brian. „Weder Teddy noch Lilly will ich da hineinziehen, also halten wir beide schön die Klappe. Verstanden?“

Sein Kiefer würde jeden Moment zerbrechen, wenn er damit fortfuhr, seine Zähne so fest aufeinanderzupressen, sagte sich Kelly.

„Verstanden“, antwortete er aufgebracht.

„Lilly hat vor zwei Jahren wieder geheiratet“, informierte Brian ihn und fuhr voller Zynismus und Vorwurf fort: „Aber woher willst du das auch wissen? Hat dich ja damals schon nicht interessiert, was aus ihr wurde.“

Er wollte seinen Kapitän nicht krankenhausreif schlagen und beließ es bei einem Fluch. „Fick dich, Palmer.“

„Ebenso!“

***

„Wenn Rippchen-Wettessen eine Kategorie bei Miss-Wahlen gewesen wären, hättest du sicherlich gewonnen."

Skyler leckte sich die Finger ab, die über und über mit Barbecue-Sauce bedeckt waren, und warf einen schrägen Blick zu Blake O'Neill, an dessen glasigem Blick sie erkennen konnte, dass der Runningback nicht so viel Alkohol vertrug, wie er gerne behauptete.

„Ich glaube, ich habe eine Frau noch nie so viel Fleisch essen sehen", gab nun auch Al Rory von sich und hob ehrfurchtsvoll sein Bierglas.

„An den Dingern ist doch kaum etwas dran", ließ sie sich vernehmen und schob ihren Teller von sich. „Apropos: Danke für die Einladung, Jungs."

Vielleicht trug sie etwas dick auf, schließlich hatte niemand sie wirklich eingeladen. Quinn Atherton hatte ihr gegenüber erwähnt, dass heute Abend Blakes Freundin hier mit ihrer Band auftreten würde, also hatte sie sich selbst eingeladen. Sozusagen zur Recherche. Und um ein bisschen mehr über das Team zu erfahren, weil sie wissen wollte, wie sich die Spieler verhielten, wenn sie nicht mit der Kamera und dem Mikrofon unterwegs war. Bis jetzt benahmen sie sich erstklassig, und es hatte erst eine relativ harmlose Prügelei gegeben, als Ian Carlisle und Blake O'Neill darüber diskutiert hatten, wer damit dran war, die Großmutter ihrer Freundinnen zu einem Konzert zu begleiten. Diese Footballspieler waren ziemlich ... ungewöhnlich.

Außergewöhnlich. Ja, das traf es wohl besser.

„Nix zu danken", murmelte Blake mit einem Lallen. „Musst dich bei Quinn bedanken."

„Wo ist er eigentlich?", wollte sie wissen und sah sich in dem leicht dämmerigen Pub um. Für einen Mittwochabend war es ziemlich voll, wenn man überlegte, dass in diesem Raum jeder Platz belegt war. Auf der Bühne standen bereits die Musikinstrumente der Band, jedoch drangen bislang lediglich irische Folksongs aus den Boxen, die an den leicht ramponierten Wänden hingen. Wild gemischte Bilder in schiefen Bilderrahmen, dunkles Holz und von Bier verklebte Fußböden – Skyler fühlte sich schlagartig an ihre Studentenzeit erinnert. Und hier trieben sich die Titans in ihrer Freizeit herum?

„Sex nach Dienstplan“, unterbrach Ian ihre Gedankengänge.

„Wie bitte?“ Sie drehte sich zu dem blondhaarigen Wide Receiver um, der ein spektakuläres Veilchen präsentierte, von dem er beteuerte, es sich beim Training geholt zu haben.

„Seine Frau und er wollen ein Baby“, offenbarte Ian, als sei es völlig normal, über den Kinderwunsch seines Teamkollegen zu reden. „Bisher hat es nicht geklappt, also haben sie jetzt Sex nach Dienstplan.“

„Und sie messen Temperatur.“ Blake kratzte sich am Kopf. „*Wie* das geht, wissen wir immer noch nicht ...“

„Wir trauen uns nicht zu fragen“, unterbrach Ian seinen Kumpel. „Ist doch schräg, oder? Wir wollen Atherton nicht in Verlegenheit bringen, weil seine Schwimmer noch nicht angedockt haben.“

O Gott! Wie schaffte sie es, angesichts der alarmierten Gesichter um sich herum nicht in lautes Gelächter auszubrechen. Sie wollten ihn nicht in Verlegenheit bringen, weil er seine Frau noch nicht geschwängert hatte, hatten jedoch kein Problem damit, dies mitten in einem Pub bei einer Portion Rippchen breitzutreten. Das musste Skyler nicht verstehen, oder?

„Jedes Mal, wenn Bryce ihn wegen dieser Temperaturmethode anruft, muss er sich auf den

Heimweg machen, um es ihr zu besorgen ... äh ... um Liebe mit ihr zu machen“, verbesserte er sich rasch und wurde rot, bevor er ein unschuldiges Lächeln aufsetzte, das Skyler ihm keine Sekunde lang abkaufte.

„Vielleicht kommt er auch etwas später“, murmelte Al Rory und rutschte auf seinem Stuhl hin und her, während er ihr einen zögerlichen Blick schenkte. „Das verrätst du doch nicht, oder?“

„Natürlich verrät sie das nicht“, empörte sich Blake. „Skyler ist cool und sie war mal Miss America! Treue, Mut und ... und ...“ Ratlos sah er sich um. „Wie heißt das noch einmal?“

„Keine Ahnung“, entgegnete sie belustigt. „Ich bin in einem Bikini aufgetreten und habe dort einen Celine-Dion-Song gesungen – ich war nicht bei den Marines.“

„Hast du den Bikini noch?“

„Nein.“ Sie schüttelte den Kopf und erhob sich. „Ich bin mal für kleine Mädchen, Jungs.“

„Beeil dich, damit du Madison nicht verpasst.“ Blake grinste dümmlich. „Sie will heute einen Song singen – der handelt von mir.“

Skyler ahnte Schlimmes und verzog sich aus dem Gastraum, während sich Ian und Blake darüber in die Haare bekamen, wovon der Songtext handeln würde.

Als sie den vorderen Gastraum betrat, der von einer Bar mit langer Theke dominiert wurde, sah sie, dass Kelly Slade an ebendieser Bar saß und vor sich hin grübelte. Insgeheim hatte sie gehofft, ihn heute Abend zu sehen, und ging erwartungsvoll auf den Mann zu, der ihr seinen breiten Rücken zugekehrt hatte. Durch die Schlaufe seiner Jeans war ein geflochtener Gürtel gezogen und unter seiner schwarzen Lederjacke trug er ein weißes T-Shirt, das er in die Jeans gestopft hatte.

Weil er nach vorne gebeugt dasaß und seine Unterarme auf der Theke abstützte, hatte Skyler einen vorzüglichen Blick auf seinen Hintern, an den sich der verblasste Jeansstoff schmiegte. Männer, die Hosen derart gut ausfüllen konnten, wusste sie zu schätzen. Zusammen mit den langen athletischen Beinen und dem breiten Oberkörper, der muskelbepackt war, wie sie mittlerweile diverse Male hatte feststellen können, gehörte der grüblerische Footballspieler zu einer besonders heißen Sorte Mann.

Während sie auf ihn zuging, ermahnte sie sich selbst, an etwas anderes als an Kelly Slades großartiges Sixpack oder seinen nackten Hintern zu denken, und setzte ein fröhliches Lächeln auf.

„Hey, Kelly! Die Jungs und ich sind hinten und warten ...“ Sie stockte, als sie die Bierflasche und das Schnapsglas vor ihm sah. Verdattert blieb sie neben ihm an der Bar stehen. „Kelly ...“

Ohne sie anzuschauen, murmelte er bitter: „Ich habe beides nicht angerührt.“

„Okay. Und selbst wenn, ginge es mich nichts an“, raunte sie leichthin.

„Genau!“ Er schien seine Schultern dermaßen anzuspannen, denn Skyler befürchtete, gleich Zeuge zu werden, wie seine Lederjacke schier platzte. „Es geht dich nichts an!“

Sie holte tief Luft. „Soll ich wieder gehen?“

Seine dunklen Augen suchten ihren Blick, als er heiser erklärte: „Seit zehn Minuten sitze ich hier und starre das Bier und den Wodka an. Was sagt das über mich?“

Sehr ruhig und bedächtig schob sie die Bierflasche beiseite und wollte nach dem Schnapsglas greifen, als er ihr Handgelenk festhielt.

Obwohl sie keine Ahnung davon hatte, wie man mit Alkoholikern umgehen sollte, ahnte sie, dass Kelly sich mit Händen und Füßen dagegen wehren würde, wie ein Kranker behandelt zu werden.

„Scheint ein harter Tag für dich gewesen zu sein."

„Ja, ein verdammt beschissener Tag", stimmte er ihr zu und ließ ihr Handgelenk los.

Vorsichtig stellte sie das noch volle Glas hinter die Theke und warf einen flüchtigen Blick auf ihn, wie er mit gerunzelter Stirn die Theke ansah, als wolle er diese am liebsten zerlegen. Sie zog sich einen Barhocker heran und setzte sich neben ihn. Ihr nackter Oberarm berührte den Ärmel seiner Lederjacke.

„Du hast die Wahl. Wir können über deinen harten Tag reden oder ein paar Rippchen essen. Sie sind ziemlich gut", fügte sie hinzu.

„Kein Wort dazu, dass ich mir ein Bier und einen Wodka bestellt habe?"

„Du wärst nicht der Erste, der nach einem harten Tag einen Drink braucht."

„Ich bin trocken", grollte er. „Verfluchte Scheiße!"

„Du hast das Bier und den Wodka bestellt, Kelly", sagte sie leise. „Du hast sie nicht getrunken."

„Aber ich wollte." Stöhnend fuhr er sich durch sein dichtes Haar. „Und wie ich wollte! Du hast ja keine Ahnung, wie es ist, wenn sich all deine Gedanken nur darum drehen, dir ein paar Drinks hinter die Binde zu gießen, ein paar Pillen einzuwerfen und deine Probleme zu vergessen!"

„Nein, das habe ich nicht", stimmte sie ihm zu.

„Aber?“

„Kein Aber.“ Skyler zuckte unbeholfen mit der Schulter. „Wer bin ich, dir Ratschläge zu erteilen, wenn ich nicht weiß, wie scheiße du dich fühlst?“

„Mhm.“

„Ich kann dir nur zuhören, falls dir das eine Hilfe ist“, schlug sie zögerlich vor.

Kelly drehte das Gesicht in ihre Richtung. Seine Augenbrauen berührten sich über seiner Nasenwurzel und sein Tonfall troff vor Sarkasmus. „Das muss für dich hier wie Ostern und Weihnachten zusammen sein. Ein Exklusivbericht aus der Bar, in der Kelly Slade wieder rückfällig wird. Bringst du das in deiner nächsten Sendung?“

Wenn er dachte, sie würde wütend werden, hatte er sich geschnitten. „Falsch, mein Freund, du wirst nicht rückfällig ...“

Er brauste auf. „Ich sitze hier an einer Bar, falls es dir noch nicht aufgefallen ist, und denke darüber nach, mich volllaufen zu lassen!“

„Wie schön für dich, aber du wirst nichts trinken und dich nicht volllaufen lassen, nur weil du einen beschissenen Tag hattest.“ Nun runzelte auch sie die Stirn. „Du bist Kelly Slade, also reiß dich zusammen, Mann!“

Es war erstaunlich, wic aus dcm aufgebrachten Footballspieler mit der grimmigen Miene und dem kriegerischen Funkeln in den Augen, der in jedem normal denkenden Menschen den Wunsch auslöste, die Beine in die Hände zu nehmen, ein Mann wurde, dessen Mundwinkel sich kräuselten, während ein paar Knitterfalten um seine Augen erschienen und ihm einen derart sympathischen Ausdruck verliehen, dass Skyler abrupt Atemnot verspürte.

„Hast du gerade gesagt, dass ich mich zusammenreißen soll?“

„Ja, das habe ich.“ Skyler nickte entschlossen und stupste ihn versöhnlich an. „Keine Ahnung, was ich sagen kann, damit du nicht rückfällig wirst, und ich weiß auch nicht, wie ich klingen muss, um nicht wie eine Besserwisserin dazustehen, die keinen blassen Schimmer hat, wie es ist, Alkoholiker zu sein.“

„Du baust mich gerade nicht wirklich auf.“

Unsicher spielte sie mit einem der Bierdeckel in ihrer Hand herum. „Soll ich etwas Inspirierendes von mir geben?“

„Lieber nicht ...“

„Zu spät.“ Skyler fuhr sich über ihre trockenen Lippen und konnte noch die scharfe Barbecue-Sauce schmecken. „Mal ehrlich: Du hast dich tief in die Scheiße geritten und bist gerade dabei, dein Leben wieder auf die Reihe zu bekommen ... nein“, sie unterbrach sich selbst. „Streich das Letzte. Du *hast* dein Leben bereits auf die Reihe bekommen.“

„Mein Leben ist genau wie ich – eine abgefuckte Kaschemme.“

Skyler warf den Bierdeckel von sich. „Ein paar Eimer Farbe und ein Entrümplungsunternehmen wirken Wunder. Glaub mir, schließlich habe ich in Blakes Wohnung filmen dürfen.“

„Soll das heißen, dass ich einen Haarschnitt und eine Rasur brauche?“ Er blinzelte sie an.

In der Hoffnung, nicht rot zu werden, konzentrierte sie sich auf die Narbe direkt über seiner linken

Augenbraue und hörte sich selbst sagen: „Brauchst du nicht, schließlich bist du so auch ganz niedlich."

„Niedlich?"

Dass er sich augenblicklich aufplusterte und sich aufrecht hinsetzte, registrierte sie mit einer lässigen Handbewegung. „Darf ich raten? Dich hat noch niemand niedlich genannt, richtig?"

„Doch, aber da war ich in der ersten Klasse." Seine Stimmung wechselte abrupt und ließ darauf schließen, dass sein Tag in der Tat beschissen gewesen sein musste. „Wann darf ich mich darauf gefasst machen, dass unser Gespräch öffentlich wird?"

„Gar nicht, Kelly", entgegnete sie mit lockerer Stimme.

„Verarsch mich nicht, Skyler."

„Tue ich nicht." Sie drehte sich komplett zu ihm und verspürte einen Stich, als sie seine Miene musterte. Kelly Slade mochte den harten Kerl spielen, der lapidar davon sprach, sein Leben ruiniert zu haben, und der gerne den Lässigen spielte, aber sie erkannte sofort, wie sehr ihn seine Vergangenheit belastete. Nicht umsonst hatte er sich volllaufen lassen wollen. „Nichts, was du mir sagst und von dem du nicht willst, dass es jemand erfährt, wird öffentlich."

„Aber sicher!" Sein abfälliges Schnauben verletzte sie mehr, als sie gedacht hatte. „Du bist Journalistin – von euch kenne ich genügend!"

„Verwechsle mich nicht mit Leuten wie Gilbert Channing." Ihre Augen mussten empört blitzen. „Ich bin kein arschkriecherisches Frettchen, das über Leichen geht."

„Tatsächlich?"

„Ja! Wenn ich dir mein Wort gebe, dass alles, was du mir sagst, unter uns bleibt, dann ist das auch so."

Sein ungläubiger Blick und die hochgezogene Augenbraue sagten genug.

Skyler hob das Kinn und erwiderte spitz: „Ich war einmal Vize-Miss-America. Du weißt schon: Ehre, Treue und so weiter. Wir tragen Kronen, beten um den Weltfrieden und wir lügen nicht."

„Schon gut, schon gut!" Defensiv hob er eine Hand. „Ich sage ja schon nichts mehr. Anscheinend muss ich dir glauben."

„Ja, das musst du!" Sie packte seine Hand und zog ihn von seinem Barhocker.

„Was wird das?"

Sie ignorierte seine schmunzelnde Stimme. „Wir bestellen dir jetzt eine Cola und ein paar Rippchen und hören uns dann den neuen Song von Blakes Freundin an, der angeblich von ihm handeln soll."

„Und warum tun wir das?"

Skyler drehte sich zu ihm um und stand so nah vor ihm, dass sie den Kopf zurücklegen musste, um ihm ins Gesicht zu sehen. Während sich die winzigen Härchen auf ihren Armen und in ihrem Nacken aufstellten, raunte sie verständnisvoll: „Weil niemand allein sein sollte, wenn er einen beschissenen Tag hatte."

Zwar sagte Kelly kein Wort, aber er ließ sich gehorsam an den Tisch führen, an dem Ian und Blake noch immer damit beschäftigt waren, einen hitzigen Disput zu führen.

12. Kapitel

Die Stimmung während der Pressekonferenz war gedrückt, nachdem die Titans auf eigenem Boden eine vernichtende Niederlage erlitten hatten.

Skyler beobachtete von ihrem Posten am hinteren Ende des Presseraumes aus, wie Coach John Brennan, Mitch Cahill und Brian Palmer die Pressekonferenz bestritten und allesamt eine Miene aufgesetzt hatten, als wären sie zu Gast auf einer Beerdigung. Von der Euphorie nach dem letzten Sieg war nichts mehr übrig. Der amtierende Superbowlsieger hatte von vier bisherigen Spielen lediglich eines gewonnen. Die Statistiken sprachen gegen die Titans, und Skyler wollte nicht darüber nachdenken, was passieren würde, wenn es so weiterging. Bereits jetzt nahm die Presse die drei Männer auf dem Podium auseinander, als wären sie schuld an einer Kernschmelze. Vielleicht war Skyler tatsächlich nicht dafür gemacht, Sportjournalistin zu sein, weil sie merkte, dass sich bei einigen der Fragen ihr Nackenhaar aufstellte. Nach zwei Wochen waren ihr einige der Spieler richtiggehend ans Herz gewachsen, und sie im Fadenkreuz von Anschuldigungen zu sehen, gefiel ihr ganz und gar nicht.

„Wir hören immer nur, dass das Team noch zusammenwachsen muss, aber bei anderen Vereinen funktioniert dies auch. Ist das Ihre einzige Entschuldigung für diese Pleitenserie?“

„Jedes Team ist einzigartig – manche wachsen schneller zusammen und bei anderen dauert es nun einmal länger. In unserer Mannschaft gibt es unbestritten ein enormes Potenzial, das sehr bald abgerufen werden kann. Daran arbeiten wir momentan“, antwortete John Brennan gelassen.

„Ist das Ihre Antwort an die Fans, die sich zu fragen beginnen, warum sie teure Karten gekauft haben, um nun eine Niederlage nach der nächsten beobachten zu können?“

„Das Team gibt bei jedem Spiel sein Bestes, das kann ich Ihnen versichern. Nach den Veränderungen der letzten Monate bauen wir darauf, dass die Fans Verständnis dafür haben, dass die Mannschaft erst ihren eigenen Rhythmus finden muss.“

„Apropos Rhythmus“, warf ein anderer Journalist ein. „Haben Sie schon einmal darüber nachgedacht, die Energien der Mannschaft lieber ins Training zu stecken, anstatt sie wie eine Comedytruppe im Fernsehen auftreten zu lassen? Die Zuschauer warten ja nur darauf, dass die Mannschaft Wasserballett macht!“

Skyler schickte dem arroganten Vogel von ESPN einen vernichtenden Blick zu und verschränkte die Arme vor der Brust. Verdammtes Arschloch! Seine eigene Sendung war vor Monaten bereits abgesetzt worden, weil kein Schwein zugeschaltet hatte, aber hier riss dieser Held die Klappe auf, obwohl Sports Network mit beeindruckenden Zahlen aufwarten konnte.

Anscheinend war sie nicht die Einzige, die verärgert über die unverschämte Frage war, da Brian Palmer ins Mikrofon knurrte: „Wenn wir Wasserballett machen, dürfen Sie gerne zuschauen, Travis. Aber Vorsicht, am Beckenrand ist es rutschig, nicht dass Sie ...“

Mitch Cahill beugte sich vor und legte eine Hand auf das Mikrofon des Quarterbacks, während er in sein eigenes sprach. „Unser Mannschaftskapitän ist nach dem anstrengenden Spiel verständlicherweise ein wenig erschöpft. Wir sollten ihn entlassen und ..."

Ausgerechnet John Brennan, der von jeher dafür bekannt war, extrem besonnen zu reagieren und sich nur selten provozieren zu lassen, lehnte sich mit vor der Brust verschränkten Armen zurück und brauchte nicht einmal ein Mikrofon, um mit befehlsgewohnter Stimme in den Raum zu donnern: „Lass ihn ruhig weiterreden, Mitch! Rabbit sieht für mich nicht sonderlich erschöpft aus!"

„Bin ich auch nicht!", stimmte Brian Palmer kampfeslustig zu.

Ein paar vereinzelte Lacher ertönten innerhalb der Presseleute.

Skyler wusste nicht, ob sie auch lachen sollte, schließlich fixierte Brian Palmer den ESPN-Reporter und schien ihm gerade mitteilen zu wollen, dass der sich lieber nicht alleine auf den Parkplatz verirren sollte, wenn er sich keine neuen Zähne leisten konnte.

Mitch Cahill war die Ruhe in Person. „Die nächste Frage, bitte."

„Coach Brennan, was sagen Sie dazu, dass Coach Baxton den Rücktritt von Julian Scott kritisiert hat? Er hat gesagt – ich zitiere: *Niemand bei Verstand schickt einen Julian Scott in Rente, wenn der in der Form seines Lebens ist.*"

„Ich würde sagen, dass Coach Baxton das mit Julians Frau Liv besprechen sollte."

Wieder ertönten ein paar Lacher, was einen jungenhaft aussehenden Journalisten anscheinend auf die selbstmörderische Idee brachte, dem Kapitän eine weitere Frage zu stellen. Automatisch hielt Skyler den Atem an, weil sie das Unheil auf sie alle zukommen sah.

„Brian, es gibt Stimmen, die behaupten, dass die Niederlagen der Titans etwas mit Kelly Slade und Ihnen zu tun haben. Können Sie uns sagen, wie Ihr Verhältnis zu Ihrem Ersatzmann ist?“

Bemerkenswerterweise veränderte sich die Gesichtsfarbe des Quarterbacks innerhalb von Sekunden in ein stattliches Purpurrot.

„Sie wollen wissen, wie das Verhältnis zwischen mir und Kelly ist? Es ist *fantastisch*! Wir sind ein Herz und eine Seele! Tatsächlich habe ich beschlossen, meine Frau zu verlassen, um mit Kelly zusammen sein zu können. Wir können es kaum erwarten, unsere gemeinsame Wohnung neu einzurichten!“

Skyler blieb der Mund offen stehen. Und sie war nicht die Einzige. Um sie herum entdeckte sie lediglich völlig fassungslose Gesichter, während Brian Palmer seinen Stuhl zurückschob und aus dem Raum stürmte, als wäre er ein Gladiator, der gleich in einem antiken Kolosseum ein paar Christen die Köpfe abschlagen wollte.

Sein Coach folgte ihm auf dem Fuße.

Lediglich Mitch Cahill blieb auf seinem Platz sitzen und beendete die Pressekonferenz mit professioneller Gelassenheit.

Wie vor den Kopf gestoßen, konnte Skyler nur daran denken, dass nach diesem öffentlichen *Amoklauf* die Einschaltquoten der nächsten Sendung *Titans Forever* durch die Decke gehen würden.

Auch sie verschwand aus dem Pressekonferenzsaal und machte sich auf den Weg in Richtung Kabine. Eigentlich hatte sie nach der Niederlage vorgeschlagen, heute keinen der Spieler mit Fragen zu nerven oder sie zu filmen, aber Teddy MacLachlan-Palmer war rigoros gewesen und hatte gesagt, dass auch Niederlagen zu einem Footballverein dazugehörten.

Zu einem Leben als Sportjournalistin gehörte es auch, bekleidete, halb bekleidete oder unbekleidete Männer zu interviewen und es völlig normal zu finden, dass sie mit nackten Hintern herumliefen, während sie sich wahnsinnig intelligente Fragen ausdachte. Irgendwie hatte sie sich mittlerweile schon daran gewöhnt, empfand jedoch noch immer ein komisches Gefühl, wenn sie die Umkleide betrat – so als wäre sie auf einem fremden Planeten gelandet und befände sich nun zwischen Aliens.

Nur dass hier vermutlich sie der Alien war.

Natürlich war auch in der Umkleidekabine die Stimmung nicht die beste. Schweigsam zogen sich die Spieler um, kamen wortlos aus der Dusche oder verstauten ihre Sachen in ihren Taschen.

Wie von selbst schielte sie zu Kelly, der mit dem Rücken zu ihr stand und gerade in ein Paar weißer Boxerbriefs schlüpfte.

Sie wollte nicht hinsehen, schließlich war sie eine hochprofessionelle Journalistin ... *fuck*! Reichte es nicht, dass sie schon bei einem Blick in seine dunklen Augen schwach zu werden drohte? Und dass sie ständig an sein Sixpack denken musste? Oder an seine muskulösen Arme, die über und über mit Tattoos verziert waren? Warum zum Teufel musste sie jetzt auch noch einen Blick auf seinen nackten Hintern erhaschen? In Jeans sah er schon fantastisch aus, aber nackt ... Ja, nackt machte Kelly noch mehr her. Breite Schultern, ein schöner Rücken mit einer tiefen Kerbe, die abwärts führte zu schmalen Hüften und einem perfekt geformten Hintern, über dem sich zwei Grübchen befanden.

Plötzlich war ihr Mund trocken, und sie beobachtete gebannt, wie Kelly in die Boxerbriefs schlüpfte, bevor er nach einem Paar Jeans griff.

Erst das laute Scheppern, als jemand in ihrer Nähe seinen Spind zuwarf, brachte sie wieder zur Besinnung. Entschlossen straffte sie die Schultern und wandte ihre Augen von dem Mann ab, mit dem sie vor ein paar Tagen abends in einem Pub gesessen hatte. Zu gerne hätte sie tröstlich seine Hand gedrückt, als er seinen beschissenen Tag erwähnt hatte. Und zu gerne hätte sie mehr über ihn erfahren – nicht weil dies ihr Job war, sondern weil Kelly Slade, der Mann, sie interessierte.

Beinahe hätte sie sich an die Stirn gefasst. Wenn sie sich jetzt in einen Footballspieler verknallte, wäre das nur der ultimative Beweis dafür, dass Frauen tatsächlich Schwierigkeiten hatten, Privatleben und Job voneinander zu trennen.

„Mit wem fangen wir an?“ Cyril schulterte seine Kamera und berührte sie auffordernd am Arm.

„Mit Graham.“ Sie deutete auf Graham Carter, der mit nacktem Oberkörper auf der Bank vor seinem Spind saß und ziemlich mitgenommen aussah. Unschöne Prellungen verunzierten seinen ramponierten Oberkörper und zeugten davon, dass er heute kaum einen Fuß auf den Boden bekommen hatte.

„Hey.“

„Hey.“ Er sah zu ihr auf und verzog das Gesicht. „Du hattest bestimmt zu viel zu tun, um mich dabei beobachten zu können, wie mein Fumble zu einem Turnover führte, oder?“

„Aber sicher“, tröstete sie ihn, obwohl sie ihn selbstverständlich dabei beobachtet hatte, wie er durch ein Tackling den Ball verloren hatte, woraufhin die gegnerische Defense in Ballbesitz gekommen war. Anschließend hatten die Tampa Bay Buccaneers einen Touchdown erzielt und das Spiel dominiert. „Hast du etwas dagegen, wenn ich dir eine oder zwei Fragen stelle?“

„Solange es nicht wehtut.“ Graham kniff die Augen zusammen, stieß ein gespieltes Stöhnen aus und klopfte auf den Platz neben sich. „Komm zu Papa.“

„Das ist ziemlich sexistisch“, beschwerte sie sich, und setzte sich aber dennoch zu ihm .

„Nicht, solange die Kamera aus ist.“ Auf ihren fragenden Blick zwinkerte er ihr zu. „Altes Politikersprichwort.“

„Erinnere mich daran, bei der nächsten Wahl die Demokraten zu wählen“, schnaubte Skyler, weil sie wusste, dass Grahams Dad Republikaner war.

Sein fröhliches Lachen hielt Skyler nicht davon ab, mit der ersten Frage gleich ins Haus zu fallen, sobald die Kamera an war. „Coach Brennan nennt dich den besten Ersatz für Julian Scott, den er sich wünschen kann, dennoch wurden nach der heutigen Niederlage Stimmen laut, ob du bereits so weit wärst, die Lücke zu füllen, die nach Julian Scotts Ausscheiden entstanden ist. Was würdest du diesen Kritikern antworten?“

„Autsch, du wolltest doch nett sein“, beschwerte er sich bei ihr. „Diese Frage ist nicht nett!“

Sie reagierte nicht, sondern hielt ihm das Mikrofon einfach weiterhin unter die Nase, weil sie eine ernst gemeinte Antwort haben wollte. Der Spinner sollte nicht denken, dass er mit ihr herumblödeln konnte, weil sie eine Frau war.

Der Wide Receiver antwortete fast schon grimmig: „Mein Quarterback hat mit Julian Scott fünf Jahre lang täglich trainiert. Die beiden waren ein eingespieltes Team, das sich blind verstanden hat. Von mir zu erwarten, dass ich nach ein paar Monaten diese Lücke füllen kann, ist utopisch.“

„Und wie gehst du mit dem Druck um, der durch diese Kritik erzeugt wird?“

Grinsend schaute er in die Kamera. „Kann ich leider nicht sagen. Jedenfalls nicht, wenn Kinder zuschauen.“

„Schnitt“, rief Skyler mit einem Augenverdrehen und ächzte ironisch: „Vielen Dank, Graham.“

„Nichts zu danken, Skyler. Immer wieder gerne.“

Sie zeigte ihm einen Vogel und interviewte Dupree Williams sowie Eddie Goldberg kurz, bevor sie aus der Kabine schlüpfte und im Flur auf ihr Kamerateam wartete, das noch ein paar Bilder vom leeren Stadion machen wollte. Gerade war sie damit beschäftigt, eine neue Mail auf ihrem Handy zu lesen, als sich jemand neben ihr räusperte.

Erstaunt ließ sie das Handy sinken, als sie den blondhaarigen Mann erkannte. „Clarke, hi! Was tust du denn hier?“

Clarke Griffin, Redakteur bei NBC, hatte sie seit zwei Jahren nicht gesehen – seit dem Morgen, an dem sie nach einer erfreulichen Nacht zusammen gefrühstückt und sich dann voneinander verabschiedet hatten. Wie man es unter Kollegen tat, mit denen man auf einer Konferenz schlief, ohne eine große Sache daraus zu machen.

Er küsste sie auf die Wange. „Ich bin wegen eines Meetings in New York und wollte mir das Spiel ansehen. Gut siehst du aus.“

„Danke.“ Sie steckte das Handy weg. „Du auch. Wie geht’s dir?“

„Gut. Mittlerweile haben Sie mich nach Washington versetzt.“

„Wow! Herzlichen Glückwunsch. Washington ist eine große Nummer.“

Herzlich lachte er auf. „Das Gleiche wollte ich dir auch gerade sagen. Deine Sendung gefällt mir außerordentlich gut und passt zu dir: erfrischend, lustig und klug.“

„Gleich werde ich noch rot“, prophezeite sie ihm und versetzte ihm einen freundschaftlichen Stoß gegen den Oberarm. Typisch Journalist trug Clarke sogar in seiner Freizeit einen Anzug.

„Bloß nicht.“ Er wirkte zufrieden, als er sie ein weiteres Mal musterte und dieses Mal sogar ihren Körper betrachtete. „Du siehst wirklich gut aus.“

Aus dem Augenwinkel nahm Skyler wahr, wie sich die Tür zu den Umkleiden öffnete und ein bärtiger Footballspieler mit einer Sporttasche über der Schulter hinaustrat.

Gleichzeitig drang Clarkes Stimme an ihr Ohr. „Wie sieht es aus? Hast du Lust, dich heute Abend mit mir zu treffen? Das letzte Mal ist viel zu lange her, dass wir uns getroffen haben.“

Skyler hörte zwar, was Clarke sagte, beobachtete jedoch angespannt Kellys Reaktion auf den Flirtversuch des anderen Mannes. Lediglich ein Zucken an Kellys rechter Augenbraue verriet ihr, dass er kapierte, worum es hier ging. Und mit einem Mal hätte sie sonst was dafür gegeben, wenn Kelly sie nicht mit ihrem früheren One-Night-Stand gesehen hätte.

Sie schluckte, als Kelly an ihr vorbeiging, und erklärte Clarke mit aufgesetzter Liebenswürdigkeit: „Leider klappt es nicht. Ich habe noch einen ... Termin.“

„Schade, aber wenn du in Washington bist, ruf gerne durch.“ Er küsste sie zum Abschied auf die Wange und verschwand in die andere Richtung.

***

Kelly wusste nicht, warum er wütend war.

Ihm sollte es scheißegal sein, was Skyler trieb und mit wem sie es trieb.

Verdammt, sie war weder mit ihm verwandt noch mit ihm befreundet, also sollte es ihn nicht jucken, dass sie mit anderen Männern flirtete, ihnen schöne Augen machte und sich von ihnen betatschen ließ. Was ging es ihn an?

Noch niemals zuvor war er so ... so eifersüchtig gewesen. Tatsächlich war er nie eifersüchtig. Seiner Meinung nach konnte man nur Eifersucht empfinden, wenn man für jemanden Gefühle empfand – und das tat er nicht. Früher war es ihm ziemlich egal gewesen, was die Frauen taten, mit denen er schlief. Sie besaßen keine Exklusivrechte über ihn und sie besaßen sicherlich auch keine Rechte an ihm. Wenn sie mit ihnen schliefen und einen Tag später jemand anderen fanden, um sich mit dem zu amüsieren, war es ihm schlichtweg egal gewesen. Andere Mütter hatten auch schöne Töchter. Mit der Devise war er immer gut gefahren.

Vielleicht zu gut?

Lagen seine Probleme in der Vergangenheit eventuell auch daran, dass er sich aus nichts etwas gemacht hatte? Nicht einmal aus den Frauen, mit denen er ins Bett gegangen war?

Kelly blieb stehen und starrte durch die gläsernen Türen nach draußen, wo es mittlerweile pechschwarz war. Das Vereinsgebäude war inzwischen menschenleer. Nicht dass nach dieser verfluchten Niederlage besonders viele Zuschauer oder Vereinsangehörige lange geblieben waren, um zu feiern. Er war lediglich ein Stündchen hiergeblieben, um sich Videos ihres nächsten Gegners anzuschauen und um deren Taktik zu studieren. Wenn man auf der Bank saß und vergeblich darauf wartete, vielleicht einmal spielen zu können, entwickelte man automatisch ein gesteigertes Interesse daran, das gegnerische Team auseinanderzunehmen.

Apropos auseinandernehmen.

Der Typ, der Skyler auf ein Date hatte treffen wollen, wäre das perfekte Opfer gewesen, um Kellys angestaute Energien und Aggressionen loszuwerden. Dem Fatzke mit dem schlechten Haarschnitt und der billigen Uhr hätte er zu gerne den Kopf abgerissen. Nicht auszudenken, dass Skyler auf Typen mit schlechten Haarschnitten und billigen Uhren stand! Er hätte ihr sehr viel mehr Stil zugetraut.

Eine kleine Stimme in seinem Kopf flüsterte ihm zu, dass ein ehemaliger Junkie, trockener Alkoholiker und früherer Gefängnisinsasse vermutlich noch weniger Stil besaß.

Fahrig fuhr er sich durchs Haar.

Wem machte er etwas vor? Er war schon lange kein Sechser im Lotto mehr, und nur weil Skyler mit ihm redete, ab und zu mit ihm flirtete und sich ziemlich anständig verhalten hatte, als er kurz davor gewesen war, sich volllaufen zu lassen, hieß das nicht, dass dies hier der Anfang eines Märchens war.

Sein Märchen würde sich sowieso nur mit einem Einsatz in der NFL erfüllen. Alles andere war unwichtig.

Beinahe grob stieß er die Türen nach draußen auf und hörte ein erschrockenes Luftschnappen.

„Shit, hast du mich erschreckt!“

Skyler stand unter einem Windschutz und hatte die Arme um sich geschlungen. Obwohl sie keine kleine Frau war, sah sie in ihrem schwarzen Mantel winzig aus. Winzig und halb erfroren. Besaß die Frau keinen Verstand? Warum lungerte sie hier draußen herum, wenn der Abendwind saukalt war und sie nur ein Fähnchen am Leib trug.

Grimmig schob er das Kinn vor, als ihm klar wurde, was sie hier tat.

„Worauf wartest du hier? Hast du ein Date?“

Bei Nacht schimmerten ihre blauen Augen beinahe schwarz und wirkten noch größer als sonst. „Ein Date?“ Man konnte hören, wie ihre Zähne klimperten, jedoch gurgelte sie fröhlich. „Mit wem denn? Dem Hausmeister?“

„Eigentlich dachte ich an deinen Freund.“

„Mein Freund?“

Kelly nickte ihr unfreundlich zu. „Das kleine Kerlchen, das dich im Flur abgeknutscht hat.“

Zwar war der Mann nicht sonderlich klein gewesen, aber irgendwie fühlte sich Kelly besser, wenn er sich über den Typen lustig machte.

„Du meinst Clarke? Clarke ist nicht mein Freund.“

„Passt dir der Begriff *Fick-Freund* besser?“

An ihrem zweifelnden Blick erkannte er, dass er sich gerade lächerlich machte. Falls er deshalb erröten sollte, würde sie es hier draußen nicht sehen, tröstete er sich. Dafür war es zu dunkel.

„Clarke ist auch nicht mein *Fick-Freund*“, informierte sie ihn gelassen und reizte ihn damit mehr, als wenn sie ebenfalls wütend gewesen wäre. „Ich habe keine *Fick-Freunde*.“

Seine Antwort bestand aus einer abfälligen Handbewegung.

„Und nur zu deiner Information: Clarke ist ein netter Kerl ...“

„... mit dem du schläfst“, warf er ein.

„... mit dem ich geschlafen habe. Vergangenheit.“ Als wäre es nichts Besonderes, darüber zu reden, zuckte sie mit der Schulter. „Ich bin mit ziemlicher Sicherheit nicht die einzige Frau, die schon einen One-Night-Stand hatte.“

Dass sie es so offen zugab, ließ ihn innerlich rasen. „Und heute? Hast du heute noch einen heißen One-Night-Stand?“

„Die einzige Verabredung, die ich heute habe, ist mit einer Portion Mac ’n’ Cheese. Und mit einem Schokoriegel, wenn ich noch einen daheim habe.“ Geradezu katzenhaft schlich sie auf ihn zu und klang belustigt. „Wenn ich es genau betrachte, scheint mich heute ein heißer flotter Dreier zu erwarten. Vielleicht werde ich meine Käse-Makkaroni und meinen Schokoriegel sogar mit ins Bett nehmen.“ Sie erschauerte wohlig.

Er wollte ernst bleiben, das wollte er wirklich, aber irgendwie versagte seine Miene, als sich seine

Mundwinkel zu einem Lächeln krümmten. Die Frau war ... war ... unmöglich!

Ebenso unmöglich war sie, als sie einen Arm um seine Hüfte schlang und sich an ihn schmiegte.

„Was tust du da?“

„Mir ist arschkalt“, betonte sie und zog die Schultern in die Höhe. „Wärme mich, bis das Taxi kommt.“

Auch wenn ihr kalt war, wurde ihm brennend heiß, als sich diese süß duftende, schlanke und hübsche Frau wie selbstverständlich an ihn schmiegte und ihren Arm um ihn legte. Unwiderruflich fuhr ihm der Gedanke durch den Kopf, dass es verflucht lange her war, von einer Frau berührt worden zu sein. Zu lange.

Ungebetene Bilder blitzten vor seinem inneren Auge auf.

Bilder, auf denen sich eine nackte Skyler auf seinem Bett rekelte und sich selbst anfasste, ihre Brüste berührte. Bilder, auf denen ihre zierlichen Hände über jeden Zoll seines Körpers glitten, während ihr Mund an der härtesten Stelle seines Körpers saugte und ihn um den Verstand brachte. Bilder, auf denen er sich mit ihr hin und her wälzte – heiß, verschwitzt und keuchend, weil sie sich gegenseitig um den Verstand vögelten.

„Du bist so warm wie eine Heizung.“ Skyler klang zufrieden und unterbrach gerade die Fantasie, in der er die Stelle leckte, die ihm an Frauen am meisten gefiel.

Das Blut rauschte durch seine Ohren und sammelte sich ausgerechnet in seiner Leistengegend. Verfluchte Scheiße! Wenn er nicht sofort aufhörte, schmutzige Fantasien über die Frau zu haben, die sich gerade an seine Seite schmiegte, um sich zu wärmen, dann würde er mit seiner schmerzhaften Erektion nicht aufs Motorrad steigen können. Mit diesem Ständer bis nach Brooklyn zu fahren, bedeutete Lebensgefahr.

„Ehrlich, du verströmst mehr Hitze als der Atomreaktor in Tschernobyl."

Dass sie ihn mit einer katastrophalen Kernschmelze verglich, war nicht sonderlich schmeichelhaft, aber viel wichtiger war ihm gerade die Frage, wie er es schaffen sollte, Skyler von sich zu schieben, ohne unhöflich zu wirken.

Als ihr ein zufriedener Seufzer entschlüpfte, pfiff er auf Höflichkeit und schob sie einfach ein Stück beiseite.

Verwirrt legte sie den Kopf schief. „Was ist?"

„Verdammt, Skyler", knurrte er und fuhr sich mit zittriger Hand übers Gesicht. „Denk doch mal nach!"

„Stell dich nicht so an", tadelte sie ihn amüsiert. „Es ist doch ganz natürlich. Nichts, wofür man sich schämen muss."

„Was?" Sprach sie etwa von seinem Schwanz?

„Es sieht doch auch niemand", beruhigte sie ihn. „Und ich werde es sicherlich nicht bei *Titans forever* erwähnen", schloss sie großzügig.

Das war der Beweis, dass diese Frau verrückt war! „Du wirst nicht im Fernsehen erwähnen, dass ich deinetwegen einen wahnsinnigen Ständer in der Hose hatte?", blökte er ungläubig.

„Was?!" Ihre Augenbrauen schossen bis zum Anschlag in die Höhe und ihr Blick richtete sich völlig schamlos auf seinen Hosenschlitz. „Du hast einen Ständer? Eigentlich sprach ich davon, dass du mich wärmst, aber ..." Sie lachte. „Interessant."

Es reichte. Bislang hatte keine Frau gelacht, wenn er ihretwegen einen Ständer hatte! Sie waren beeindruckt gewesen, entzückt und erregt. Insbesondere beeindruckt! Gelacht hatte keine!

Mit einem archaischen Laut griff er nach ihr, schob eine Hand in ihren Nacken und zog sie dicht an seinen Körper, bevor er den Mund auf ihren senkte. Das Lachen blieb ihr im Hals stecken, als er ihren Mund mit einem fordernden Kuss eroberte und glaubte, sterben zu müssen, wenn er sie nicht sofort haben konnte. Kelly verschlang ihren Mund, der weich, süß und warm war und ihn sich wünschen ließ, dies hier nackt tun zu können. Während er an ihrer vollen Unterlippe leckte und sich der Länge nach an ihrem Körper rieb, massierte seine Hand ihren zarten Nacken und zog sie auf diese Weise noch näher an sich.

Dass sie sich auf die Zehenspitzen stellte und seinen alles verschlingenden Kuss mit einem Stöhnen erwiderte, animierte ihn dazu, seine Finger in ihr Haar zu schieben und seine andere Hand auf ihrem Po zu platzieren. Lust schoss wie eine alles zermalmende Woge durch seine Adern und ließ ihn den Kopf verlieren. Es zählte nur noch, Skyler besinnungslos zu küssen und seinem Verlangen nachzugeben.

Während er glaubte, dass jeden Moment Dampf zwischen ihnen hochsteigen würde, küsste er sie wieder – sinnlich, heiß und hungrig. Einen solchen Hunger hatte er niemals zuvor gespürt, und mit bebender Brust befürchtete er, jeden Moment vor Lust zu zerspringen. Seine Hand, die auf ihrem runden, perfekten Po lag, presste ihren Unterkörper gegen seine pochende Erektion. Er wollte, dass sie wusste, wie scharf sie ihn machte und dass er sie am liebsten gegen die Glastür gedrückt hätte, um sie zu nehmen. Weil ihm das nicht reichte und er ihre Berührung brauchte, nahm er ihre Hand und zog sie an seinen Hosenschlitz. Beinahe grob drückte er ihre Hand gegen den eindeutigen Beweis, dass er mit ihr schlafen wollte. Knüppelhart presste sich seine Erektion gegen die Jeans. Kelly musste die Beine ein Stück spreizen, um nicht das Gleichgewicht zu verlieren. Gleichzeitig betete er um Zurückhaltung, weil er für nichts garantieren konnte, wenn Skyler ihre Hand in seine Hose schieben würde.

Das plötzliche Hupen eines Autos brachte ihn vermutlich um einen Wahnsinnsorgasmus.

Und es brachte ihn wieder zur Besinnung.

„Das ... das ist mein Taxi“, keuchte die Frau in seinen Armen und ließ ihren Mund von seinen Lippen über seine Wange zu seinem rechten Ohr wandern, um zu flüstern: „Die Mac ’n’ Cheese reichen für zwei.“ Die ganze Zeit behielt sie die Hand an seinem Hosenschlitz und wölbte sie um die Ausbuchtung seiner Erektion.

Kelly schluckte und hätte sich gerne selbst geohrfeigt. Er war ein Idiot. Einen größeren Idioten hatte es niemals zuvor auf dieser Welt gegeben. Genau in diesem Moment war er dabei, alles die Toilette hinunterzuspülen, woran er seit Jahren hart arbeitete. Und wofür? Für Sex mit einer Journalistin.

Entschlossen schob er sie von sich und schüttelte den Kopf. „Keine Chance.“

Mit glasigen Augen und zart geröteten Wangen schaute sie ungläubig zu ihm auf. Endlich zog sie ihre Hand beiseite. „Was?“

Seine Kehle kratzte, als er brummte: „Vergiss es. Ich ...“

„Du hast damit angefangen“, warf sie ihm erregt vor – und das zu Recht.

„Und jetzt beende ich es“, verkündete er düster. „Keine noch so gute Nummer ist meine Karriere wert.“

13. Kapitel

Arschloch!

Kelly Slade war ein Arschloch. Das größte Arschloch auf dem Planeten!

Skyler stand in einem Pulk von Footballspielern, die in ihren Mannschaftssakkos und mit ihren Reisetaschen in den Händen wie Chorknaben wirkten, während sie brav darauf warteten, für ihre Hotelzimmer einzuchecken. Brave Chorknaben, von wegen! Nichts an diesen Männern war brav. Schon gar nicht an dem Idioten, der direkt vor ihr stand und nicht den Anschein machte, als hätte er nicht erst vor einer Woche ihre Hand gegen seine Erektion gepresst und sie geküsst, als wollte er sie brandmarken. Sie hatte nicht einmal gewusst, wie ihr geschah, als er sich förmlich auf sie gestürzt hatte.

Ja, es war der heißeste und markerschütterndste Kuss ihres Lebens gewesen, und sie hätte Kelly mit zu sich nach Hause genommen, um die ganze Nacht Sex mit ihm zu haben. Noch jetzt begann sie zu zittern, wenn sie an jenen Abend dachte. Aber er konnte ihr gestohlen bleiben, nachdem er sie hatte abblitzen lassen – als ob sie darum betteln würde, mit ihm schlafen zu dürfen! Was bildete der Kerl sich eigentlich ein?

Selbst nach fast einer Woche war sie noch immer wütend auf seine selbstherrliche, großkotzige Art. Typisch Quarterback!

Sie hatte gar nicht mitbekommen, dass sie in Gedanken verächtlich geschnaubt hatte. Erst als sich Kelly zu ihr umdrehte und sie fragend ansah, verstand sie, warum die Footballspieler in ihrer direkten Nähe komisch zu ihr rübersahen. Höflich trat er einen Schritt zur Seite und deutete auf die Rezeption vor ihn.

„Möchtest du vorgehen?“

Sie maß ihn kritisch, schließlich wusste sie, dass an ihm nichts Höfliches war. Höfliche Männer ließen Frauen nicht abblitzen, nachdem sie deren Hände gegen den eigenen Ständer gepresst hatten.

„Nein, danke“, erwiderte sie spitz und hob die Nase in die Höhe. „Nur zu“, hörte sie sich selbst sagen.

„Ich bestehe darauf.“ Weiße Zähne blitzten in seinem bärtigen Gesicht auf. Den Bart schien er sich ein wenig gestutzt zu haben, seit sie ihn das letzte Mal getroffen hatte. Niemals zuvor hatte sie einen Mann mit Bart geküsst. Vielleicht lag ihr ungezügeltes Verlangen auch daran. An seinem Bart!

„Komm schon, Skyler ...“

„Ich kann warten.“ Auffordernd nickte sie in Richtung Rezeption, wo eine Hotelangestellte darauf wartete, dass der nächste Vereinsangehörige seinen Zimmerschlüssel abholte. „Lass die Dame nicht warten.“

„Apropos Dame.“ Er grinste schief. „Es gebietet der Anstand, dass ich dich vorlasse.“

Anstand? Sie hörte wohl nicht recht!

„Gibt es da vorne ein Problem?“ Tom Peacocks Stimme dröhnte durch die Rezeption. „Ich will auf mein Zimmer.“

„Sag nicht, dass wir uns die Zimmer teilen müssen“, stöhnte Dupree Williams. „Dieses Mal schlafe ich nicht zusammen mit Blake in einem Zimmer!“

Graham Carter trat neben Skyler und legte ihr freundschaftlich einen Arm um die Schulter. „Wenn wir uns die Zimmer teilen müssen, gehen Skyler und ich auf eine Bude.“

Augenblicklich meldete sich Blake zu Wort. „Hey, ich bin hier der Spaßvogel, Carter!“

Bevor sich das Team in einer Hotellobby wie Verrückte aufführte, würde sie über ihren Schatten springen. Ziemlich ungehobelt schob sie Grahams Arm beiseite und schnappte sich ihren Trolley.

„Geh schon aus dem Weg“, beschimpfte sie Kelly und zwängte sich an ihm vorbei.

Die Rezeptionistin schien sie für die schlimmste Zicke auf dem Erdboden zu halten, als Skyler erfuhr, dass der Hotelshop momentan umgebaut wurde und es keine Süßigkeiten in der Minibar gab. Auch die Auskunft, dass der nächste Minimarkt nur mit einem Taxi erreicht werden konnte, trug nicht unbedingt zu Skylers Wohlbefinden bei. Bevor einer der Jungs mitbekommen konnte, was bei ihrem Check-in so lange dauerte, und sie mit Fragen zu etwaiger PMS aufziehen konnte, schnappte sie sich ihre Schlüsselkarte und rauschte davon, ohne einen der Spieler eines Blickes zu würdigen. Insbesondere nicht Kelly.

Am Abend blieb sie auf ihrem Zimmer, weil ihre Laune grauenvoll war und sie nicht wollte, dass ein unschuldiges Opfer daran leiden musste. Stattdessen bestellte sie sich einen Caesar Salad und ein Clubsandwich aufs Zimmer und schaltete auf die *Wildesten Verfolgungsjagden der USA*, während sie in einem alten T-Shirt auf ihrem Bett saß.

Unter den Geräuschen von Sirenen, quietschenden Reifen und Metall, das auf Metall traf, hätte sie das Klopfen an ihrer Hotelzimmertür kaum gehört. In der Annahme, dass es der Zimmerservice war, der etwas vergessen hatte, lief sie zur Tür und klebte mit den Augen beinahe am Fernseher, wo gerade ein Mann überwältigt wurde, der zuvor mit seinem Auto einen Überschlag gemacht hatte.

Ihre Hand, in der sie das Sandwich hielt, verharrte an ihrem Mund, als sie mit der anderen Hand die Tür öffnete und zu allem Überfluss Kelly im Hotelflur stehen sah.

„Was tust du denn hier?“, wollte sie mit vollem Mund wissen.

„Du warst nicht beim Abendessen“, entgegnete er, als würde das alles erklären.

Beinahe hätte sie ihm die Tür vor der Nase zugeschlagen, besann sich jedoch auf ihre guten Manieren und schluckte das Stück Sandwich in ihrem Mund hinunter, bevor sie ihn mit einem Anflug von Hochnäsigkeit wissen ließ: „Der Zimmerservice klang ganz nett.“

„Der Zimmerservice ist beschissen.“

„Und woher willst du das wissen?“

„Hallo? Ich habe in unzähligen Hotels übernachtet.“

Ohne groß nachzudenken, legte Skyler das angebissene Sandwich auf den kleinen Sekretär gleich neben der Zimmertür und verschränkte die Arme vor der Brust. „Beschissener Zimmerservice hin oder her, Kelly, ich bin müde. Kann ich irgendetwas für dich tun?“

Wortlos zog er drei Schokoriegel aus seiner Jackentasche und hielt sie ihr entgegen.

Mit großen Augen starrte sie die Schokoriegel in seiner großen Hand an.

„Ich dachte, die könntest du gebrauchen. Heute Mittag wirktest du ein wenig ... gereizt.“

Das war zwar die größte Untertreibung des Jahres, aber Skyler ignorierte seinen Kommentar. Stattdessen fragte sie neugierig: „Wo hast du die her?“

„Der Taxifahrer wird mich ziemlich abgezockt haben. Wir waren fast eine Viertelstunde unterwegs, bevor wir eine Tankstelle erreicht hatten."

Sie öffnete den Mund und blickte ihn ungläubig an. „Du bist mit einem Taxi zu einer Tankstelle gefahren, um mir Schokoriegel zu kaufen?"

Seine Schultern sackten hinab. „Betrachte sie als Friedensangebot."

„Wofür?" Skyler spitzte die Lippen.

Kellys Augen funkelten. „Das weißt du sehr gut."

Langsam begann ihr das Ganze Spaß zu machen. Sie lehnte gegen den Türrahmen und ahmte seinen schleppenden Tonfall nach. „Willst du dich etwa dafür entschuldigen, meine Hand gegen deine Erektion gepresst und mir dann eine Abfuhr erteilt zu haben?"

„Ja", murmelte er leicht genervt. „So ungefähr."

„Aha."

„Nimmst du jetzt bitte die Dinger?", fragte er regelrecht hilflos. „Ich komme mir sonst wie ein Idiot vor, hier vor deiner Tür mit drei Schokoriegeln in der Hand zu stehen."

Zwar nahm sie ihm die Schokoriegel nicht ab, aber forderte ihn mit einer Kopfbewegung auf, mit ins Zimmer zu kommen. „Komm herein, wenn du deine Hände bei dir behalten kannst."

„Ha, ha." Tatsächlich betrat Kelly ihr Zimmer und schloss die Tür hinter sich.

Plötzlich kam ihr das geräumige Executive-Zimmer sehr viel kleiner vor als zuvor. Ob es etwas mit dem hünenhaften Mann zu tun hatte, der sich aus seiner Jacke schälte und diese auf einen Stuhl warf, als wäre er hier zu Hause, wusste sie nicht.

„Ich war wirklich wütend auf dich“, informierte sie ihn und schaltete den Ton des Fernsehers aus, bevor sie das Essenstablett auf den Fernsehtisch stellte und sich auf das Fußende des Hotelbettes setzte.

Kelly blieb einen Moment mitten im Raum stehen, bevor er sich den Stuhl heranzog und sich auf ihn setzte.

„Habe ich gemerkt.“ Zerknirscht fielen seine Mundwinkel hinab. „Vermutlich hat es jeder im Umkreis von einhundert Meilen gemerkt.“

Skyler rutschte ein Stück zurück und veränderte ihren Sitz, bis sie im Schneidersitz auf dem Bett saß. Ein wenig ernster erklärte sie ihm: „Das war nicht fair, Kelly. Erst küsst du mich wie ein Verhungernder, und kaum, dass ich den Kuss erwidere, behandelst du mich wie ein billiges Flittchen, das es nur darauf abgesehen hat, mit dir in die Kiste zu springen. Und dein Kommentar zu deiner Karriere war völlig unnötig.“

„Mhm.“

Mehr hatte er dazu nicht zu sagen?

Sie streckte den Rücken durch und legte so viel Autorität wie möglich in ihre Stimme hinein. „Okay, ich bin Journalistin, aber ich bin auch eine Frau. Dass du mir ständig vorwirfst, ich könnte dies oder das in der Sendung ausschlachten, habe ich nicht verdient. Und es ist sexistisch! Ich biedere mich niemandem an, um Infos zu erhalten, und sicherlich schlafe ich nicht mit irgendjemandem für eine gute Story.“

„Mhm.“

„Mhm? Was soll das bedeuten?“

„Das soll bedeuten, dass ich herauszufinden versuche, ob du ein Höschen trägst.“

Jetzt konnte sie auch sehen, dass er sich sehr für ihren Schneidersitz zu interessieren schien. Jedenfalls schielte er geradezu, während er ihre nackten Schenkel in Augenschein nahm.

„Ja, tue ich."

„Aha."

„Mein Höschen tut hier nichts zur Sache." Betont freundlich ließ sie ihn wissen: „Ich will dir schließlich nicht die Karriere ruinieren."

Kelly stieß ein aus tiefstem Herzen kommendes Stöhnen aus. „Musst du dich unbedingt daran erinnern?"

„Ich bin eine Frau. Ich erinnere mich an *alles*."

Wie ein ertappter Sünder hob er seine Hände und wirkte angeschlagen. „Skyler, ich war scharf und habe Schiss bekommen ..."

Sie schnappte nach Luft. „Schiss? Sehe ich etwa wie eine Männer mordende Furie aus?"

„Nein." Für einen Mann, der auf dem Feld nie den Eindruck gemacht hatte, auch nur ansatzweise nervös zu werden, suchte er nun auffallend lange und unsicher nach Worten. „Hör mal ... seit ich aus dem Gefängnis entlassen wurde, versuche ich mich aus Ärger herauszuhalten."

„Und ich bedeute Ärger?" Vermutlich war sie die einzige Frau auf Erden, die diese Frage belustigte.

Seine dunklen Augen schimmerten unheilvoll. „Du verstehst nicht, Skyler. In meiner Vergangenheit hing alles miteinander zusammen. Frauen, Alkohol und Drogen. Um mein Leben wieder auf die Reihe zu bekommen und um mir meine Karriere zurückzuholen, halte ich mich davon fern. Keine Bettgeschichten, kein Alkohol und keine Drogen mehr."

„Zuerst war ich Ärger und jetzt bin ich eine Bettgeschichte ..." Skyler schnalzte mit der Zunge. „Irgendwie gefällt mir das nicht."

„Du bist weder das eine noch das andere." Kelly holte Luft und stieß diese anschließend wieder aus. „Aber du bist eine Journalistin, und um ehrlich zu sein, waren meine Erfahrungen mit diesem Berufsstand bisher ziemlich bescheiden."

Sehr ehrlich erwiderte sie: „Bei dir ist es anders – da fühle ich mich nicht wie eine Journalistin."

„Wie das?"

Skyler verdrehte die Augen. „Vielleicht, weil du mir sowieso nie Interviews gibst?"

Interessiert neigte er den Kopf zur Seite. „Und das stört dich?"

„Dass du mir keine Interviews gibst?"

„Nein." Er lachte leise. „Stört es dich, dass du dich in meiner Gegenwart nicht wie eine Journalistin fühlst?"

„Keine Ahnung." Nachdenklich rümpfte sie die Nase. „Mich stört, dass du in mir ständig die Journalistin siehst, die jedes noch so winzige Detail aus deinem Leben für ihren Job verwenden könnte."

„Wen soll ich denn stattdessen in dir sehen?"

Es dauerte einen Moment, bis sie einfallsreich erklärte: „Deine Kumpeline."

Sofort zuckten seine Augenbrauen hoch. „Kumpeline? Was ist denn das?"

„Eine Freundin, mit der man die *wildesten Autojagden der USA* sehen und Schokoriegel essen kann." Auffordernd klopfte sie neben sich, nachdem sie ans Kopfende gerutscht war.

„Was ist mit deinem Höschen?" Wieso klang er so misstrauisch?

Freundlich erwiderte sie: „Mein Höschen ist für dich tabu."

Kelly schien noch zu zögern, erhob sich anschließend jedoch und schlüpfte aus seinen Sneakers, bevor er sich ebenfalls ans Kopfende setzte und sich gegen das Kopfteil lehnte. Der Geruch von sauberer männlicher Haut, einem Haufen Testosteron und von nussigen Schokoriegeln stieg ihr in die Nase. Es war ziemlich gemütlich, hier mit ihm zu sitzen, und gerne hätte sie sich gegen ihn gelehnt, wenn ihre letzte harmlose Berührung nicht damit geendet hätte, dass er sie seine stahlharte Erektion hatte fühlen lassen.

Plötzlich empfand sie die Tatsache, dass Kelly nur deshalb mit dieser beeindruckenden Erektion gesegnet worden war, weil sie sich an seinen Arm geschmiegt hatte, um sich aufzuwärmen, sehr schmeichelhaft. All die Fanbriefe von Männern jeglicher Altersstufen, die ihr zu ihrem Bikiniauftritt gratuliert hatten, waren dagegen nichts.

Sie hatten sich gerade den ersten Riegel geteilt und sahen zu, wie ein aufgemotzter VW Käfer durch eine Leitplanke bretterte, als Kelly völlig unvermittelt nachfragte: „Dieser Clarke ... ist er auch Journalist?“

Woher sein plötzliches Interesse an Clarke kam, ahnte sie beinahe.

„Ja, ist er. Wieso fragst du?“

„Nur so.“

Ein paar Augenblicke blieb sie stumm und erklärte dann: „Falls du wissen willst, ob ich ihn vergangenes Wochenende getroffen habe ...“

„Skyler“, unterbrach er sie und klang dabei leichthin, auch wenn sie ihm dies nicht eine Sekunde abnahm. „Wenn ich es wissen wollte, würde ich fragen.“

„Bist du eifersüchtig?“

„Natürlich nicht.“

„Natürlich nicht“, ahmte sie ihn kichernd nach. „Das klingt sehr glaubhaft.“

„Sagen wir so: Ich hielt ihn einfach nicht für deinen Typ.“

Skyler wurde hellhörig und packte den zweiten Schokoriegel aus seiner Verpackung. „Mein Typ? Was ist denn mein Typ?“

Ihr Gast zuckte mit seiner Schulter und brach sich ein Stück des Schokoriegels ab. „Keine Ahnung, er muss meiner Meinung nach jedoch ein ganzer Kerl sein, um es mit dir aufnehmen zu können, und nicht so ein halbes Hemd mit einer billigen Uhr.“

„Nichts für ungut, Kelly, aber eine billige Uhr ist kein Indiz dafür, ob ein Mann dich im Bett zum Schreien bringen kann oder nicht.“

Interesse glomm in seinen Augen auf. „Hat dich dieser Clarke denn zum Schreien gebracht?“

Sie wollte ihm sagen, dass sich das Thema nicht gehörte, dass es ihr unangenehm war, ausgerechnet mit ihm darüber zu reden, und dass es Clarke sicherlich nicht recht war, über sein Können als Liebhaber zu diskutieren – doch alles, was sie über die Lippen brachte, war ein freches Grinsen. „Was denkst denn du? Hätte ich ihm an jenem Abend abgesagt, wenn er mich zum Schreien gebracht hätte?“

Wie beiläufig erwähnte Kelly: „Kleine Randnotiz: Mir hat noch nie eine Frau abgesagt, mit der ich bereits Sex hatte.“

Sie tätschelte sein Knie, das er lässig aufgestellt hatte. „Manche Frauen sind zurückhaltender als andere und wollen ihre Sexpartner nicht vor den Kopf stoßen.“

„Aber zu der Sorte gehörst du nicht, oder?“

„Tja." Bedauernd sah sie zur Zimmerdecke. „Das wirst du wohl nie erfahren, weil du deine Karriere ..."

„Frauen vergessen auch nie etwas, was der Mann gesagt hat, richtig?"

„Richtig." Sie beugte sich vor und raunte ihm zu: „Kleine Randnotiz: Du weißt ja nicht, was du verpasst hast, immerhin habe ich früher Gymnastiktanz gemacht."

Gespielt verzweifelt griff er sich ans Herz.

Beim dritten Schokoriegel und dem Abspann der *wildesten Verfolgungsjagden der USA* kreuzte Skyler ihre Fußknöchel und hakte neugierig nach: „Darf ich dich etwas fragen, Kelly?"

Seine Antwort bestand aus einem Brummen.

„Wenn du ständig befürchtest, ich könnte irgendetwas von dem, was du mir erzählst, in meiner Berichterstattung verwenden, warum redest du dann überhaupt mit mir?"

Da er nicht sofort antwortete, fuhr sie fort: „Ich hatte nicht das Gefühl, dich dazu zwingen zu müssen, mit mir zu reden – oder mit mir an einer Hotelbar zu sitzen beziehungsweise mit mir fernzusehen."

Seine große Hand, die aus einer breiten Handfläche, einem kräftigen Handgelenk und elegant geformten Fingern bestand, schwebte zögerlich in der Luft, bevor er sich mit ihr durch sein dunkles Haar fuhr. Alles an ihm war dunkel. Dunkles Haar, dunkle Augen, dunkler Bart, dunkle Stimme, dunkle Vergangenheit ... gleichzeitig kannte Skyler kaum einen Menschen, der gleichzeitig so leuchtend wirkte.

„Du bist cool drauf."

Sie war cool drauf? Skyler war schon vieles genannt worden, aber *cool drauf zu sein* hatte nicht dazugehört.

„Definiere cool."

Das Stöhnen kam aus den Tiefen seines Brustkorbes. „Du bist eine coole Kumpeline und bringst mich zum Lachen, was – um ganz ehrlich zu sein – ziemlich lange nicht der Fall war.“

„Du meinst, dass dich jemand zum Lachen gebracht hat?“

„Ja.“ Seine Augen saugten sich an ihrem Mund fest. „Wenn man ständig seine Schutzschilder hochfahren muss, genießt man es sehr, das in Gegenwart eines anderen Menschen plötzlich nicht mehr zu tun. Einfach mal locker zu lassen.“

So viel Offenheit hatte sie von ihm nicht erwartet. Von ganz allein wanderte ihr Blick zu seinem Mund. „Bei mir brauchst du keine Schutzschilder, Kelly.“

„Mhm.“

„Wirklich nicht“, beteuerte sie leise und rückte automatisch näher. Skyler konnte hören, wie er schwer atmete.

„Ich gehe mal lieber“, murmelte er.

„Mhm.“ Auch Skyler atmete schwer. „Das könntest du tun.“

„Oder?“ Seine Stimme war nur noch ein Flüstern.

„Du könntest auch bleiben.“ Zögerlich legte sie ihre Hand auf seinen muskulösen Brustkorb, über den sich ein Jeanshemd spannte, und ließ ihre Augen von seinem Mund zu seinen Augen wandern. Unter schweren Lidern schaute er sie an. Heißglühende Lust pulsierte plötzlich durch ihre Adern.

„Das wäre vermutlich keine gute Idee“, raunte Kelly, ohne Anstalten zu machen, sich von ihrem Hotelbett zu erheben und zu gehen.

„Vermutlich.“ Sie spreizte die Finger über seinen harten Brustmuskeln und schmiegte sich an ihn, während sie ihre Hand zu den Knöpfen seines Jeanshemdes fahren ließ.

„Ich glaube nicht, dass Kumpelinen so etwas tun.“ Sein Krächzen war wie Musik in ihren Ohren.

„Woher willst du das wissen?“ Sie öffnete den obersten Knopf seines Hemdes und betrachtete voller Interesse seine Kehle und sein Schlüsselbein. „Du hattest sicherlich noch nie eine Kumpeline.“

Ein ersticktes Lachen drang aus seinem Mund. Gleichzeitig schlängelte sich seine Hand unter ihren Körper hindurch, legte sich auf ihre Taille und zog sie näher an seinen Körper. Als sein Finger erst über ihre Taille streichelte und dann tiefer glitt, um unter ihr T-Shirt zu schlüpfen, zog sich eine Gänsehaut über ihren gesamten Körper. Ihre Haut glühte dort, wo er sie berührte, und lustvolle Gedanken stiegen ihr in den Kopf.

Ihre Münder trafen sich auf halbem Weg, und Skyler reagierte mit voller Befriedigung auf die Tatsache, dass Kelly nicht weniger verzweifelt als sie wirkte, sobald sie sich einen heißen, verzehrenden Kuss gaben, der die Erdachse dazu zwang, sich nicht weiterzudrehen. Erschüttert von dem urwüchsigen Verlangen, das sie überrollte, verschlang sie seinen Mund und legte sich auf ihn. Obwohl Skyler nicht abwarten konnte, wie es sich anfühlen würde, ihren nackten Körper an seinem nackten Körper zu spüren, hätte nichts auf der Welt sie davon abhalten können, ihren Kuss zu unterbrechen.

Sein Bart kratzte an ihren Lippen, aber Kelly machte es wieder wett, als seine Zunge über ihren Mund glitt, er ihre Unterlippe in seinen Mund zog und mit ihrer Zunge spielte. Seine Hände blieben währenddessen nicht untätig, glitten über die Rückseite ihrer nackten Oberschenkel, fuhren über ihren Po und erforschten unter ihrem T-Shirt ihren Rücken, bevor Kelly mit einer Hand ihren Hinterkopf umfasste. Auf sein tiefes Stöhnen, das in ihrem Mund widerhallte, reagierte Skyler, indem sie ihren Bauch gegen die harte Erektion presste, die sie durch den Jeansstoff fühlen konnte.

Ihre Hände gruben sich in seine Schultern und machten sich anschließend hektisch an den restlichen Knöpfen seines Hemds zu schaffen. Er roch so gut, schmeckte noch besser und fühlte sich einfach fantastisch an. So fantastisch, dass sie nicht warten konnte. Außerdem war das Verhältnis zwischen ihnen ein wenig unausgeglichen, schließlich konnte Kelly problemlos alle interessanten Stellen ihres Körpers berühren und erforschen, während sie sich mit seinem Jeanshemd abmühte. Und das tat er auch. Seine Hände waren überall, wölbten sich um ihre Brüste, streichelten über ihren nackten Bauch, glitten unter ihr Höschen, das er einfach beiseiteschob, um ihren Po zu streicheln, und fanden prompt die Stelle, an der sich seit Minuten ihre Lust sammelte.

Sie schien zu verglühen, und alles verschwamm vor ihren Augen, ihre Hände wurden ungeschickt und sie atmete schwer, als Kelly, ohne zu fragen, ihre feuchte, heiße Mitte berührte, mit einem Finger in sie glitt und seinen Daumen benutzte, um die Feuchtigkeit zu verteilen.

Alle Hemmungen, die sie vielleicht noch besessen hatte, mit Kelly Slade hier in diesem Hotelzimmer Sex zu haben, der die Wände wackeln ließ, schossen davon, und jegliche Vernunft zerplatzte wie ein Luftballon, als sie ihn gierig küsste und sich von ihm berühren ließ.

Ihr Herz hämmerte in einem Rhythmus aus wahnsinnigem Verlangen und unbändiger Lust, als sie ihren Bauch gegen seine Erektion rieb, auf Kellys Berührungen mit einem verzweifelten Laut reagierte und fast von ihm hinuntergerutscht wäre, als er ihr sein Becken entgegenwölbte. Skyler entzog ihm schwer atmend den Mund und schlug beide Enden seines Hemdes zurück, bevor sie sich förmlich auf seinen nackten Oberkörper stürzte.

Mit ihrem Mund saugte sie an seinem kräftigen Hals, drückte eine nicht unerhebliche Anzahl feuchter Küsse auf seine Schulter, glitt mit ihren Lippen über seine Brust und folgte der ausgeprägten Linie abwärts, über die sie leckte.

Der erstickte Laut und das rasende Heben seiner Brust, als sie ihre Zunge über seine harten Bauchmuskeln spielen ließ, zeigten ihr, dass Kelly genoss, was sie tat.

Am Bund seiner Jeans angekommen, konnte sie sehen, wie sich Kellys Erektion gegen den Stoff presste. Sein ganzer Körper verströmte solch eine Hitze, dass ihr schwindelig wurde. Und der wilde Herzschlag, der ihr in den Ohren dröhnte, trug ebenfalls nicht zu ihrer Beruhigung bei.

Als sie ihre Finger erwartungsvoll zu seinem Gürtel wandern ließ, packte er ihre Handgelenke und hielt sie fest.

„Fuck", krächzte er und schüttelte abgehackt den Kopf. „Stopp."

Skyler sah völlig verworren auf und leckte sich angesichts des Mannes vor ihr hilflos über die Lippen. Er sah wie ein bärtiger blutrünstiger Krieger aus, wie er schwer atmend, mit zuckenden Muskeln, grimmiger Miene und verschwitztem nacktem Oberkörper vor ihr lag – bereit, sich jeden Moment auf sie zu stürzen. Wohlig presste Skyler die Schenkel zusammen und schnappte nach Luft. Genau das wollte sie jetzt. Heißen, schweißtreibenden Sex. Das hier hatte nichts mit ihrem Job zu tun, sondern damit, dass Kelly Slade unwiderstehlich war, so wie er vor ihr lag.

„Ich schwöre dir, du liegst schneller auf dem Rücken, als du ahnst, wenn du meine Hose öffnest“, drohte er mit einem Grollen.

Wenn ihre Kehle nicht staubtrocken gewesen wäre, hätte sie vermutlich gelacht. Stattdessen flüsterte sie mit krächzender Stimme, die vor Verlangen und Lust zitterte: „Worauf warten wir dann noch?“

Kellys Augen glühten auf, bevor er widerwillig den Kopf schüttelte. „Ich habe nichts dabei.“

„Oh.“ Fassungslos sah sie zu ihm hinab. „Wie kannst du kein Kondom dabeihaben? Du bist schließlich Footballspieler!“

Dieser Footballspieler kannte keine Scham und schob eine Hand unter ihr Shirt, um ihre Brüste zu liebkosen, während er erwähnte: „Schon vergessen? Ich bin geläutert.“

Darüber würden sie sich ein anderes Mal unterhalten, beschloss Skyler und musste sich darauf konzentrieren, klar denken zu können, während seine Fingerspitzen über ihre Brustwarzen rieben. Etwas krampfte sich in ihr zusammen. Wenn er so weitermachte, müsste er nicht einmal seine Hose ausziehen, um sie zum Orgasmus zu bringen. Aber das wollte sie nicht. Nicht so. Sie wollte ihn tief in ihr haben.

„Wann war dein letzter Test?“

Sein Stirnrunzeln stand im völligen Kontrast zu seinen Händen, die zärtlich über ihre Brüste und ihren Bauch streichelten. „Ich bin gesund, Skyler. Aber wir können nicht ...“

„Und ich bin ebenfalls gesund und nehme die Pille", unterbrach sie ihn, bevor sie sich vorbeugte und die Hände neben seinen Kopf platzierte. „Mach nur so weiter, und du liegst schneller auf mir, als du ahnst", flüsterte sie ihm zu und küsste ihn ein weiteres Mal.

Es dauerte nur einen Herzschlag, bis er den Kuss ebenso heftig erwiderte.

Zusammen wälzten sie sich über das Bett, und Skyler verlor ihr T-Shirt tatsächlich so schnell, dass sie es erst bemerkte, als er seinen warmen Mund abwechselnd um ihre Brustwarzen schloss und diese tief hineinsaugte. Stöhnend kratzte sie über seinen nackten Rücken und krallte ihre Finger kurz darauf in seine harten Bauchmuskeln, bevor sie seine Gürtelschnalle öffnete und ihre Hand in seine Hose schob.

Sein Stöhnen war wie Musik in ihren Ohren, als sich ihre Hand um seine pochende Erektion schlang, die sie zu versengen drohte.

„Tu das nicht", drohte er zwar, tat jedoch nichts. Stattdessen ließ er einen Ton von sich hören, der so voller männlicher Lust war, dass Skyler heiß und kalt gleichzeitig wurde, während sie seine Erektion erforschte und diese aus seiner Hose befreite. Was sie sah, fand sie mehr als beeindruckend und fuhr mit ihrer Hand an seinem Penis auf und ab. Er fühlte sich genauso heiß und hart an wie der ganze Mann, der einen erstickten Laut von sich gab, als sie ihn in den Mund nahm. Mit der Zunge erforschte sie die Venen seiner Erektion und glitt über die runde Kuppel, als Kelly sie plötzlich packte und auf den Rücken warf.

Anschließend machte er ihr klar, dass er ein ziemlich dominanter Mann war, der ihr förmlich das Höschen vom Leib riss und binnen weniger Sekunden selbst nackt war.

Mit glühenden Augen betrachtete sie seinen prächtigen Körper, die tätowierten Unterarme und die nicht zu übersehende Erektion, während Kelly vor ihr kniete und sie einfach zu sich zog, ihre Beine ergriff und sie über seine Schultern zog. Mit den Händen unter ihrem Po hielt er sie fest und beugte den Kopf nach unten, um seinen Mund an ihrer geheimsten Stelle zu vergraben. Und katapultierte sie augenblicklich in andere Sphären.

Skyler krallte sich ans Bettlaken, stieß einen Laut zwischen Schrei und Stöhnen aus und flehte ihn gleichzeitig an, aufzuhören und weiterzumachen. Sein Mund quälte sie, ließ nicht von ihr ab und scherte sich nicht darum, dass sie um Gnade bettelte. Stattdessen schenkte er ihr einen prickelnden Orgasmus, der die Erde zum Beben brachte. Nach Luft ringend schwebte Skyler förmlich in der Luft und öffnete nur mühsam ihre Augenlider, um mit anzusehen, wie Kelly die Innenseiten ihrer Oberschenkel küsste und sie langsam wieder hinunterließ.

Ihre Lungen pumpten und ihr Herz würde einen zweiten solchen Orgasmus vermutlich nicht überstehen – so viel war sicher. Doch das Verlangen, Kelly in sich zu spüren, wuchs von Sekunde zu Sekunde. Bevor er hätte reagieren können, stieß sie ihn zurück und glitt über seinen Schoß, während sie sein markantes Gesicht betrachtete und sich zu ihm beugte, um ihn zu küssen. Als sein breiter Penis in sie eindrang, keuchten sie beide. Warmer Atem traf auf warmen Atem.

Skyler konzentrierte sich voll und ganz auf seinen Penis, der in sie hineinstieß, und gab einen zurückhaltenden Rhythmus vor, mit dem sie sich auf ihm bewegte. Sein gigantischer Körper, kampferprobt und trainiert, bebte unter ihr. Auch seine Hände, die über ihre

Hüften, ihre Schenkel und ihren Rücken fuhren, bebten vor Anspannung. Sie klebte mit ihrem Mund an seinem, stöhnte in seinen Mund hinein und bewegte sich schneller auf ihm. Alles wurde schneller. Intensiver. Für Kelly anscheinend nicht intensiv genug, weil er seine Arme um sie schlang und sie auf den Rücken drehte. Er vergrub seinen Mund an ihrem Hals, spreizte ihre Beine noch mehr und begann hart in sie hineinzupumpen. Er schob sie geradezu in Richtung Kopfende. Und Skyler genoss es mit jeder Faser ihres Körpers.

Obwohl ihr erster Orgasmus gerade erst angefangen hatte, abzuklingen, baute sich ihr zweiter bereits auf, während Kelly immer und immer wieder in sie eindrang. Sein Körper bewegte sich in einem harten und gleichzeitig anmutigen Rhythmus über ihr, in ihr und trieb sie zum Äußersten. Skyler stöhnte seinen Namen und schlang die Arme um ihn, während eine Feuerbrunst sie zu verschlingen drohte.

In Sekundenschnelle blitzten Sterne vor ihren Augen auf, und sie hob sich ihm entgegen, verschlang ein Bein mit seinem und klammerte sich hilflos an ihn, während Kelly immer tiefer in sie hineinstieß, fluchte, stöhnte und ein Grollen von sich gab, das sie niemals zuvor gehört hatte.

Und dann explodierte die Nacht um sie herum.

***

„Erwartest du jetzt irgendetwas?“

Skyler hob den Kopf von Kellys Brust und blinzelte ihm träge zu. Sie verstand nicht, was er sagte, weil sie noch wie benommen war und gerade die verschiedenen Zeichnungen nachgefahren war, mit denen er sich seinen linken Unterarm hatte tätowieren lassen, aber sie verstand, was seine grimmige Miene und der zurückhaltende Tonfall zu bedeuten hatten.

Ihre Glieder schienen aus Gelee zu bestehen, als sie zur Seite rutschte und das Bettlaken höher zog. „Nein, tue ich nicht“, entgegnete sie einfach und musterte sein Profil, das sich scharfkantig von seiner Umgebung absetzte. „Wir sind schließlich erwachsen.“

Er sagte nichts.

Nachdenklich fuhr sich Skyler durch ihr verschwitztes und vermutlich völlig zerzaustes Haar. Nach diesem bewusstseinserweiternden Sex hätte sie gerne geduscht, geschlafen und vielleicht sogar gekuschelt, wenn Kelly nicht dermaßen grimmig neben ihr gelegen hätte. Warum er plötzlich eine Stimmung verbreitete, als hätte er gerade den Superbowl verloren, wusste sie nicht, aber sie wollte sich den fantastischen Sex nicht madig machen lassen, der noch immer durch ihre Venen pulsierte.

Und dass Kelly nicht auf seine Kosten gekommen war, brauchte er ihr erst gar nicht weiszumachen. Ein Mann, der wie erschlagen auf einer Frau lag, nachdem er gekommen war, sprach eine eigene Sprache.

„Aha.“

„Wieso bist du plötzlich so sauer?“ Sie rekelte sich und wandte ihm das Gesicht zu. „Wir hatten doch Spaß, nicht wahr?“

„Ich bin nicht sauer.“

„Kelly, du siehst die Zimmerdecke an, als wäre sie Osama bin Laden höchstpersönlich.“ Skyler streckte die Hand aus, um sie an seine Wange zu legen, doch er entzog sich ihr und setzte sich auf. Mit seinem Rückgrat direkt vor Augen und den gewölbten Muskeln bis hin zu den winzigen Grübchen über seinem Hintern fiel es ihr schwer, sich auf das Offensichtliche zu konzentrieren.

„Wir hätten nicht miteinander schlafen sollen. Das bringt nur Komplikationen. Es war ein Fehler.“

Hier stimmte irgendetwas gewaltig nicht, schoss es Skyler durch den Kopf. Sie war immerhin hier die Frau! *Sie* hätte nach dem Sex herumzicken müssen – und nicht der Mann.

„Verdammt, Kelly“, seufzte sie und fuhr sich über das Gesicht, das sich noch immer verdammt warm anfühlte. „Du bist erwachsen, ich bin erwachsen und wir beide hatten Sex. Das tut niemandem weh.“

Mit steifen Gliedern stieg er aus dem Bett und begann damit, sich anzuziehen. „Ich habe keine lockeren Bettgeschichten mehr. Das bringt nur Ärger“, wütete er, als sei sie schuld, dass er rückfällig geworden war.

Ebenfalls erbost setzte sie sich auf und schlang die Arme um ihre Knie. „Entschuldige, aber ich habe dich nicht vergewaltigen müssen! Du wusstest genau ...“

„Machst du allen Männern nur mit einem T-Shirt bekleidet die Tür auf?“

„Das ist dumm und sexistisch“, warf sie ihm vor. „Gehörst du auch zu den Männern, die meinen, Frauen sollten eine Burka tragen, damit sie nicht belästigt werden?“

„Ich meine, dass ich nicht hergekommen bin, um mit dir zu schlafen, Skyler.“

Sie kniff die Augen zusammen. „Ich wiederhole: Niemand hat dich dazu zwingen müssen."

Schweigend schlüpfte er in seine Boxerbriefs und anschließend in seine Jeans. Während sie ihm dabei zusah, wie er den Reißverschluss zuzog, fragte sie sich, was sein Problem war.

Bevor sie ihn hätte fragen können, kam er von ganz allein darauf zu sprechen, als er in sein Hemd schlüpfte.

Geradezu abgehackt führte er aus: „Mein Job ist mir das Wichtigste. Ich habe zu hart daran gearbeitet, dorthin zu kommen, wo ich jetzt bin, und kann es mir nicht leisten, das wegzuwerfen für ..." Er stockte und bekam rote Ohren.

Skyler mochte eine *coole Kumpeline* sein, aber jetzt gerade fühlte sie sich als Frau, die nackt in einem Bett saß, angenehm wund war und vor wenigen Minuten jede ihrer Körperstellen hatte berühren lassen, benutzt, gedemütigt und verletzt.

Wütend fragte sie nach: „Für *was*? Für einen Fick? Für eine Schlampe? Für ..."

„Hör auf, Skyler!"

„Los, sag schon! Was bin ich?"

„Keines davon!"

„Raus, hau ab!" Sie warf das Kissen nach ihm, das wirkungslos bis zum Bettende flog und dort mit einem sanften Aufprall auf der Decke landete. „Verschwinde und lass dich nicht mehr hier blicken!"

Sein Gesicht verschloss sich. „Wir reden morgen."

„In deinen Träumen!" Sie war so wütend, dass es ihr egal war, ob sie splitterfasernackt war oder nicht. Ohne nachzudenken, sprang sie aus dem Bett, ergriff seine Jacke und marschierte zur Zimmertür, die sie aufriss.

Seine Jacke flog in den Flur. „Hau endlich ab, Kelly! Und lass mich bloß in Ruhe!“

Im grimmigen Schweigen trampelte er durch ihr Zimmer und lief mit einer warnenden Miene an ihr vorbei, um mitten im Schritt zu verharren.

Als Skyler seiner Blickrichtung folgte, sah sie Brian Palmer im Flur stehen, der nachlässig eine Augenbraue in die Höhe zog. Allem Anschein nach kam er gerade zurück und wollte in sein Zimmer gehen, das direkt gegenüberlag. Scheiße.

Interessiert betrachtete er die Jacke, die vor seinen Füßen lag. „Alles okay?“

Wortlos schob sie Kelly aus ihrem Zimmer hinaus und knallte die Tür hinter ihm zu.

Hätte sie diesen Job bloß nie angenommen!

14. Kapitel

Hätte er diesen Job bloß nie angenommen!

Voller Widerwillen sah Kelly auf sein Stück Fleisch und konnte das saftige Steak mit dem aromatischen Pfefferrand nicht würdigen, weil er sich lieber einen Ball in die Eier hätte werfen lassen, als an dieser Veranstaltung teilzunehmen.

Tatsächlich war dies sein erster Junggesellenabschied, und er war auch nur mitgekommen, weil ihn der zukünftige Bräutigam persönlich dazu eingeladen hatte. Einem Eddie Goldberg schlug man keine Bitte aus. Außerdem hielt es Kelly für keine gute Idee, sich nach dem letzten Wochenende unbeliebt im Team zu machen, indem er dem Junggesellenabschied eines seiner Kollegen fernblieb.

Er griff nach seinem Wasserglas, nahm einen Schluck und betrachtete Brian, der ein paar Plätze rechts von ihm auf der anderen Tischseite saß und voller Vergnügen sein Steak in sich hineinschaufelte. Kein Wunder, dass der Quarterback guter Laune war, immerhin hatten die Titans das letzte Spiel gewonnen, und er war Zeuge gewesen, wie Skyler ihn aus ihrem Zimmer geworfen hatte. Es war eine der beschissensten Erfahrungen seines Lebens gewesen, ausgerechnet von Brian Palmer dabei erwischt zu werden, wie die Frau ihn aus ihrem Zimmer warf, mit der er gerade den aufwühlendsten Sex seines Lebens gehabt hatte. Natürlich hatte Brian nicht wissen können, was zwischen ihnen passiert war, aber man musste kein Genie sein, um auf heißen Sex zu schließen, wenn eine nackte Frau einen

Mann aus ihrem Zimmer warf, dessen Hemd offen und dessen Haar völlig zerzaust war.

Und deren Haar ebenfalls hoffnungslos zerwühlt gewesen war.

Allein die Erinnerung an ihre wilde Mähne, ihren warmen Körper und ihr vor Lust gerötetes Gesicht ließ schweres Verlangen direkt in seine Eingeweide fahren.

Das Steak blieb ihm plötzlich im Hals stecken.

Kelly hatte bereits massig Sex gehabt. Mehr Sex, als für einen Mann gut war. Sex in allen Varianten und Variationen. Und so viel Sex, dass er sich nicht einmal ansatzweise an alle Frauen erinnern konnte, mit denen er geschlafen hatte, aber der Abend in Skylers Hotelzimmer hatte sich unwiderruflich in sein Gehirn gebrannt. Er würde ihn nicht einmal dann vergessen, wenn er mit einem Eispickel in seinem Gehirn herumstochern würde.

Als ob er das wollte! Nacht für Nacht wurde er mit einem übermenschlichen Verlangen wach, Skyler nackt vor sich zu haben und sich mit seinem Mund über ihren gesamten Körper zu arbeiten, bis sie wieder diese flehenden Töne von sich gab, die sich durch jede seiner Nervenzellen gebahnt hatten. Er hatte nicht genug von ihr bekommen können – oder von ihren Küssen und ihren Händen, die seinen Körper erkundet hatten, als wäre er etwas Besonderes. Und erst ihr Atem auf seiner Haut ...

Er musste für einen Moment die Augen schließen, um sich zu beruhigen, weil er sich vor seinem Team nicht blamieren wollte.

Tatsächlich war Kelly davon ausgegangen, dass der Sex, den er nach so einer langen Abstinenz haben würde, gut sein musste. Aber das mit Skyler war anders gewesen als einfach nur gut. Es war erschreckend.

Es war so erschreckend gewesen, dass er ausgeflippt war. Guten Sex konnte man haben und gleich darauf vergessen, aber Sex mit einer Frau, die dabei war, ihn verrückt zu machen und im Bett um den Verstand zu bringen, war gefährlich. Es durfte nie wieder passieren, dass er die Kontrolle über sich und über sein Leben verlor.

Kelly war ausgeflippt und hatte Skyler die Schuld für seinen Kontrollverlust in die Schuhe geschoben. Schöne Scheiße.

Die Sache mit Brian hatte dem Abend die Krone aufgesetzt.

Und jetzt saß er hier in einem Hinterzimmer dieser schicken New Yorker Restaurants, in denen ein Stück Fleisch hundert Dollar kostete, grübelte über jenen Abend nach und hätte Skyler gerne angerufen, um sich dafür zu entschuldigen, dass er ein Arschloch gewesen war.

„Ava ist es egal, ob wir in einen Stripclub gehen, Blake, *ich* habe keine Lust darauf", riss ihn die Stimme des zukünftigen Bräutigams aus seinen Gedanken.

„Was ist mit euch bloß los? Tomcat wollte keine Stipperin, Dozer auch nicht, und Rabbit hat uns nicht einmal die Gelegenheit gegeben, für ihn einen Junggesellenabschied auszurichten, weil er heimlich geheiratet hat!" Blake O'Neill war allem Anschein nach zutiefst empört und hielt sein Besteck wie mittelalterliche Folterwerkzeuge in den Händen. „Ey, das ist nicht mehr witzig! Ich will einen Lapdance sehen!"

„Ich aber nicht!"

„Du bist nur der Bräutigam, also zählt deine Meinung nicht", gab Blake mit einem fiesen Grinsen von sich. Er sah in die Runde. „Wer ist dafür, nach dem Essen in eine Stripteasebar zu gehen?"

Julian Scott, der sich dem illustren Kreis angeschlossen hatte, saß neben Blake und wollte von diesem liebenswürdig wissen: „Hast du schon wieder Krach mit Madison, dass du so scharf darauf bist, nackte Frauen zu sehen?“

Der zukünftige Bräutigam grollte finster: „Also ich bin nicht scharf darauf, Frauen dabei zuzusehen, wie sie sich für Geld ausziehen. Das ist erniedrigend und sexistisch.“

Blake O’Neill hätte nicht verdatterter aussehen können, wenn ihm jemand vorgeschlagen hätte, die Sportart zu wechseln und Ballerina zu werden. „Was hast du denn für ein Problem? Auf welchem Planeten ist ein Lapdance erniedrigend?“

„Glaubst du, dass sich die Frauen dort gerne von fremden Männer Dollarnoten in den String schieben lassen?“

„Rabbit“, brüllte Blake über den Tisch. „Sprich ein Machtwort! Eddie verdirbt uns mit seinem Gesülze den ganzen Abend! Vielleicht schleppt er uns gleich auf eine Feministendemo und lässt uns Plakate tragen, auf denen pinke Schwänze abgedruckt sind!“

Eddie Goldberg schien nicht in der Stimmung zu sein, auf Blakes Scherze einzugehen. „Wenn du Frauen mehr Respekt zeigen würdest, müsstest du nicht ständig auf der Couch schlafen, O’Neill. Deine Freundin wird es irgendwann satthaben, dein Sexhäschen zu sein.“

Aus der anfänglich ungetrübten Stimmung wurde in Sekundenschnelle ein explosives Geschoss, als Blake O’Neill mit mörderischem Blick aufstand und die Hände auf die Tischplatte presste. „Willst du mit mir vor die Tür gehen, Goldberg?“

„Nicht so kurz vor meiner Hochzeit, du Armleuchter.“

„Jungs, kommt mal wieder runter.“ Julian klopfte Blake beruhigend auf die Schulter. „Hier prügelt sich niemand. Es würde ein Vermögen kosten, die Blutflecken aus den Tischtüchern zu entfernen.“

Blake und Eddie tauschten ein paar giftige Blicke aus, bis der Runningback unter Zureden seines ehemaligen Teamkollegen wieder auf seinem Stuhl saß.

„Du weißt, dass Madison mein Ein und Alles ist, Eddie“, warf Blake betroffen ein. „Warum sagst du, sie käme sich wie mein Betthäschen vor?“

„Und warum bist du so scharf darauf, von fremden Frauen einen Lapdance zu bekommen, wenn sie dein Ein und Alles ist?“

„Der Lapdance war doch für dich gedacht.“ Großzügig nickte Blake seinem Kumpel zu. „Als Abschied vom Junggesellenleben. So etwas ist Tradition.“

„Tja, was würdest du denn dazu sagen, wenn Madison diejenige wäre, die gegen Geld Lapdances geben müsste?“

Kelly konnte dem Runningback ansehen, dass ihm dieser Gedanke noch nie gekommen war. Ihm fielen bei der bloßen Vorstellung anscheinend vor lauter Schreck die Augen aus dem Kopf. Und plötzlich sagte er keinen Ton mehr. Kelly dagegen musste daran denken, dass Skyler vor ein paar Jahren in einem knappen Bikini auf einer Bühne gestanden hatte, und er musste zugeben, dass ihm die Vorstellung gar nicht behagte, dass Millionen Männer sie angestarrt und dabei vermutlich schmutzige Gedanken gehabt hatten.

Der ausgeschiedene Wide Receiver stöhnte erleichtert. „Heißt das, ihr seid wieder okay?“

„Solange O’Neill nicht wieder mit seinen Lapdances anfängt“, grummelte Eddie und grinste anschließend, als Blake ihn mit seiner Serviette bewarf.

Vermutlich war es nicht Julian Scotts Absicht, Unfrieden zu stiften, als er plötzlich erklärte: „Als ich mich heute Abend ins Taxi gesetzt habe, dachte ich, ich müsste eine Prügelei zwischen Brian und Kelly verhindern. Mit euch beiden hätte ich nicht gerechnet.“

Alles lachte – bis auf Brian und ihm.

Als Brian jedoch das Wort an ihn richtete, wurde es mucksmäuschenstill. „Hast du dich bei Skyler entschuldigt? Schien nötig zu sein, so wütend, wie sie auf dich war.“

Man hätte eine Stecknadel fallen hören können. Lediglich die gedämpften Geräusche, die durch die Tür kamen, drangen in den Raum dieser geschlossenen Gesellschaft. Jeder Anwesende schien zu warten, was Kelly antworten würde – und was nun passierte.

Kellys Nacken brannte, dennoch starrte er seinen Mannschaftskapitän über den Tisch hinweg ruhig an und gab kühl von sich: „Ich wüsste nicht, was dich das anginge.“

Dessen Augen blitzten kampfeslustig auf. „Genauso wie mich Peter nichts anging?“

Ein Stromschlag hätte nicht schmerzhafter sein können als die Erwähnung Peters.

„Könnte uns vielleicht jemand aufklären, was das hier wird?“ Julian Scott schien der Einzige zu sein, der die Eier in der Hose hatte, das feindselige Anstarren der beiden Quarterbacks zu unterbrechen.

„Frag doch Kelly!“ Brian nickte ihm wütend zu. „Er erzählt dir sicherlich gerne, warum mich Peter nichts anging!“

Kelly holte tief Luft und ignorierte das schlechte Gewissen, das sich wie Säure durch sein Inneres fraß. Er hätte Brian sagen können, dass er sich niemals verzeihen würde, was mit Peter passiert war, und dass er die Schuld täglich spürte. Aber es hätte sich wie eine billige Ausrede angehört. Stattdessen erhob er sich und klopfte dem Bräutigam auf die Schulter, bevor er mit ruhiger Stimme erklärte: „Es war nett, Goldberg. Viel Glück ...“

„Hey, Arschloch! Ich rede mit dir!“

„Lass gut sein, Brian.“ Das kam von Julian Scott.

Kelly ignorierte den wutschnaubenden Ausruf seines Kapitäns und schob seinen Stuhl wieder an den Tisch, um einfach zu gehen.

Doch Brian schien noch nicht fertig zu sein. „Du warst nicht einmal auf Peters Beerdigung, Wichser!“

Nein, das war er nicht gewesen – er hatte an jenem Tag in seiner Wohnung gelegen und sich beinahe ins Koma gesoffen und gekokst.

Bei der Erinnerung daran wurde ihm speiübel, und Kelly befürchtete, gleich vor den Augen aller Anwesenden kotzen zu müssen.

Aus dem Augenwinkel sah er, wie Brian ebenfalls aufsprang und Toms Hand beiseiteschlug, der ihn daran hindern wollte, sich zu erheben. „Hau ruhig ab und scheiß auf die Verantwortung, Kelly! Du hast dich keinen Deut verändert!“

Die Wut, die sich plötzlich in seinem Magen ballte, war vermutlich schon immer da gewesen. Doch ausgerechnet jetzt stieg sie mit rasender Geschwindigkeit in ihm auf und ließ seinen Kopf explodieren. Jedenfalls fühlte es sich so an.

„Halt die Schnauze!“, brüllte Kelly ihn an. „Halt deine verdammte Schnauze! Du hast keine Ahnung, also lass mich in Ruhe, du Hurensohn!“ Mit geballten Fäusten ging er auf Brian zu, der wie ein Stier im Angriff den Kopf senkte und sich ebenfalls in Bewegung setzte.

Auch alle anderen sprangen von ihren Stühlen auf, aber da war es schon zu spät.

Glas zersplitterte auf dem Boden, Geschirr krachte zusammen, und Mobiliar ging zu Bruch, während eine Faust seinen Mund traf und er Brian einen Schwinger in den Magen versetzen konnte. Anschließend krachte Brians Schulter in seinen Magen, was ihm zwar die Luft aus den Lungen presste, ihn jedoch nicht davon abhalten konnte, ihm ein blaues Auge zu verpassen.

Das Gebrüll der anderen, die sich erfolglos darum bemühten, sie beide auseinanderzubringen, musste eine Kellnerin angelockt haben, die die Tür aufstieß und einen lauten Schrei von sich gab.

Kelly hatte den metallischen Geschmack von Blut in seinem Mund und sah, dass Brians linke Augenbraue aufgeplatzt war und blutete, bevor die Faust seines Gegenübers seine Nase traf, die er schon einmal gebrochen hatte. Wie in einem roten Nebel merkte er, dass der Schlag zwar nicht wehtat, aber dass der Knochen unter Brians Faust knackte. Blut schoss ihm aus der Nase.

„Hört auf! Ihr bringt euch ja noch um!“

Jemand fing seinen Arm und wollte ihn davon abhalten, ein weiteres Mal zuzuschlagen, aber Kelly rempelte denjenigen an und setzte auf Brians Kiefer an. Befriedigt merkte er, wie der Kopf des anderen Mannes zurücktaumelte, bevor sich Brian wieder auf ihn stürzte.

Plötzlich wurden Stimmen laut, die nach der Polizei riefen.

Als hätten sie beide einen gemeinsamen Gedanken gehabt, entschlossen sie sich, ihre Prügelei draußen fortzusetzen, und schoben sich in Richtung Ausgang.

Blitzlichtgewitter empfing sie vor der Tür, durch die Kelly zusammen mit Brian taumelte, während sie beide versuchten, den jeweils anderen mit bloßen Händen umzubringen.

***

„Teddy MacLachlan-Palmer ist eine kluge Frau, aber was sie sich dabei gedacht hat, Kelly Slade nach New York zu holen, ist mir schleierhaft. Ja, er *war* ein überragender Quarterback, aber das ist lange her. Alkohol, Drogen und dann diese Gefängnisstrafe. Männer wie er ändern sich nicht. Das Mädchen schadet ihrem ganzen Verein mit diesem Unsinn. Kelly Slade, also wirklich!"

Je länger Skyler ihrem Dad zuhörte, desto wütender wurde sie. „Das *Mädchen* ist eine gestandene Frau, Dad", fuhr sie ihn unbeherrschter als beabsichtigt an. „Du redest hier von ihr, als wäre sie eine Dreizehnjährige mit Zöpfen!"

Dem Blick ihres Dads nach zu schließen, hielt er sie für übergeschnappt. „Das tue ich überhaupt nicht. Hast du Probleme in deinem Job? Soll ich ...?"

„Nein! Ich habe keine Probleme bei meiner Arbeit!" Sie griff nach einem Stück Pizza, die auf ihrem runden Küchentisch lag und noch heiß war, und biss hinein. Es war ihr egal, dass sie wie die größte Kratzbürste des Jahrhunderts klang, als sie ihn anzickte: „Mich stört es nur, wie du über Teddy MacLachlan-Palmer sprichst, Dad. Sie ist zu kompetent und erfolgreich, um so abgekanzelt zu werden."

Ihr Dad, der ebenfalls nach einem Stück Pizza griff und dieses auf seinen Teller legte, schüttelte den Kopf. „Meine Meinung über sie könnte nicht besser sein. Das solltest du wissen. Nur finde ich ihre Entscheidung bezüglich Kelly Slade fragwürdig. Du hast doch auch die Schlagzeilen von gestern gesehen, oder?" Provokativ zog er eine Augenbraue hoch.

Natürlich hatte sie die Schlagzeilen gesehen! Wer hatte das nicht?

Fotos von Kelly und Brian, die sich eine hollywoodreife Prügelei auf Eddie Goldbergs Junggesellenabschied geliefert hatten, waren heute auf der Titelseite jeder Zeitung abgedruckt. Sogar Videoaufnahmen gab es, die zeigten, wie beide Quarterbacks vor der Eingangstür eines Restaurants zu Boden gingen und aufeinander einprügelten. Bei jedem Schlag, den Kelly kassiert hatte, war Skyler zusammengezuckt, als sie sich die Videos angeschaut hatte. Sie wünschte ihm möglicherweise die Pest an den Hals – so genau wusste sie es noch nicht –, aber dennoch konnte sie nicht mit ansehen, wie er verletzt wurde.

Weder er noch Brian waren als Sieger hervorgegangen. Das Team und herbeigerufene Polizisten hatten den Streit geschlichtet. Nun ja, der eine blutende Quarterback war von einigen Mannschaftskameraden nach Hause eskortiert worden und der andere ebenfalls blutende Quarterback war von anderen Mannschaftskameraden weggebracht worden. Angesichts der blutenden Wunden war sich Skyler sicher, dass sie beide eine Stippvisite in der Ambulanz hinter sich hatten. Kellys Nase schien auf den Fotos ziemlich viel abbekommen zu haben, und seine wunderschöne Unterlippe hatte ausgehen, als ob sie eingerissen worden sei.

Sie schob jeden Gedanken an seine wunderschöne Unterlippe beiseite. „Ich finde, man sollte kleine Unstimmigkeiten unter Mannschaftskollegen nicht so ernst nehmen. Hast du mir nicht erzählt, dass Sportler vor allem von Adrenalin leben, Dad?“

„Der Mann war im Gefängnis und drogenabhängig!“

Ganz automatisch straffte sie die Schultern. „Er ist rehabilitiert, hat seine Strafe abgesessen und ist clean! Findest du nicht, dass er eine Chance verdient hat?“

„Eine Chance, die er sich ruiniert, indem er sich mit seinem Mannschaftskapitän vor laufenden Kameras prügelt. Der Mann ist noch immer der gleiche Querulant wie früher.“

Aus dem lächerlichen Bedürfnis heraus, Kelly vor ihrem Dad zu verteidigen, warf sie ihm vor: „Du magst ihn nur nicht ...“

„Es tut nichts zur Sache, ob ich ihn mag! Er war früher ein Störenfried und ist es noch. Die Titans täten gut daran, ihn wieder loszuwerden, egal, wie überragend er einmal war.“

Skyler lachte bitter auf. „Jetzt sagst du plötzlich, dass Kelly früher überragend war? Hast du ihn nicht vor ein paar Jahren einen völlig überforderten und selbstüberschätzten Quarterback genannt?“

Er verzog den Mund. „Nun ...“

„Nur zu deiner Information, Dad, aber er könnte ein überragender Quarterback sein, wenn man ihn spielen ließe. Ich beobachte das Training genau und weiß, wovon ich spreche. Sein Wurfarm ist großartig. Präzise Pässe. Nicht die kleinste Rotation, die die Flugbahn stören würde. Sowohl die langen Pässe als auch das kurze Zuspiel beherrscht er perfekt und macht den Ballempfänger in Sekundenbruchteilen aus, ohne ungeduldig zu werden. Sollte sich Palmer verletzen oder ausfallen, dürfen sich die Titans die größten Glückskekse der ganzen NFL nennen!“

Wortlos starrte ihr Dad sie an, bevor er sich räusperte: „Irgendwie habe ich den Eindruck, dass ...“

„Dass *was*?“

Er zuckte mit der Schulter. „Dass du dich über meine Kritik zu Slade aufregst.“

Skyler atmete aus und murmelte bemüht zurückhaltend: „Kelly ist ein fähiger Spieler, auch wenn er Mist gebaut und sich nicht immer korrekt verhalten hat.“

Die Stimme ihres Vaters war nur noch ein Grollen, als er urplötzlich wissen wollte: „Hat er dich etwa angefasst?“

Woher kam das denn jetzt?

„Nein“, versetzte Skyler völlig gelassen und fuhr fort, bevor sie ein weiteres Mal in ihr Stück Pizza biss: „Eigentlich habe ich ihn angefasst. Anschließend war es ziemlich ausgeglichen.“

Es dauerte ganze fünf Sekunden, bis ihr Dad verstand, was sie gerade gesagt hatte. „Skyler!“

„Dad!“, ahmte sie ihn und seinen entsetzten Tonfall nach.

Er schnappte nach Luft. „Hast du den Verstand verloren, mit einem Footballspieler ins Bett zu gehen? Und dann ausgerechnet mit Kelly Slade?!“

„Wollen wir hier den Moralapostel spielen?“ Sie warf das Endstück der Pizza zurück in die Schachtel und fuhr sich mit der Hand über den Mund. „Wer hatte denn diese Affäre mit der schwedischen Nationaltrainerin während der Olympischen ...?“

„Das ist etwas völlig anderes!“

Skyler nickte bestätigend. „Genau, denn weder Kelly noch ich sind verheiratet. Es tut niemandem weh, wenn wir miteinander schlafen, während du Mom verletzt und deine Ehe ruiniert hast – und die dieser schwedischen Trainerin.“

Ihr Dad lief rot an und schien nach Worten zu suchen. „Das kannst du nicht miteinander vergleichen. Das sind Äpfel und Birnen!“

„Warum? Weil ich eine Frau bin?“

„Hast du eine Ahnung, was die Senderchefs sagen, wenn sie erfahren, dass du mit einem Footballspieler ins Bett gegangen bist, während du eine Reportage über sein Team gemacht hast?“

Ja, sie hatte eine Ahnung, wie es aussehen würde, und eigentlich lag ihr die Vorstellung schwer im Magen, wie das Senderflittchen zu wirken, aber das sagte sie ihrem Dad nicht. Lieber spielte sie ihm die hart gesottene Emanze vor, die mit der Zunge schnalzte. „Ich werde es ihnen bestimmt nicht auf die Nase binden ...“

„Und was ist mit Slade?“

Obwohl sie seit jenem Abend in ihrem Hotelzimmer nicht mehr mit ihm geredet hatte und ihn zum Teufel wünschte, schüttelte sie den Kopf. „Kelly ist nicht der

Mistkerl, für den du ihn hältst, Dad. Er ist ein Gentleman." Beinahe hätte sie selbst gelacht.

Anscheinend machte sich ihr Dad seine ganz eigenen Gedanken, die sich um ein spezielles Thema drehten, das ihm eine entsetzliche Angst machte. „Willst du etwa von einem Mann wie Kelly Slade schwanger werden, Skyler?"

Da sie die Pille nahm, rechnete sie mit keinem Problem von *dieser* Seite, würde ihren Dad jedoch nicht in alle intimen Details zu ihrem Liebesleben einweihen. Es reichte, dass sie das Bild noch immer vor Augen hatte, wie ein nackter, erregter Kelly Slade aussah, bevor er mit ihr schlief – oder wie es sich angefühlt hatte.

Angelegentlich hakte sie nach: „Wäre das nicht die Verwirklichung deines ultimativen Traumes, Dad? Ein Enkelsohn mit Sportlergenen? Ich sehe dich schon auf einer Schultribüne sitzen und Kelly Slade Junior anfeuern."

„Das finde ich gar nicht komisch!" Tatsächlich wirkte ihr Dad, als stünde er kurz vor einem Herzinfarkt.

„Um Himmels willen!" Sie verdrehte die Augen. „Ich bin achtundzwanzig Jahre alt – für Aufklärungsgespräche ist es ein bisschen zu spät, aber falls es dich beruhigt, wir durften in der Schule bereits mit dreizehn Jahren Kondome über Bananen ziehen."

„Es ist mein Ernst, Skyler! Deine Professionalität kann durch so etwas leiden. Das willst du nicht – da bin ich mir sicher."

„Durch was? Was meinst du? Eine Schwangerschaft oder einen One-Night-Stand?"

„Du solltest dich von diesem Mann fernhalten. Der bringt dich nur in Schwierigkeiten."

Zu spät.

Wie sollte man seinem Dad erklären, dass eine Frau nur schwer einem Mann widerstehen konnte, wenn der mit Schokoriegeln in der Hand vor ihrer Hotelzimmertür stand und sich auf seine eigene, unnachahmliche Art bei ihr entschuldigen wollte? Oder dass ihre Hormone seit dem Moment verrücktgespielt hatten, als sie ihn mit der vollen Bierflasche und dem unberührten Wodkaglas in jener Bar angetroffen hatte? Oder dass sie befürchtete, an Liebeskummer zu leiden?

Nein, darüber würde sie ihrem Dad nichts verraten.

Stattdessen legte sie den Kopf schief und räusperte sich, während sie nach ihrem Weinglas griff. „Da wir schon von Schwierigkeiten reden, Dad. Mom will mich bald besuchen kommen, und ich fände es für an der Zeit, dass du entweder die Scheidung einreichst oder dich darum bemühst, dich mit ihr zu versöhnen."

„Ach." Völlig untypisch klang seine Stimme schwach.

„Ja. Als ich mit ihr telefoniert habe, klang sie ziemlich eifersüchtig auf Gloria. Mit der bist du doch schon lange nicht mehr zusammen, oder?"

Ihren Dad wie einen Schuljungen erröten zu sehen, war eine angenehme Abwechslung. „Was soll ich ihr denn sagen? Sie redet ja nicht mit mir!"

Skyler keuchte belustigt auf. „Hast du mir nicht erst vor Kurzem etwas von einem gewissen Fingerspitzengefühl im Umgang mit Interviewpartnern erzählt? Da sollte ein Gespräch mit Mom doch ein Klacks für dich sein!"

„Ruhig, du Frechdachs!" Er grinste sie an. „Und das mit dem gewissen Fingerspitzengefühl musst du missverstanden haben, denn ich habe ganz sicher nicht gesagt, dass du mit deinen Interviewpartnern Sex haben sollst."

Sie prostete ihm zu und schnitt eine Grimasse. „Touché."

15. Kapitel

„Ich hoffe, ihr seid zufrieden mit euch! Anstatt darüber zu berichten, dass wir am vergangenen Wochenende ein großartiges Spiel geliefert und verdient gewonnen haben, sind die verdammten Zeitungen voll mit Fotos zweier Quarterbacks, die sich gegenseitig krankenhausreif prügeln wollten! Die Telefone glühen im Verein, und Teddy unterhält eine Standleitung zum Commissioner, der von ihr wissen wollte, warum *ich* nicht in der Lage bin, meine verdammten Quarterbacks im Zaun zu halten! Ich!"

John Brennan stand mit wutverzerrtem Gesicht vor seinem Team und brüllte, dass die Wände des Besprechungsraumes geradezu wackelten. Auch Skyler zuckte zusammen.

Die meisten Spieler hatten bereits die Köpfe eingezogen.

Die beiden Quarterbacks, die gemeint waren, saßen in der ersten Reihe, schwiegen und hatten jeweils die Arme vor der Brust verschränkt. Während Brian Palmer ganz rechts außen saß, hockte Kelly auf dem letzten Stuhl auf der linken Seite und hielt den Kopf gesenkt.

Dennoch hatte Skyler einen vorzüglichen Blick auf sein ramponiertes Gesicht und hätte sich gerne aus der Nähe angeschaut, was er abbekommen hatte – nicht aus Blutrünstigkeit, sondern weil ... nun, weil ... sie irgendwie mit ihm fühlte.

„Schlagt euch meinetwegen die Hucke voll – mir scheißegal! Aber wenn euer verfluchtes Benehmen auf mich zurückfällt, dann könnt ihr schon einmal euer Testament machen."

Nervös machte Skyler einen Schritt zur Seite und fragte sich, warum sie nicht draußen hatte warten können, während der Coach seine Strafpredigt hielt. Ihr wäre es lieber gewesen, nicht dabei zu sein, während er das Team niederbrüllte. Die riesigen Kampfmaschinen taten ihr ziemlich leid, wie sie mit zerknirschten Gesichtern auf ihren Stühlen saßen. Und das meiste Mitleid hatte sie mit Kelly, weil sie wusste, wie viel es ihm bedeutete, dem Verein und der Öffentlichkeit zu beweisen, wie hart er arbeitete.

O Gott! Sie hätte ihm gerne ein Veilchen verpasst, das sicher blendend zu dem gepasst hätte, das er bereits mit sich herumtrug. Noch immer war sie wahnsinnig wütend darüber, wie er sich verhalten hatte, nachdem sie miteinander geschlafen hatten. Und gleichzeitig hätte sie gerne die Arme um ihn geschlungen und ihn einfach nur gehalten. Verflixte Hormone. Verflixte Gefühle!

„Euch beiden würde ich am liebsten kräftig in den Arsch treten, aber das würde nur noch mehr schlechte Presse bedeuten! Stattdessen nehme ich euch jetzt das Versprechen ab, dass das niemals wieder passieren wird. Verstanden?!“

Wieder zuckte Skyler vor lauter Schreck zusammen.

Die beiden dunkelhaarigen Männer dagegen verzogen keine Miene und reagierten nicht einmal.

Sie fürchtete um John Brennans Gesundheitszustand, als seines Gesichtsfarbe von rot zu hochrot wechselte. „Es ist mein Ernst! Palmer!“

Dieser zuckte mit der Schulter und grollte: „Solange er mir aus dem Weg geht.“

„Hier geht niemand dem anderen aus dem Weg! Wir sind ein Team und du als Mannschaftskapitän machst gerade einen verdammt beschissenen Job! Langsam schäme ich mich für dich – zum ersten Mal, seit ich dich vor sechs Jahren kennengelernt habe!“

Mit großen Augen verfolgte Skyler, wie Brian Palmer zusammenzuckte und seinen Coach ansah, als hätte der ihm ein Messer in die Brust gerammt.

Auch Kelly reagierte ähnlich und schien in die Bresche springen zu wollen. „Coach, es ist meine Schuld. Palmer hat nichts ...“

„Halt dich da raus, Kelly“, knurrte der Quarterback und sah mit seinem Veilchen und dem geschwollenen Kiefer sowie der genähten Augenbraue ziemlich Furcht einflößend aus. „Das ist meine Sache!“

„Du bist ein guter Kapitän“, grollte Kelly. „Das steht außer Frage.“

„Ich brauche dich nicht als Fürsprecher!“

John Brennan unterbrach die beiden Streithähne, indem er die Hände in die Luft warf. „Ihr streitet euch wie ein altes Ehepaar! Wenn ich mir nicht Sorgen darum machen müsste, dass meine beiden Quarterbacks ernsthaft Schaden nehmen würden, würde ich eine Runde Popcorn spendieren.“

„Ich hätte gerne gesalzenes“, erscholl eine Stimme aus den hinteren Reihen, die nur Blake O’Neill gehören konnte.

„Ich hätte lieber süßes Popcorn!“

„Und ich stehe eher auf Nachos im Kino!“

Die Stimmung wurde etwas lockerer, als vereinzelte Lacher ertönten. Die Spieler entspannten sich nach und nach und auch John Brennan wirkte mit einem Mal ruhiger und gelöster. Einzig und allein Brian und Kelly starrten noch immer grimmig vor sich hin.

„Mal im Ernst, Jungs.“ Der Coach ergriff wieder das Wort und klang ruhig und besonnen. „Was auch immer da zwischen euch schiefläuft, klärt das. Meine Teamchefin, *eure* Teamchefin und *deine* Frau, Brian, steht in der Kritik. Schon allein, um Teddy nicht im Regen stehen zu lassen, solltet ihr euch zusammenreißen."

Das saß.

Allein die Erwähnung von Teddy MacLachlan-Palmer bewirkte Dutzende zerknirschte Gesichter.

Als müsse der Coach sein Team wieder aufbauen, erklärte er nun beinahe fröhlich: „Miss Wright war so freundlich, sich Gedanken um die nächste Sendung zu machen, damit wir der schlechten Presse entgegenwirken können. Wir lassen diese *Auseinandersetzung* nicht unter den Teppich fallen, sondern inszenieren das Ganze als eine Art Konkurrenzkampf zwischen unseren beiden Quarterbacks. Wie wir uns das vorgestellt haben, erklärt euch nun Miss Wright. Skyler?" Er nickte ihr freundlich zu und machte ihr auf dem Podium Platz.

Normalerweise hatte sie keine Probleme, vor Menschen zu reden, doch in Anbetracht der Tatsache, dass sie mit dem einen Quarterback geschlafen hatte und dabei von dem anderen Quarterback sozusagen ertappt worden war, fiel es ihr schwer, beiden unter die Augen zu treten. Dass sie aussahen, als hätten sie gegen einen Panzer gekämpft und verloren, half da nicht einmal besonders. Aus der Frontalen sahen beide sogar noch mitgenommener aus.

„Danke, Coach. Ich komme direkt darauf zu sprechen, was wir für die nächsten Tage geplant haben. Wir filmen Brian und Kelly beim gemeinsamen Training, brauchen von jedem ein paar kurze Statements zum Können des anderen, lassen euch zusammen beim Essen sitzen und zeigen, wie ihr euch anschweigt und dem anderen den Salzstreuer reicht. Ihr beide seid Motorradfahrer – vielleicht können wir da irgendetwas finden, was eine nette Szene gibt. Außerdem bekommt ihr in der Umkleide zwei Spinde nebeneinander, damit wir filmen können, wie ihr euch nebeneinander fertig fürs Training macht. Es sollen lediglich ein paar Gesten sein, die ganz natürlich in die Sendung eingebaut werden und darstellen, dass ihr keine dicken Freunde seid, euch jedoch respektiert.“ Sie sah beiden abwechselnd fest ins Gesicht. „Uns von Sports Network ist nicht daran gelegen, eine große Inszenierung aufzuziehen, die uns die Zuschauer sowieso nicht abkaufen, aber wir können eure ... *Auseinandersetzung* ... auch nicht einfach unter den Teppich kehren.“

Brian und Kelly starrten sie an, als habe sie den Verstand verloren, bevor sich Brian räusperte und polemisch nachfragte: „Sollen wir uns vielleicht auch den Namen des anderen auf den Arsch tätowieren lassen?“

„Nur, wenn da noch genug Platz ist“, konterte Skyler augenblicklich und spielte darauf an, dass sich der Mannschaftskapitän den Namen seiner Angetrauten nach einer verlorenen Wette auf seinen Allerwertesten hatte tätowieren müssen.

Insbesondere die hinterste Reihe grölte auf.

Sie schaute über die Schulter zu John Brennan, der sein Grinsen nicht verstecken konnte, und trompete laut los: „Die Idee finde ich gar nicht schlecht, Coach. Ein paar Aufnahmen beim Tätowierer würden für Abwechslung sorgen, außerdem könnten wir viele Frauen zum Einschalten bewegen, wenn die beiden blank ziehen würden.“

„Ich spreche das mit Teddy ab“, versprach der lachende Coach und löste die Versammlung auf.

Die Spieler erhoben sich langsam von ihren Plätzen, und Skyler trat von dem Podium hinunter, um zu ihrer Tasche zu gehen, die neben einem Stapel Papiere lag, die sie gerade von einem der Assistenztrainer bekommen hatte. Zwar wollte sie nicht darauf achten, was Kelly tat, aber sie wusste sofort, dass er es war, der neben sie trat.

Seine Stimme war wie flüssiger Honig. „Geht's dir gut?"

Ungezwungen sah sie über die Schulter und scheute sich nicht, ihm direkt in die Augen zu schauen. „Das sollte ich lieber dich fragen." Sie stopfte ihre Papiere in eine Akte und klemmte sich diese unter den Arm. „Ist die Nase gebrochen?"

„Angebrochen."

„Tut's weh?"

„Nicht der Rede wert."

Ihre Mundwinkel fielen herab. „Du siehst ziemlich fertig aus."

„Du solltest erst den anderen sehen", scherzte er zögernd.

„Habe ich und ihr zwei schenkt euch nichts. Beide seht ihr fertig aus."

„Das Veilchen verblasst sicher schnell."

„Die Kamera wird es lieben", prophezeite sie mit Galgenhumor. „Übermorgen filmen wir euer gemeinsames Training. Keine Sorge, die Fragen werden kurz und schmerzlos. Nichts Privates."

„Okay", murmelte Kelly. „Danke."

„Nichts zu danken." Skyler griff nach ihrer Tasche und demonstrierte ihm, dass sie auf dem Weg nach draußen war. Insgeheim klopfte sie sich für ihre Professionalität auf die Schulter. „Hab noch einen schönen Abend."

„Warte.“ Er stellte sich ihr in den Weg und senkte den Kopf, als würde er sich innerlich winden und wüsste nicht, wie er anfangen sollte. „An jenem Abend ... ich habe mich unmöglich benommen.“

„Das trifft es ziemlich genau.“ Sie rückte die Tasche, deren Riemchen über ihrer Schulter hing, zurecht und bemerkte erleichtert, dass niemand in der Nähe stand, der ihnen zuhören konnte.

„Dann nimmst du meine Entschuldigung an?“

Skyler fuhr sich über die Unterlippe und schluckte. „Noch habe ich keine Entschuldigung dafür gehört, dass du mich als ein Flittchen dargestellt hast, nachdem wir unglaublich guten Sex hatten und Dinge gemacht haben, die manchen Pornodarsteller hätten blass werden lassen.“

Geradezu widerwillig knurrte er: „Es tut mir leid. Und als ein Flittchen habe ich dich nie hingestellt.“

„Du hast aber auch nicht das Gegenteil getan.“ Offen und ehrlich, wie sie nun einmal war, warf sie ihm vor: „Ich lag völlig nackt neben dir und wollte kuscheln, aber du sprangst aus dem Bett und gabst mir das Gefühl, ein unwichtiger Gegenstand zu sein, den man nach der Benutzung einfach liegen lassen kann.“

„Unsinn, Skyler, ich wollte doch nur ...“ Wieder stockte er, bevor er mürrisch fortfuhr: „Momentan mache ich eine harte Zeit durch. Das ist keine Entschuldigung, aber ...“

„Nein, das ist es nicht.“

Sein Gesicht verschloss sich. Er verschloss sich. „Du verstehst das nicht.“

„Ja, ich verstehe es nicht, weil du nicht mit mir sprichst, Kelly. Du vertraust mir nicht.“

Kritisch verengten sich seine Augen. „Du bist Journalistin“, erwiderte er, als erklärte das alles.

Skyler war müde von dieser Diskussion. Sie legte ihm eine Hand auf den Arm und seufzte schwer. „Das mag sein, aber ich bin auch die Frau, die mit dir geschlafen und dir vertraut hat, als es um die Verhütung ging. Ein bisschen Vertrauen hätte ich auch verdient."

Damit ließ sie ihn einfach stehen und ging.

***

Kelly klopfte an die Wohnungstür vor sich und holte tief Luft.

Vermutlich war es eine bescheuerte Idee, hergekommen zu sein, und sehr wahrscheinlich würde ihm gleich die Tür vor der Nase zugeworfen werden, aber nach seinem heutigen Treffen bei den Anonymen Alkoholikern hatte er nicht einfach nach Hause fahren können. Und er war es leid, alle Menschen um sich herum ständig auf Abstand zu halten.

Die Tür wurde geöffnet. „Was tust du denn hier? Und woher weißt du, wo ich wohne?"

Vor ihm stand Skyler und starrte ihn fassungslos an.

Angesichts ihrer Kleidung breitete sich ein warmes Gefühl in ihm aus. Neben einem Paar kurzer Shorts, auf denen kleine Katzen abgedruckt waren, trug sie ein Titans-Sweatshirt, das ihm ziemlich bekannt vorkam. Er war sich zu einhundert Prozent sicher, dass es sich um sein Sweatshirt handelte, das er ihr an jenem ersten

Abend überlassen hatte, als sie nackt vor jenem Fahrstuhl gestanden hatte.

„Nicht nur du kannst recherchieren. Ich brauchte nicht lange, um deine Adresse herauszufinden“, informierte er sie zufrieden. „Ist das etwa mein Sweatshirt?“

„Was willst du hier?“

Besonders einladend klang sie nicht, aber Kelly war auch nicht davon ausgegangen, dass es einfach werden würde.

„Mit dir reden.“

Sie runzelte verärgert die Stirn. „Ich bin müde, Kelly.“

„Lass mich rein, Skyler.“ Er legte eine Hand auf den Türrahmen und erklärte beinahe milde: „Ich komme gerade von meinem Treffen bei den Anonymen Alkoholikern und hätte einen Kaffee nötig.“

In ihrem Gesicht konnte er lesen wie in einem Buch. Sie wollte ihn nicht hineinlassen, aber andererseits gab es den Teil in ihr, der sich an ihr Gespräch in jener Bar erinnerte und der für ihn da sein wollte. Glücklicherweise gewann dieser Teil die Oberhand, als sie die Tür aufstieß. „Komm rein, aber dieses Mal kriegst du mich nicht mit einem Schokoriegel rum!“

„Es waren drei Schokoriegel“, korrigierte er sie und betrat wie selbstverständlich ihre Wohnung, wo er prompt über einen Umzugskarton gestolpert wäre, wenn er ihn in letzter Sekunde nicht gesehen hätte. „Ziehst du um?“

„Nein, ich ziehe ein. Bisher hatte ich noch keine Zeit, alles auszupacken.“ Sie schloss die Tür hinter ihm und bückte sich, weil sie anscheinend den Karton hochheben wollte.

Mit sanfter Gewalt schob Kelly sie beiseite und hob den Karton, auf dem fett *Bücher* stand, selbst hoch. Als würde er eine Frau in seiner Gegenwart Kisten schleppen lassen!

„Wo soll der Karton hin?“

„Ins Wohnzimmer. Das musst du nicht tun.“

Wortlos trug er den Karton in ihr kleines Wohnzimmer, an das sich eine Küche anschloss. Vor einem der erst halb eingeräumten Bücherregale stellte er den Karton ab. „Nett hast du es hier.“

„Es wird langsam.“ Skyler trat in die Küche und stellte eine Kaffeemaschine an, wobei sie ihm den Rücken zudrehte und ihm die Chance gab, sie beobachten zu können, ohne dabei ertappt zu werden. Im Gegensatz zu früher am Tag, als sie eines dieser Businesskostüme getragen hatte, die ihn immer reizten, weil sie ihren Wahnsinnskörper nicht einmal ansatzweise verbergen konnten, war sie nun beinahe mädchenhaft angezogen und hatte auch ihr volles Haar zu einem unordentlichen Pferdeschwanz gebunden. Ihre langen Beine waren fast nackt, während das voluminöse Sweatshirt jeden Flecken Haut verbarg, den Kelly nur allzu gerne ein weiteres Mal erkundet hätte. Er konnte nicht sagen, was ihm mehr gefiel – Skyler in diesen femininen Röcken und Blusen oder in ihrem Freizeitlook. Momentan tendierte er zu ihrer jetzigen Aufmachung, was eventuell auch damit etwas zu tun haben konnte, dass sie sein Sweatshirt trug.

„Die Fragen, die ich dir und Brian während des Trainings stellen möchte, können wir gleich durchsprechen, wenn du willst. Es sind drei oder vier und haben nichts mit deinem Privatleben zu tun.“

Seine Mundwinkel hoben sich ein Stück, auch wenn dabei seine Unterlippe schmerzte, die während der

Prügelei mit Brian einiges abbekommen hatte. „Eigentlich bin ich nicht hier, um über den Job zu sprechen."

„Sondern?"

„Das würde ich dir ja gerne sagen, aber es ist schwierig, mit deinem Rücken zu reden."

Als sich Skyler zu ihm umdrehte und sich mit der Hüfte gegen die Arbeitsfläche hinter sich lehnte, bemerkte er das Misstrauen in ihrem Blick. Obwohl er sich auf dem ganzen Weg hierher überlegt hatte, was er sagen sollte, wollte ihm jetzt nichts sonderlich Intelligentes einfallen.

„Ich dachte, du wolltest reden."

Kelly schnitt eine Grimasse und zuckte augenblicklich zusammen, weil ein stechender Schmerz durch seine Nase fuhr, durch den er sich jedoch nicht ablenken lassen wollte. „Ich wollte dir nicht wehtun, Skyler, und ganz bestimmt wollte ich dir niemals das Gefühl geben, ein Flittchen zu sein oder benutzt worden zu sein."

„Und warum hast du es dann getan?" Ihre Stimme nahm einen wackeligen Tonfall an, der ihn befürchten ließ, sie gleich weinen zu sehen.

„Weil ich ein Egoist bin, der Panik bekommen hat." Kelly presste die Lippen zusammen und gestand tonlos: „Ich war lange mit keiner Frau mehr zusammen."

Neugierig sah sie ihn an. „Was meinst du, wenn du lange sagst?"

Er wollte nicht wie ein Freak erscheinen, doch Skyler verdiente die Wahrheit, also seufzte er und lächelte schwach. „Lange bedeutet vor meinem Gefängnisaufenthalt. Als ich wieder rauskam ..." Unschlüssig hob er eine Schulter in die Höhe. „Sagen wir einfach, dass es nicht meine oberste Priorität war, mit einer Frau zu schlafen. Außerdem redete ich mir ein, dass mein lockeres Verhältnis zu Sex eines meiner Probleme war. Vielleicht war es das auch wirklich."

„Ich kann mir kaum vorstellen, dass ein Mann wie du Panik bekommt, wenn er mit einer Frau schläft, Kelly."

Nach endlosen Momenten befeuchtete er seine Lippen und gestand rau: „Wenn du ein Leben führst, in dem du morgens neben einer Fremden aufwachst, dir zum Frühstück eine Line reinziehst, mittags bereits betrunken bist, nachmittags Aufputschtabletten brauchst, um nicht einzuschlafen, abends die nächste fremde Frau abschleppst und mitten in der Nacht schweißgebadet wach wirst, weil du ein bisschen Koks, ein paar Pillen oder auch Alkohol brauchst, dann willst du nie wieder die Kontrolle verlieren, wenn du den ganzen Scheiß hinter dir gelassen hast."

Auch ihre Stimme hatte einen rauen Klang angenommen. „Nichts davon werde ich jemals ..."

„Das weiß ich", unterbrach er sie heftig und verfluchte seine schmerzende Nase. „Ich weiß, dass du nichts veröffentlichen wirst, was ich dir sage, Skyler. Deshalb bin ich auch nicht hier. Ich bin hier, weil es mir leidtut, was ich getan und was ich gesagt habe. Das war nicht in Ordnung."

Nachdenklich betrachtete sie ihn und schob ihre Hände in die Taschen des blauen Sweatshirts.

Kelly holte tief Luft. „Als ich heute beim Meeting war, auf meinem Stuhl saß und mir die Geschichten der anderen anhörte, habe ich mir die Frage gestellt, warum ich selbst noch nie etwas dort gesagt habe."

„Zu welchem Schluss bist du gekommen?"

„Dass ich ein Problem mit Vertrauen habe“, gab er schlicht zu. „Dass ich ständig denke, Schutzschilder um mich herum errichten zu müssen. Und dass ich dadurch Menschen von mir stoße, die mir wichtig sind. Wie du, Skyler.“

„Wichtig? Ich bin dir wichtig?“

Da er niemals zuvor einer Frau ein solches Geständnis gemacht hatte, kam er sich ziemlich dämlich vor. „Ja.“

Ihr schönes Gesicht wurde weich, als sie ihm offenbarte: „Du siehst echt beschissen aus, Kelly.“

Automatisch bebten seine Schultern, als er kurz auflachte. „Danke.“

„Nein, wirklich.“ Skyler stieß sich von der Arbeitsplatte ab und kam auf ihn zu, um ihn sorgenvoll zu mustern.

„Eigentlich hatte ich eine andere Reaktion von dir erwartet?“

„Welche denn? Denkst du, ich würde mich auf dich stürzen – bei deinem Zustand?“

„Mit mir ist alles in Ordnung“, versicherte er gelassen.

Ihr besorgter Blick durchbohrte ihn förmlich. „Was hat der Arzt gesagt?“

„Dass ich wieder werde. Ist wirklich keine große Sache.“

Mit ernsten Augen glitt sie über sein Gesicht, heftete ihren Blick auf seine geschwollene Nase, musterte anscheinend sein Veilchen und anschließend den Schnitt in seiner Lippe.

Skyler legte ihre Hand vorsichtig auf seine Wange und biss sich auf ihre Unterlippe. „Dein hübsches Gesicht!“

Kelly wollte nicht zugeben, wie gut sich ihre Sorge anfühlte oder dass sein Herz einen Hüpfer machte. „Ist nicht der Rede wert.“

„Gott, jetzt weiß ich, woher der Ausdruck *blaues Auge* kommt.“ Mit zarten Fingern berührte sie vorsichtig die Haut um sein Auge, die bläulich schimmerte, wie er heute Morgen bei einem Blick in den Spiegel festgestellt hatte.

„Das ist wirklich nichts. Du solltest dir die blauen Flecke auf meiner Brust ansehen.“

Bevor er wusste, wie ihm geschah, hatte sie bereits nach seiner Hand gegriffen und zog ihn hinter sich her, bis er sich mit ihr in einem kleinen Badezimmer befand.

„Setz dich“, befahl Skyler und legte ihm die Hände auf die Schultern, um ihn auf den Rand der Badewanne zu drücken.

Kelly ließ es geschehen, fragte jedoch mit einem Anflug von Erheiterung: „Was wird das?“

„Ich kümmere mich um dich“, war ihre Antwort, während sie an seinem Pullover zog. Skyler war erst dann zufrieden, als er sich diesen und das T-Shirt darunter über den Kopf gezogen hatte. Dass dabei seine Schulter wie Feuer brannte und seine Nase bei jeder noch so winzigen Bewegung schmerzte, ließ er unkommentiert.

„Das sieht nicht gut aus.“

„Nur eine kleine Prellung“, murmelte er befangen, als sie sich vorbeugte, um seine Blessuren in Augenschein zu nehmen.

„Lass mich mal sehen“, flüsterte sie und stellte sich dicht vor ihn, während sie ihre Hände vorsichtig auf seine Schultern legte. „Tut es weh?“

Er spürte lediglich ihre Fingerspitzen, die zärtlich über seine Haut strichen, und war für alles andere nahezu blind und taub zugleich. „Nicht wirklich."

„Ich habe eine tolle Sportsalbe", raunte sie und griff nach einem Tiegel, der auf dem Regal hinter ihm an der Wand stand. Beinahe hätte sie ihm den Oberkörper ans Gesicht gepresst, als sie sich die Salbe schnappte und den Deckel aufschraubte. „Sie riecht nach Kokosnuss, wirkt jedoch ganz toll."

Vermutlich würde er seinen Kopf nie wieder hochhalten können, wenn er mit Kokosduft umhüllt in den Verein kam, aber das war ihm egal, solange Skyler seine blauen Flecken mit derartiger Fürsorge behandelte und sich um ihn kümmerte.

„Wieso habt ihr euch nur derart prügeln müssen?", murmelte sie und klang verständnislos. „Dein Mannschaftskapitän sollte es langsam gut sein lassen."

Während ihm der Kokosduft in die Nase stieg, zog sich sein Magen zusammen. „Das kommt unter Footballspielern ab und zu vor."

„Ich kenne die Aufnahmen von eurer Prügelei, Kelly. So etwas kommt nicht einfach ab und zu vor – nicht einmal unter Footballspielern. Ihr saht aus, als wolltet ihr euch gegenseitig umbringen."

Skyler traf den Nagel ziemlich genau auf den Kopf. Brian Palmer hätte ihn vermutlich am liebsten tot gesehen. Und Kelly fühlte sich zwar schuldig und litt darunter, verantwortlich für das zu sein, was mit Peter passiert war, aber gleichzeitig hatte er es satt, immer der Sündenbock zu sein. Peter war nicht mehr da, um ihm zu verzeihen, und mit Lily konnte Kelly ganz unmöglich sprechen. Es gab niemanden, der ihm hätte verzeihen können, weil niemand wusste, was passiert war.

Niemand, bis auf Brian Palmer. Und der zeigte ihm täglich, was er von ihm hielt.

Der Kloß in seinem Hals wurde immer größer, als er an Skyler gewandt flüsterte: „Brian kann mir nicht vergeben, was mit Peter passiert ist.“

Augenblicklich hielt sie inne, seinen blauen Fleck zu behandeln, und flüsterte ebenfalls in die Stille des Badezimmers: „Peter?“

„Mhm.“ Er schluckte schwer. „Peter Erikson. Er war kurze Zeit mein Teamkollege, als ich bei den Seahawks war. Bevor er zu den 49ers wechselte. Ein Cornerback.“

Mit langsamen Bewegungen legte Skyler ihre Salbe beiseite und stellte sich anschließend zwischen seine gespreizten Knie. Niemals zuvor hatte ihre Stimme so sanft geklungen wie jetzt. „Peter Erikson hatte einen Autounfall, richtig?“

Kelly nickte, weil er befürchtete, dass ihm die Stimme versagte, wenn er zu reden anfing.

„Das müsste ein paar Jahre her sein, wenn ich mich recht erinnere.“ Wieder klang ihre Stimme ruhig und leicht.

„Beinahe sieben Jahre“, krächzte er. „Damals war er vierundzwanzig und hatte gerade geheiratet – Lily.“ Stockend holte er Luft. „Brian hat erzählt, sie hätte wieder geheiratet.“

„Was hat Brian mit deinem früheren Teamkollegen zu tun?“

Er stieß die Luft aus. „Auf dem College haben sie zusammen gespielt und waren befreundet. Später immer noch, als wir alle in die NFL kamen. Zusammen waren wir sogar auf Partys.“ Kelly lachte trocken. „Peter war der Vernünftigste von allen Spielern, die ich kannte. Mit Lily war er seit der Highschool zusammen, er betete vor dem Essen und benutzte nicht einmal auf dem Spielfeld Schimpfwörter."

„Klingt nach einem netten Kerl."

Seine Augen wollten nicht zu brennen aufhören. „Peter war ein netter Kerl. Einer der besten. Sein Problem war, dass er ein Händchen für falsche Freunde hatte."

„Was meinst du?"

Voller Selbstekel verzog er den Mund. „Mich. Ich meine mich, Skyler. Wenn er sich von mir ferngehalten hätte, dann wäre er niemals high in sein Auto gestiegen und hätte diesen Unfall gehabt."

Er konnte ganz genau hören, wie Skyler scharf die Luft einzog. „Kelly ..."

Angespannt biss er die Zähne zusammen und ballte die Fäuste. „Peter hatte mit Drogen nichts zu tun, bis ich ihm auf einer Party sagte, er solle Koks probieren. Damals ging es ihm nicht gut, weil sein Dad gestorben war und er an die 49ers verkauft werden sollte. Ich wusste, dass er ziemlich fertig war. Anstatt ein guter Freund zu sein und mit ihm zu reden, hielt ich einen Drogenrausch für das beste Mittel, um ihn von seinen Sorgen abzulenken. Ein toller Freund", schloss er abfällig und voller Scham.

Als sie etwas erwiderte, klang ihre Stimme belegt. „Ein Freund, der selbst Probleme hatte."

„Ein Freund, der auf seinen Freund hätte aufpassen müssen." Kopfschüttelnd fuhr er fort. „Damals fand ich nichts Schlimmes daran, dass mein Kumpel immer Koks dabeihatte. Wir waren Sportler. Die machen so etwas nun einmal – dachte ich jedenfalls. Andere koksten schließlich auch."

Ihre Antwort bestand darin, ihm eine Hand in den Nacken zu legen. Ansonsten rührte sie sich nicht.

Kelly holte bebend Luft. „Lily war besorgt, rief mich an, und sogar Brian kam vorbei, aber ich beruhigte beide, dass Peter das unter Kontrolle hätte. Dabei hatte nicht einmal ich irgendetwas unter Kontrolle. Peter beteuerte, dass er nicht süchtig sei, sondern nur zum Spaß Drogen nehmen würde. Und ich Idiot stimmte ihm zu und versicherte ihm, dass er recht hatte, aber ...“ Er verstummte kurz. „Aber dann hatte er diesen Unfall. Er war voll mit dem Scheißzeug, das *ich* ihm gegeben hatte, als er hinter seinem Steuer starb.“

Skyler flüsterte seinen Namen, und Kelly konnte nicht anders, als seine Arme um ihre Taille zu schlingen und sie an sich zu ziehen, während er sein Gesicht an ihrem Bauch vergrub. Während er fühlte, wie ihre Hand zärtlich über seinen Hinterkopf streichelte, bebten seine Schultern.

„Schon gut.“ Sie zog ihn nah an sich heran und fuhr ihm beruhigend durch sein Haar. „Schon gut, Kelly.“

Kelly atmete scharf ein und stöhnte gegen ihren Bauch. „Ich habe meinen Kumpel abhängig gemacht und tatenlos zugesehen, wie er abgerutscht ist. Nicht einmal auf seiner Beerdigung war ich!“

Das Bedürfnis, vor lauter Hilflosigkeit auf etwas einzuschlagen, vor lauter Trauer zu heulen und sich vor lauter Schuld in einer dunklen Ecke zu verkriechen, überwältigte ihn beinahe. Kelly wusste nicht, wohin mit seinen Gefühlen, und klammerte sich stattdessen vehement an Skyler fest, die ihn festhielt und eng an sich gezogen hatte. Bisher hatte er mit niemandem darüber geredet. Nicht einmal mit einem seiner Therapeuten.

Erst als er sich wieder so weit beruhigt hatte, dass er seine Fäuste etwas entspannen konnte, hörte er auch, was Skyler an sein Ohr murmelte.

„Ich bin traurig, dass es dir so schlecht geht, Kelly. Und ich verstehe, dass du glaubst, dir die Schuld am Tod deines Freundes geben zu müssen, aber niemand ist verantwortlich für die Handlungen anderer."

Abfällig schüttelte er den Kopf. „Verstehst du nicht? Ich habe ihm seine ersten Drogen gegeben. Ohne mich ..."

„Du warst damals selbst abhängig, Kelly. Wie kannst du Verantwortung für andere übernehmen, wenn du damals selbst Hilfe brauchtest?"

Stur versetzte er: „Skyler, er hatte nichts mit Drogen am Hut, bevor ich kam."

„Und wer hat dir deine ersten Drogen gegeben? Gibst du dem auch die Schuld für deinen Gefängnisaufenthalt?"

Er ignorierte ihren leisen Einwurf. „Heute wäre Peter noch bei guter Gesundheit, wenn ich ihm nicht eingeredet hätte, dass Koks ihm helfen würde."

„Er hätte es nicht nehmen müssen. Er hätte sich Hilfe suchen können. Er hätte sich in kein Auto setzen dürfen." Skyler seufzte. „Aber du hattest damit nichts zu tun."

Kelly biss die Zähne zusammen. „Ich fühle mich schuldig an Peters Tod. Und das wird sich nie ändern."

Zärtlich zog sie seinen Kopf ein Stück zurück und sah ihm in die Augen. „Du sagst es doch schon, Kelly. Du *fühlst* dich schuldig, aber du *bist* es nicht."

Schon wieder brannten seine Augen.

„Menschen machen Fehler." Langsam ließ sie sich auf seinem rechten Oberschenkel nieder und legte die Arme um ihn, während sie ihren Kopf gegen seinen lehnte. „Jeder macht Fehler."

Er starrte auf den bunt getupften Badezimmerteppich zu seinen Füßen. „Brian wird mir nie verzeihen, was mit Peter passiert ist.“

Kelly konnte spüren, wie Skyler ihre Lippen gegen seine Schläfe presste. „Wichtiger ist, dass du dir verzeihst.“

Weder nach seiner Gerichtsverhandlung noch in der ersten Nacht in seiner Zelle hatte er eine Träne vergossen. Doch hier in einem winzigen Badezimmer mit einem scheußlichen Badezimmerteppich begann Kelly Slade zu schluchzen, während eine ehemalige Schönheitskönigin die Arme um ihn schlang.

16. Kapitel

„Ich hätte dich nicht für einen Mann gehalten, der morgens so ein gesundes Frühstück isst."

„Warum? Weil ich Schokoriegel in Hotelbetten esse?"

„Ja, genau *das* war mein erster Gedanke."

Über eine Tasse grünen Tee hinweg zwinkerte Kelly ihr zu und kommentierte nicht, dass sie ihren veganen Bananenpfannkuchen bis auf den letzten Krümel vertilgt hatte, während er sich über seinen Haferbrei mit Chiasamen, Mandelmilch und biologisch angebauten Äpfeln hergemacht hatte.

„Hast du mir nicht ans Herz gelegt, meinen Körper als Tempel zu betrachten?" Mit einer ausholenden Geste deutete er auf das kleine Café, in dem sie saßen und frühstückten. „Hier sind wir also."

Hier war einer dieser winzigen Frühstücksoasen in Williamsburg, die auf biologisch angebaute und wertvolle Produkte achteten, fair trade kauften und durch und durch vegan waren. Auch wenn Kelly oft Eier, Speck und buttrige Toasts zum Frühstück aß, kam er gerne in dieses Café, das nur zwei Straßen von seiner Wohnung entfernt lag, gutes Essen anbot und vor allem anonym war. Niemand der Gäste interessierte sich hier für einen Footballspieler und niemand belästigte ihn hier, indem man ihm eine Kamera vors Gesicht hielt.

Mit Skyler war er heute Morgen nicht etwa hergekommen, weil er sich oder sie verstecken wollte, sondern weil er mit ihr frühstücken wollte – in einem abgelegenen Café, in dem er sich nicht dumm vorkam, die Hand der Frau zu halten, die sich in der letzten Nacht schlafend an ihn geschmiegt hatte, während er zum ersten Mal in seinem Leben verliebt war. Er wusste nicht, was die Frau an sich hatte, mit der er die letzten drei Nächte verbracht hatte und die ihn zum Lachen brachte, aber seit er sie kannte, fühlte sich sein Leben viel heller an.

O Gott, er hörte sich schon wie einer dieser weich gespülten Kuschelbären an. Und es machte ihm noch nicht einmal etwas aus!

„Dein Körper ist bereits ein Tempel. Auch ohne grünen Tee.“ Sie rümpfte ihre zierliche Nase und betrachtete ihre eigene Teetasse. „Das ist vermutlich das erste Mal seit mindestens zehn Jahren, dass ich zum Frühstück keinen Kaffee bekomme, Kelly! Lass uns gleich bei Starbucks hineinspringen. Nach einem Latte macchiato wird meine Laune besser sein.“

Eigentlich war er bereits der Meinung, dass ihre Laune an diesem Morgen sehr gut war. Immerhin hatten sie gemeinsam geduscht, was in seiner nicht sonderlich großen Duschkabine ein schweres Unterfangen gewesen war, und waren in seinem Bett gelandet, weil das, was er mit ihr vorgehabt hatte, im Badezimmer nicht geklappt hätte. Beim anschließenden Anziehen war er in das Vergnügen gekommen, ihr dabei zuzuschauen, wie sie in ihre Unterwäsche schlüpfte, und hatte sich nur mühsam davon abhalten können, sie wieder zu sich aufs Bett zu zerren. Die wenigen Gehminuten zum Café hatten sie knutschend hinter sich gebracht. Aus seiner Sicht war damit alles perfekt.

„Mein Körper ist bereits ein Tempel?“ Er grinste ihr über den winzigen Tisch hinweg zu und zwinkerte eindeutig. „Willst du damit sagen, dass du auf meinen Körper stehst?“

An und für sich war dies eine dämliche Frage, wenn er sich an die letzten Nächte erinnerte, in denen weder er noch sie von dem anderen abgelassen hatte, aber hier ging es ums Prinzip.

„So ziemlich“, erwiderte sie müßig. „Du bist zwar etwas grobschlächtig, aber ganz okay.“

„Grobschlächtig?“ Gespielt zerknirscht fuhr sich Kelly über seine bärtigen Wangen. „Soll das heißen, dass du etwas gegen meinen Bart hast? Soll ich ihn abrasieren?“

Ihre blauen Augen funkelten. „Den kannst du gerne behalten. Der prickelt so schön an gewissen Stellen.“

„Ich wette, ich weiß, welche Stellen du meinst.“

Sie reagierte auf seinen lüsternen Kommentar mit einem glockenhellen Lachen und nahm einen weiteren Schluck Tee.

Kelly betrachtete sie, während etwas Heißes durch seine Adern fuhr, das er nicht benennen konnte, und sagte sich, dass er ein Glücksschwein war, gegenüber dieser bildschönen, lustigen und warmherzigen Frau zu sitzen, die sich an seiner Vergangenheit nicht störte und ihn mochte. Ihn.

Bevor er nachdachte, hörte er sich selbst sagen: „Ich liebe dich.“

Sobald die Worte draußen waren, ihr fassungsloser Blick ihn traf und der Satz endlich in seinem Gehirn ankam, brannte sein Nacken vor Verlegenheit.

Er musste den Verstand verloren haben. Eindeutig! Und lächerlich hatte er sich auch gemacht. Wer sagte einer Frau, dass er sie liebte, obwohl sie sich kaum kannten? Er tat das normalerweise nicht. Tatsächlich hatte er noch nie einer Frau gesagt, dass er sie liebte!

Sein erster Impuls war, alles stehen und liegen zu lassen und einfach zu verschwinden, aber Skyler kam ihm zuvor, indem sie über den Tisch nach seiner Hand griff und ihre Finger mit seinen verschränkte.

„Lauf nicht weg, Kelly“, flüsterte sie. „Nicht vor mir.“

Weil er ihr nur schwer in die Augen sehen konnte, fixierte er den Schwung ihrer linken Augenbraue und presste hervor: „Vergiss einfach, was ich gesagt habe ...“

„Bist du irre?“ Skyler drückte seine Hand. „Wieso sollte ich das vergessen wollen?“

Er knirschte mit den Zähnen und spürte, wie die Hitze von seinem Nacken bis in sein Gesicht ausstrahlte. „Weil es lächerlich war“, knurrte er und fühlte einen Muskel in seiner Wange zucken. „Ich habe wie ein Idiot geklungen!“

Skyler hob seine Hand an ihren Mund und drückte einen Kuss in seine Handinnenfläche. „Hast du nicht.“

Das Ganze war ihm unangenehm und er bewegte verdrießlich die Schultern hin und her. „Können wir bitte das Thema wechseln?“

„Könnten wir. Oder du könntest mir die Chance geben, auch etwas zu diesem *Thema* zu sagen.“

„Mir ist das einfach so rausgerutscht“, verteidigte er sich verkrampft. „Keine Ahnung, woher das kam.“

„Schade“, entgegnete Skyler mild. „Ich wollte dir nämlich gerade sagen, dass ich mich in dich verliebt habe.“ Sie schob ihre Teetasse ein Stück zurück. „Vermutlich schon, bevor du mich an jenem Abend vor dem Vereinsgebäude geküsst hast.“

Im sprichwörtlichen Sinne blieb ihm die Spucke weg. Nun sah er ihr auch endlich wieder in die Augen und bemerkte dort keinen Anflug eines Scherzes oder

Witzes. Stattdessen wirkten ihre blauen Augen geradezu sanft.

„Und was machen wir jetzt?"

„Weiterfrühstücken?", schlug sie vor. „Und einen Kaffee holen."

„Skyler." Frustriert schüttelte er den Kopf, entzog ihr jedoch nicht die Hand. „Du weißt, was ich meine. Du und ich? Das ist keine gute Idee."

Ihre Stimme nahm einen schneidenden Tonfall an. „Denkst du schon wieder an deine Karriere? Ich ..."

„Eigentlich dachte ich an deine Karriere", unterbrach er sie ruhig und drückte nun ihre Finger. „Ich mache mir Sorgen, was es für deinen Ruf bedeuten würde."

Skyler verdrehte die Augen. „Kelly, ich bin schon ein großes Mädchen."

„Nun ... du bist auch *mein* Mädchen."

Ihr Kichern ließ seine Ohren glühen. „Gut gerettet."

Er dachte ein paar Sekunden nach, ließ die Schultern nach unten fallen und murmelte düster: „Bin ich dir deine Karriere wert?"

„Das ist eine ziemlich dämliche Frage", konterte Skyler sofort. „Mein Privatleben geht niemanden etwas an."

„Damit hast du recht, aber das wird niemanden deiner Kollegen abhalten, darüber zu berichten. Ich *weiß*, wovon ich rede. Außerdem bist du Franks Summers' Tochter."

„Was hat mein Dad damit zu tun?"

Kelly blähte für einen Augenblick die Nasenlöcher auf und versetzte anschließend grimmig: „Dein alter Herr würde im Dreieck springen, wenn er wüsste, dass ich sein kleines Mädchen anfasse. Falls du es noch nicht mitbekommen hast, aber er und ich kommen nicht sonderlich gut miteinander aus.“

Warum sie fröhlich lachte, begriff er nicht. Und weshalb sie sich mit einem Prusten erhob und um den Tisch herumkam, um sich auf seinen Schoß zu setzen und ihm die Arme um den Hals zu schlingen, wusste er erst recht nicht.

„Skyler ...“

„*Mein alter Herr* war zwar nicht begeistert, als er gehört hat, dass du mich *anfasst*, aber er trug es mit Fassung. Außerdem nannte er dich überragend.“

Er hörte wohl nicht recht! „Woher weiß dein Dad, dass ...“

„Von mir.“ Schulterzuckend rutschte sie auf seinem Schoß herum. „Ich habe ihm erzählt, dass wir Sex hatten. Das hatte sich im Gespräch ergeben.“

Ihm klappte die Kinnlade herunter. „So etwas ergibt sich nicht so einfach in einem Gespräch, Skyler!“

Ihr wunderschöner Mund verzog sich leicht. „Ich hatte das Bedürfnis, dich zu verteidigen, und wurde ein wenig vehement.“

„Also *hat* dein Dad gegen mich gewettert!“

Skyler verdrehte die Augen und streichelte seinen Nacken. „Er ist ein sturer, alter Esel mit einem Dickkopf. Sei froh, dass ich das nicht von ihm geerbt habe.“

Sein Schnauben sollte ihr demonstrieren, dass er anderer Meinung war.

Sie klang gelassen, als sie ihm angelegentlich berichtete: „Außerdem schien er sich Sorgen zu machen, dass du mich schwängern könntest. Ich hätte ihn beruhigen können, dass ich die Pille nehme, aber fand es lustiger, ihn darauf hinzuweisen, dass seine Enkelkinder verdammt gute Sportlergene in sich tragen könnten.“

Kelly hatte das Gefühl, gleich bewusstlos zu werden. Mit kratziger Stimme verkündete er: „Bevor wir zu Starbucks gehen, kaufen wir Kondome."

„Spielverderber", hauchte sie gegen sein Ohr und küsste ihn auf den Mund.

***

„Was schätzt du an deinem Ersatzmann, Brian? Sportlich gesehen?"

„Dass Kelly Slade ein guter Quarterback ist, hat er oft genug bewiesen. Sein Wurfarm ist tadellos, und er besitzt einen natürlichen Instinkt dafür, einen Anspielpartner zu finden, auch wenn die gegnerische Defense durchzubrechen droht und Druck macht."

„Und was schätzt du an ihm menschlich gesehen?"

Etwas zuckte im Gesicht des Quarterbacks und Mannschaftskapitäns der Titans auf, das der gewöhnliche Zuschauer für Balzgehabe halten konnte. Skyler dagegen, die an ihrem Laptop in der Redaktion von Sports Network saß und sich die Aufnahmen des Trainings der beiden Footballspieler ansah, wusste, was die Miene von Brian Palmer zu bedeuten hatte.

„Ich rechne es ihm hoch an, dass er nach den vergangenen Jahren unermüdlich daran gearbeitet hat,

wieder aufzustehen und jetzt einen guten Job bei uns machen zu wollen.“

Skyler hatte einen Kloß im Hals, als sie die Szenen betrachtete, in denen beide Quarterbacks nebeneinanderstanden und Pässe warfen. Das war nicht richtig. Das Bild stimmte nicht, das beide abgaben, während sie schweigend nebeneinander trainierten. Die Feindschaft, die man spürte, war lächerlich, denn eigentlich waren Brian und Kelly dazu gemacht, Kumpels zu sein. Die zwei hätten locker beisammen sitzen, Scherze machen und einander unterstützen sollen, anstatt sich vor laufender Kamera zu prügeln. Skyler konnte sich nur allzu gut vorstellen, dass beide miteinander befreundet wären, wenn nicht ein tragischer Autounfall und der Tod eines Freundes zwischen ihnen stünden. Sie waren sich zu ähnlich, um einander nicht leiden zu können.

„Kelly, dein Mannschaftskapitän hat uns gerade verraten, dass er dich für einen guten Quarterback mit einem tadellosen Wurfarm hält, der dem Druck während eines Spiels standhält und einen guten Job macht. Was ist deine Einschätzung zum Quarterback Brian Palmer?“

„Brian hat mit seinem Team innerhalb von fünf Jahren zweimal den Superbowl nach New York geholt. Allein das spricht für ihn, aber ich habe in den letzten Monaten gesehen, dass er ein Teamspieler ist und in erster Linie an die Mannschaft denkt und nicht an sich selbst. Das macht einen überragenden Quarterback aus.“

„Ihr beide habt ein eher explosives Verhältnis zueinander, was nun einmal kein Geheimnis ist. Kannst du uns sagen, was du an Brian als Menschen schätzt?“

Auch Kelly konnte man ansehen, dass er mit sich rang, bevor er in die Kamera erklärte: *„Er ist loyal und* *kümmert sich um seine Freunde. Außerdem bewundere ich ihn dafür, wie sehr er seiner Frau den Rücken stärkt."*

Dafür, dass Kelly nie wieder ein Interview geben wollte, hatte er sich verdammt gut geschlagen.

Skyler spulte ein wenig vor und verfolgte, wie die zwei Männer gemeinsam beim Mittagessen saßen und sich anschwiegen. Sie hatte ein schlechtes Gewissen gehabt, Brian und Kelly dies machen zu lassen, nachdem sie von Kelly gehört hatte, was zwischen beiden in der Vergangenheit vorgefallen war – und was mit Peter Erikson passiert war. Sie war sich wie eines dieser schmierigen Reporterfrettchen vorgekommen, die jedes noch so schmerzhafte Gerücht ausschlachteten, um an gute Quoten zu kommen. Am liebsten hätte sie Cyril die Kamera aus der Hand geschlagen.

Gleichzeitig hätte sie beide Männer am liebsten an die Hand genommen und ihnen befohlen, miteinander zu reden. Sie sah doch, wie Kelly litt. Und sie sah auch, dass Brian an der Situation zu knabbern hatte.

Ihre Augen suchten nach Kelly, als das Video zeigte, wie das Team bei einer Besprechung saß und dem Coach lauschte. Ihr Herz zog sich zusammen, wenn sie daran dachte, wie dieser kampferprobte, düster wirkende und auf Abstand gepolte Mann auf ihrem Badewannenrand gesessen und geweint hatte, weil er sich die Schuld am Tod seines Freundes gab. Sie hätte ihn am liebsten nie wieder losgelassen und fand es noch immer schrecklich, wie sehr er darunter litt.

Als die Kamera auf Kelly zoomte, dessen Veilchen auf den Aufnahmen noch nicht verblasst war, zog sich ein warmes Glühen durch ihren Körper. Sie hatte sich Hals über Kopf in ihn verliebt und wollte ihn glücklich sehen.

„Haben Sie Ihre Mails in den letzten Minuten abgerufen?“

Skyler fuhr herum und legte sich eine Hand auf ihren Hals, wo ihr Puls erschrocken in die Höhe stieg. „Gilbert! Erschrecken Sie mich nicht so!“

Der ältere Mann starrte sie finster an. „Sie sollten wissen, wie wichtig es in unserem Job ist, immer up to date zu sein, Skyler.“

Der Tag hätte so schön sein können, wenn sie sich nicht die übergriffigen Belehrungen eines sexistischen Kollegen hätte anhören müssen, bei dem es ihr von Tag zu Tag schwerer fiel, ihn nicht vor den Kopf zu stoßen. Ihre Sendung war kein Freifahrtschein dafür, einen angesehenen Kollegen zu brüskieren, indem sie ihm seine Beleidigungen zurückgab, aber ihrem Wesen entsprach es nun einmal nicht, Mansplaining unkommentiert stehen zu lassen.

„Sollte die Welt innerhalb der letzten Minuten untergegangen sein, dann werde ich es sicher zeitnah erfahren“, gab sie zurück und konnte beobachten, wie er den Mund öffnete und seine Augen kugelrund wurden. Hastig fuhr sie fort: „Ich arbeite gerade an der Zusammenstellung der nächsten Ausgabe von *Titans forever*, Gilbert, und stehe unter Zeitdruck. Kann ich Ihnen ...?“

„Sie könnten Ihre Mails lesen und meinen Rat annehmen, Mädchen, anstatt auch noch frech zu werden.“

Skyler verschränkte die Arme vor der Brust und fragte sich, wann er ihren Dad mit ins Spiel bringen würde.

„Ich kann mir nicht vorstellen, dass Frank seiner Tochter beigebracht hat, so wenig Respekt älteren Kollegen gegenüber zu zeigen!“

Ha! Sie hatte es gewusst. „Gilbert ...“

„Mr. Channing“, verbesserte er sie scharf.

„Mr. Channing“, setzte sie ein zweites Mal mit einem Seufzen an. „Es tut mir leid, wenn der Eindruck entstanden ist, dass ich Sie nicht respektiere, nur habe ich prinzipiell etwas dagegen, wie ein Teenager behandelt zu werden anstatt wie eine professionelle Journalistin.“

Seine Augen machten einen glubschigen Eindruck, als er abfällig schnaubte. „Wenn Sie professionell arbeiteten, dann würden Sie investigativen Journalismus betreiben und nicht mit Sportlern flirten, Miss Wright.“

Sie hatte es so satt! „Irren Sie sich da nicht, Mr. Channing. Meiner Erfahrung nach geht beides.“

Nachdem er wütend abgedampft war, kontrollierte sie nichtsdestotrotz ihr Mailfach und verstand die ganze Aufregung nicht. Außer Werbung für eine Penispumpe und ein neues Topfset hatte sie nämlich keine Nachricht erhalten.

Penispumpen! Wenn Gilbert Channing das unter investigativem Journalismus verstand, sah sie schwarz für ihren Berufsstand.

17. Kapitel

Kelly war sich sicher, dass es kein Zufall war, Frank Summers neben seinem Coach stehen zu sehen, als er zusammen mit seinem Mannschaftskollegen vom Trainingsgrün kam, wo sie gerade ein leichtes Training vor dem Spiel gegen die Vikings am kommenden Wochenende absolviert hatten.

Die Legende aller Sportjournalisten schien mit John Brennan zu plaudern, als wären sie alte Freunde – was sie vermutlich auch waren. Jedoch ahnte Kelly, dass Skylers Dad nicht hier war, um sich das Training der Titans anzusehen, sondern um ihn in Augenschein zu nehmen. Wie er es finden sollte, dass Skyler ihrem Vater erzählt hatte, dass Kelly und sie miteinander schliefen, wusste er nicht. Er hatte niemals den Vater einer der Frauen kennengelernt, mit denen er geschlafen hatte. Und weil Skyler für ihn mehr als nur eine Sexpartnerin war, wusste er erst recht nicht, was ihn erwartete.

Vermutlich war es kein gutes Omen, dass Kelly den Sportjournalisten vor einigen Jahren in aller Öffentlichkeit ein Arschloch genannt hatte. Er ging nicht so weit, Frank Summers als Schwiegervater in spe anzusehen, aber unter diesen Voraussetzungen würde es sowieso nie so weit kommen.

Er setzte seinen Helm ab, fuhr sich mit den Fingern durch sein verschwitztes Haar und lief neben Graham vom Grün. Wenig überraschend für ihn rief der Coach seinen Namen und winkte ihn zu sich.

„Frank Summers bei uns? Womit haben wir denn die Ehre verdient?“, witzelte Graham neben ihm und schlug ihm auf die Schulter. „Vielleicht will er sich bei dir dafür bedanken, dass du früher so nett über ihn geredet hast."

Kelly antwortete mit einem Brummen und klemmte sich seinen Helm unter den Arm. „Denke ich nicht."

„Tja, der Mann ist bedeutend kleiner als du und etwa dreißig Jahre älter, aber dennoch würde ich mich an deiner Stelle zu Tode fürchten." Graham, dieser Armleuchter, grinste breit. „Summers findet es bestimmt nicht toll, dass du mit seiner Tochter schläfst."

Angespannt biss er die Zähne zusammen, knirschte mit ihnen und zischte Graham an: „Woher weißt du das, verdammt noch mal? Hat Palmer seine Klappe nicht halten können?"

Ganz und gar nicht eingeschüchtert lachte der Wide Receiver auf und bückte sich nach einer Wasserflasche, die neben dem Trainingsfeld auf dem Boden lag. „Palmer weiß es auch? Na, dann mach dir mal ein paar Gedanken darum, woran das liegen könnte. Vermutlich bin ich nicht der Einzige im Team, der sich Sorgen darum macht, dass dich dein Suspensorium irgendwann in Schwierigkeiten bringt, weil du wegen Skyler ständig einen Ständer hast."

Anstatt seinen Teamkollegen ins eigene Suspensorium zu treten, ließ er ihn einfach stehen und marschierte auf die beiden Männer zu, die noch immer miteinander redeten und darauf warteten, dass er sich zu ihnen gesellte.

„Hey, Kelly." Der Coach nickte ihm zu. „Frank ist heute spontan vorbeigekommen, um sich unser Training anzuschauen, und hat sich nach dir erkundigt."

Seine Begrüßungsformel bestand aus einem knappen Nicken, bevor er finster brummte: „Summers."

„Slade. Alles gut, mein Junge?"

Frank Summers hatte ihn schon einiges genannt, wovon der völlig überforderte und selbstüberschätzte Quarterback Kelly am meisten im Gedächtnis geblieben war. *Mein Junge* war noch nie darunter gewesen.

„Kann nicht klagen“, erwiderte er auskunftsarm.

Aus der Nähe betrachtet fiel Kelly auf, von wem Skyler die blauen Augen und den stechenden Blick hatte. Verdammt, er hatte das Gefühl, dass ihr Dad direkt in seinen Kopf sehen konnte. Hoffentlich war Frank Summers nicht in der Lage, Gedanken zu lesen, weil die sich ausgerechnet jetzt darum drehten, wie sehr Kelly den Anblick ihrer blauen Augen mochte, wenn ihr Mund ...

„Ich habe Frank gerade gesagt, wie sehr wir die Arbeit seiner Tochter zu schätzen wissen. Skyler ist nicht nur erschreckend schlagfertig, sondern wahnsinnig gut vorbereitet und ihre Sendungen treffen einen Nerv bei den Zuschauern.“

Wenig geistreich stimmte Kelly seinem Coach zu. „Ja.“

„*Titans forever* ist eine wirklich gute Sendung“, erläuterte Frank Summers jovial. „Spannend, mitreißend und informativ. Mir gefällt es, als Zuschauer das Gefühl zu haben, wirklich dabei sein zu dürfen und Mitglied des Teams zu sein. Und natürlich bin ich stolz auf Skyler, die ihren Job sehr gut macht.“

Anscheinend erwarteten die beiden Männer, dass Kelly ebenfalls etwas zu der Sendung und zu Skylers Arbeit sagte, weshalb er zurückhaltend erklärte: „Dem Team gefällt die Sendung ebenfalls.“

Der Assistenzcoach Roy Baxter rief nach John Brennan, der Frank freundschaftlich gegen den Arm schlug. „Kann ich euch beide allein lassen?“

„Natürlich, ich wollte mich sowieso kurz mit deinem Ersatzquarterback unterhalten."

„Gut." Der Coach lachte heiter gestimmt. „Solange niemand den anderen ein Arschloch nennt oder an den Qualitäten des anderen zweifelt."

„Das kriegen wir schon hin", versprach Frank Summers, obwohl Kelly diese Zusicherung für übereilt hielt.

Sobald der Coach außer Hörweite war, musterte er seinen Gegenüber und grollte angriffslustig: „Ich weiß, dass Sie nicht hier sind, um sich das Training anzuschauen."

„Und warum bin ich dann hier?"

„Wegen Skyler."

Der ältere Mann zuckte mit der Schulter. „Das trifft es ziemlich genau. Nichtsdestotrotz war ich neugierig, weil ich mir Ihr Training ansehen wollte. Gute Beinarbeit und der Arm macht mehr her als früher."

Sollte sich Kelly für dieses Lob etwa bedanken? „Danke für das Kompliment", schnaubte er ironisch.

Von wem Skyler ihre saloppe Art hatte, wurde ihm klar, als ihr Dad neugierig fragte: „Sollte ich hier nicht derjenige mit der düsteren Miene sein und kampfeslustig das Kinn nach vorne recken? Schließlich schlafen Sie mit meiner Tochter."

Kelly knirschte mit den Zähnen. Früher hatte es ihm nichts ausgemacht, dass sein Sexleben in aller Munde gewesen war, aber mittlerweile schätzte er eine gewisse Privatsphäre. „Bei allem Respekt, aber das geht nur Ihre Tochter und mich etwas an."

„Da haben Sie allerdings recht."

„Und warum sind Sie dann hier?"

Frank Summers zuckte mit der Schulter. „Meine Tochter ist ehrgeizig, und wenn sie sich einmal etwas in den Kopf gesetzt hat, dann ist sie davon nicht abzuhalten."

Mit einem Seufzen kniff Kelly die Augen zusammen. „Ich fürchte, ich verstehe nicht."

Auch der andere Mann seufzte. „Ich mache mir Sorgen, dass sie auf der Strecke bleibt. Der Sportjournalismus ist ein hartes Pflaster."

Natürlich ahnte Kelly, was der andere Mann ihm sagen wollte, dennoch fragte er geradezu lässig nach: „Was hat das mit mir zu tun?"

„Wenn bekannt würde, dass sie eine Affäre mit einem Sportler hat, dann bekommt sie in der Branche keinen Fuß mehr auf die Erde."

Augenblicklich versteifte sich Kelly. „Jetzt wollen Sie mir sicherlich sagen, dass ich mich von ihr fernhalten soll."

„Bei meinem letzten Telefonat mit Skyler hatte ich den Eindruck, dass ihr sehr viel an Ihnen liegt, Kelly. Außerdem würde sie eh nicht auf mich hören." Frank Summers verdrehte kurz die Augen.

Kelly schnitt eine Grimasse. „Also darf ich davon ausgehen, dass Sie ihr bereits den Ratschlag gegeben haben, mich in den Wind zu schießen."

„So drastisch würde ich es nicht sagen."

„Kommen Sie." Kelly warf den Kopf ein Stück zurück und stieß den Atem rau aus. „Damals habe ich Sie ein Arschloch genannt ..."

Ganz die Tochter unterbrach Frank Summers ihn mit einem Lachen. „Sportler haben mich während meiner gesamten Zeit als Journalist bedeutend schlimmere Dinge als ein Arschloch genannt, mein Junge. Lange bevor Sie in die NFL kamen, haben sogar ein paar erzürnte Footballspieler mein Auto umgeworfen. Solche Dinge darf man nicht allzu eng sehen."

„Tja, dann sprechen also lediglich die Drogen, der Alkohol und meine Gefängnisstrafe gegen mich", ächzte Kelly ironisch, auch wenn er den Mann vor sich plötzlich ein wenig sympathischer als zuvor fand.

„Skyler scheint sich daran nicht zu stören."

„Aber Sie stören sich daran", konterte Kelly prompt.

„Was mich stört und was mich nicht stört, bedeutet meiner Tochter nicht sehr viel." Seine Lippen kräuselten sich belustigt. „Skyler hat eine flammende Rede darüber gehalten, dass Sie ein guter Kerl sind, also muss etwas dran sein. Sie besitzt eine ziemlich gute Menschenkenntnis."

Kelly atmete kurz durch und setzte ein weiteres Mal zum Sprechen an. Dieses Mal klang er nicht mehr kampfeslustig, als er ratlos fragte: „Was kann ich dann für Sie tun, wenn Sie nicht verlangen, dass ich mich von ihr fernhalte?"

Unsicher runzelte sein Gegenüber die Stirn. „Es geht um Skylers Job."

„Um ihren Job?", wollte er dumpf wissen.

„Ja." Frank Summers nickte knapp. „Ich weiß, wie hart der Job ist und was er erfordert. Meiner Tochter würde ich das gerne ersparen."

Verstand er den anderen Mann richtig? „Sie wollen nicht, dass Skyler als Journalistin arbeitet?"

„Sagen wir es so: Ich sähe es lieber, wenn sie wieder als Nachrichtensprecherin arbeiten würde und nicht als Sportjournalistin."

„Sie macht einen verdammt guten Job", wies er Skylers Dad auf das Offensichtliche hin.

Dieser nickte. „Wie gesagt: Sie ist ehrgeizig, klug und ambitioniert, aber ich denke nicht, dass es das Richtige für sie ist."

Abwehrend schüttelte Kelly den Kopf. „Das muss Skyler selbst entscheiden. Ich mische mich da nicht ein."

„Meine Tochter soll nicht aus irgendeinem falsch verstandenen Wunsch, ihre Eltern glücklich machen zu müssen, unter die Räder kommen."

Kritisch zog er seine Augenbrauen zusammen. „Wie meinen Sie das?"

Frank Summers' Mundwinkel fielen hinunter. „Denken Sie doch nach. Dieser ganze Miss-Wahlen-Unsinn war sicher nicht Skylers brennender Wunsch danach, mit einem Bikini über eine Bühne zu stolzieren. Sie wollte ihre Mom glücklich machen und wollte, dass sie stolz auf sie sein konnte."

„Und?"

„Wer sagt mir nicht, dass sie jetzt in meine Fußstapfen tritt, um das Gleiche bei mir zu tun?"

Kelly lachte laut auf und grinste anschließend breit. „Nichts für ungut, Sir, aber da kennen Sie Ihre Tochter wirklich schlecht. Skyler betreibt ihren Job voller Herzblut. Und sie ist verdammt gut."

***

„Ich weiß die Reservierungsnummer nicht mehr, Kelly!“ Skyler öffnete ihren Kleiderschrank und zog den erstbesten Pullover heraus, der ihr ins Auge stach. Gleichzeitig rief sie laut in Richtung Wohnzimmer, wo Kelly auf ihrer Couch saß und bei etwas Fernsehen darauf wartete, dass sie fertig wurde: „Die vom Kino haben mir eine Mail geschickt!“

Der Ton des Fernsehers wurde merklich leiser. Innerlich verdrehte Skyler die Augen und schlüpfte gleichzeitig in ein Paar Jeans.

Sportnachrichten. Er sah Sportnachrichten.

Nach dem heutigen Tag, den sie bis vor einer Dreiviertelstunde in der Redaktion verbracht hatte, hatte sie genug von Sportnachrichten und vom Sport im Allgemeinen auch. Heute wollte sie nichts mehr von irgendeiner Sportart hören, sondern im Kino einen wunderbaren, entspannenden Actionfilm sehen, in dem vor allem Explosionen vorkamen, und dabei Popcorn futtern. Für sie klang das nach dem Himmel auf Erden.

Kelly steckte seinen Kopf zur Tür hinein. „Was?“

Skyler schloss den obersten Knopf ihrer Jeans und griff anschließend nach einem kurzärmeligen T-Shirt, während sie ihn über die Schulter hinweg ansah und bat: „Ich weiß die Reservierungsnummer nicht mehr ...“

„Wusstest du, dass die Panthers ihren Coach entlassen wollen?“

Sie kniff ein Auge zusammen. „Ja, die Meldung bekamen wir auch gerade rein. Nicholson soll ganz oben auf der Liste der Wunschkandidaten stehen. Könnten wir jetzt bitte nicht mehr über Football reden?“

Er gluckste begeistert. „Und das sagt die Frau, die ihren Kaffee aus einer Footballtasse trinkt?“

Erschöpft stemmte sie die Hände in die Hüften und drehte sich zu ihm. Im Gegensatz zu ihr war er längst ausgehfertig, aber sie war viel zu spät aus der Redaktion gekommen und hatte sich im Eiltempo duschen müssen. Der Film sollte in einer halben Stunde beginnen, dabei hatte sie sich nicht einmal die Haare geföhnt. „Nein, das sagt die Frau, die sich auf einen Kinoabend gefreut hat und sich noch die Haare föhnen muss."

Kelly lehnte entspannt gegen ihren Türrahmen und schnappte sich eines ihrer Höschen, das aus der offenen Schublade ihrer Kommode lugte. „Das kenne ich ja noch gar nicht. Schwarze Spitze. Nett."

Sie hätte ihn darauf hinweisen können, dass er ihr dieses Höschen vor wenigen Tagen ausgezogen hatte, ließ es jedoch bleiben. Als er es sich in seine Jeanstasche stopfte, begann sie zu lachen. „Nimmst du Geiseln?"

„Ich habe beschlossen, dass dieses Höschen mein neuer Glücksbringer ist."

„Tu dir keinen Zwang an." Skyler deutete eine Verbeugung an. „Mein Höschen gehört dir."

„Das hört ein Mann gerne."

Zwar wusste sie nicht, wie sie es finden würde, dass er mit ihrem Höschen in der Jeanstasche herumlaufen würde, aber dies war momentan ihre geringste Sorge. „Wir sind spät dran ..."

„Die Werbung läuft eh immer eine halbe Ewigkeit", warf er ein und wühlte sich gleichzeitig durch den Rest ihrer Unterwäschekommode. „Wo ist dieser Tanga, den ich so gerne an dir sehe?"

„Der ist in der Wäsche", erwiderte sie ungeduldig und zog sich das T-Shirt über den Kopf, bevor sie nach dem Pullover griff. „Kannst du bitte nach der

Reservierungsnummer sehen? Mit der können wir die Karten an einem Automaten ziehen."

„Ist der scharfe schwarze BH mit dem Verschluss vorne auch in der Wäsche?"

„Kelly!" Leicht verzweifelt stampfte sie mit ihrem nackten Fuß auf. „Bitte! Die Reservierungsnummer!"

„Okay, okay." Seine Lippen kräuselten sich, wie sie trotz seines Bartes erkennen konnte. Ergeben hob er die Hände, während ein Stück ihres schwarzen Spitzenhöschens aus seiner vorderen Jeanstasche baumelte. „Was soll ich tun, Süße?"

Normalerweise hätte sie jetzt eine Grundsatzdiskussion vom Stapel gelassen, dass der Begriff *Süße* etwas Übergriffiges an sich hatte, aber weil sie erstens keine Zeit hatten und es zweitens irgendwie nett klang, wenn er es sagte, ließ sie den Spitznamen unkommentiert. „Mein Laptop steht auf dem Tisch und das Mailfach ist offen. Such bitte die Nummer raus."

„Ist das alles? Du siehst aus, als bräuchtest du Hilfe beim Anziehen."

Er meinte wohl eher das Ausziehen, aber auch darauf ließ sie sich nicht ein, sondern klimperte mit den Wimpern. „Nur die Mail, Süßer. Nur die Mail."

Sein heiseres Lachen verfolgte sie noch, als sie im Badezimmer stand und sich die Haare föhnte.

Zufrieden betrachtete sich Skyler im Spiegel, fühlte ein angenehmes Pochen in der Herzgegend und freute sich darauf, mit Kelly in einem Kino zu sitzen, Händchen zu halten und in der letzten Reihe wie die Teenager zu knutschen.

Als sie ins Wohnzimmer lief, steckte sie sich gerade einen Ohrring an und sah Kelly vor ihrem Laptop sitzen.

Lächelnd trat sie an den Tisch heran und öffnete ihre Handtasche, die auf einem der vier Stühle stand. „Hast du die Reservierung gefunden?“

„Ja, die auch.“

Fragend schaute sie ihn an, weil sie sich seinen harten Tonfall nicht erklären konnte. „Ist alles in Ordnung?“

„Du solltest dein Mailsystem neu einrichten. Alle wichtigen E-Mails landen im Spam-Ordner.“ Er schob ihr den Laptop hin.

„Oka-ay.“ Verwundert sah sie ihn an, weil seine Stimme dunkel und bitter klang und weil sie nicht wusste, was auf einmal passiert war, dass er so grimmig wirkte.

Eher neugierig als besorgt schaute sie auf den Bildschirm ihres Laptops, erkannte ihr Mailprogramm und las in der Absenderleiste den Namen Gilbert Channing. In der Betreffzeile stand:

Recherche zu Kelly Slade

Skyler schob den Laptop zurück und musste nicht einmal hineinsehen, um zu wissen, dass irgendetwas in dieser Mail stand, was Kelly nicht gefiel. Und von dem sie nicht wusste, dass Gilbert danach recherchiert hatte.

Angesichts der schwelenden Wut in Kellys Blick bemühte sie sich um Ruhe. „Wie du siehst, war die Mail noch nicht geöffnet. Ich wusste nicht einmal, dass Gilbert …“

Er sprang auf und fiel ihr ins Wort. „Wenn du dich das nächste Mal mit ihm triffst, um darüber nachzudenken, wie ihr meine dreckige Wäsche in aller Öffentlichkeit waschen wollt, kannst du dem Mistkerl sagen, dass er seine Hausaufgaben nicht richtig gemacht hat! Heroin habe ich niemals genommen und ganz sicher musste ich nie Frauen dafür bezahlen, damit sie an von mir organisierten Orgien teilnehmen! Und was den Vorwurf angeht, dass diese Frauen nicht einmal achtzehn Jahre alt waren ...“

„*Was*?! Das hat Gilbert geschrieben?“ Ihr fielen beinahe die Augen raus.

„Ja, das hat er!“ Kelly ballte beide Hände zu Fäusten und spannte die Schultern vor lauter Wut an. „Ich stehe auf keine Mädchen! Und Orgien habe ich nie organisiert und teilgenommen habe ich auch nicht an welchen!“

Entsetzt öffnete sie den Mund und hätte Gilbert Channing am liebsten umgebracht. Um Kelly zu beruhigen, murmelte sie mit fester Stimme: „Das glaubt auch niemand.“

„Na klar“, höhnte er. „Eure Einschaltquoten werden durch die Decke gehen!“

Entschlossen kniff sie die Augen zusammen. „Wir werden so etwas nicht ...“

„Und warum schlug er in seiner Nachricht dann vor, diese neuen Fakten in die nächste Sendung von *Titans forever* einzubauen?“, versetzte er feindselig.

„Gilbert Channing hat mit *Titans forever* nichts zu tun und wird nichts entscheiden, was mit dieser Sendung zu tun hat.“ Ungläubig sah sie ihn an. „Wieso bist du jetzt sauer auf mich?“

„Wieso?“ Er spie das Wort beinahe heraus. „Du lässt hinter meinem Rücken über mich recherchieren ...“

„Nein, das habe ich nicht!“ Fassungslos schüttelte sie den Kopf.

„Was hatte dann diese Mail bei dir zu suchen?“

Ahnungslos hob sie die Schultern in die Höhe. „Ich weiß nicht, warum Gilbert mir diesen Mist zugespielt hat, und es interessiert mich auch nicht, weil ich nichts davon aufgreifen werde.“ Skyler atmete tief durch und streckte die Hand nach ihm aus, während sie sich zu beruhigen versuchte. „Kelly, nichts davon ist auf meinem Mist gewachsen. Das musst du glauben.“

„Ich glaube, dass du eine gute Story brauchst.“ Seine Augen waren zu Schlitzen zusammengezogen. „Gilbert erinnerte dich nämlich daran, dass du die Sensationslust der Zuschauer befriedigen müsstest, um deinen Job zu behalten. Schläfst du deshalb mit mir? Für Infos, damit du deinen Job behalten kannst?“

Sein Vorwurf traf sie mitten ins Herz. „Das meinst du nicht ernst.“

„Ich habe keine Ahnung, wie ich das meine“, offenbarte er und brauste auf: „Ich werfe einen Blick in dein Mailfach und sehe prompt eine Mail deines Kollegen, der schlecht recherchiert hat, meinen Ruf endgültig ruinieren will und dir seine Infos weiterleitet, damit du sie veröffentlichst, Skyler. Sag du mir doch, wie ich das meinen soll!“

Sie verstand ihn – verstand ihn sogar besser, als er dachte. Nichtsdestotrotz tat es weh, dass er so von ihr dachte. „Damit habe ich nichts zu tun.“

„Erzähl doch keinen Scheiß!“

„Ich habe ihn *nicht* gebeten, über dich zu recherchieren. Allein der Vorwurf ist lächerlich“, wehrte sie entrüstet ab und warf die Hände in die Luft. „Denk doch mal nach! Wenn ich eine gute Story bräuchte, dann müsste ich nicht auf Gilbert zurückgreifen. Du hast sie mir selbst auf einem Silbertablett präsentiert!“

Er verstummte und wurde stocksteif, während sein Gesicht einfror. Zwischen ihnen breitete sich Stille aus, die kaum zu ertragen war.

Als er das Wort wieder ergriff, klang er so hölzern, wie er niemals zuvor geklungen hatte. „Tja, dann sollte ich Palmer besser Bescheid geben, dass Peters Unfall bald in den Medien breitgetreten wird."

Skyler spürte, wie ihre Augen feucht wurden. „Du solltest wissen, dass ich niemals etwas veröffentlichen würde, was du mir im Vertrauen gesagt hast, Kelly."

Als er lediglich mit der Schulter zuckte, spürte sie eine unendliche Leere in ihrem Herzen.

„Ich dachte, du würdest mir trauen", würgte Skyler hervor.

Kelly senkte den Kopf und sprach bedächtig: „Ja, ich dachte, ich könnte der Frau trauen, der ich gesagt habe, dass ich sie liebe. Anscheinend kann ich es doch nicht."

18. Kapitel

Der Platzwart war schon vor einer Weile gegangen, hatte jedoch umsichtigerweise das Licht angelassen.

Kelly zwinkerte ins Flutlicht, das den Trainingsplatz taghell erleuchtete, wischte sich den Schweiß von der Stirn und umfasste den Football, bevor er ihn mit voller Wucht von sich warf. Seine Augen folgten der wunderschönen Spirale, bis der Ball am anderen Ende des Trainingsfeldes herunterkam und sich zu den anderen Dutzend Bällen gesellten, die Kelly bereits dorthin geschmettert hatte.

Er schwitzte in seinem Hemd und würde sich nicht wundern, wenn er sich hier den Tod holen würde, nachdem er seine Jacke ausgezogen und auf den Boden fallen gelassen hatte, um mehr Bewegungsfreiheit beim Werfen zu haben. Es war Ende Oktober, was bedeutete, dass es abends recht frisch wurde. Kelly interessierte sich dafür nicht, weil ihm noch immer das Blut durch die Ohren rauschte und er nur daran denken konnte, was in dieser beschissenen E-Mail gestanden hatte.

Eigentlich hatte er geglaubt, diesen Mist hinter sich zu haben. Natürlich würde er in der Presse niemals als Saubermann dargestellt werden, das war ihm klar gewesen, aber weil es um ihn ruhig geworden war, sehr ruhig, war er wenigstens davon ausgegangen, vor haltlosen Gerüchten seine Ruhe zu haben. Warum hatte er sich überhaupt bemüht, sein Leben auf die Reihe zu bekommen, wenn das dabei rauskam?

Warum zum Teufel stand er abends auf dem Trainingsgelände der Titans und warf Bälle, wenn er sowieso nicht mehr spielen würde?

„Hat Paolo für dich das Licht angelassen? Da solltest du dir etwas drauf einbilden, er macht das nämlich sonst nicht."

Trotz des unheilvollen Rauschens in seinen Ohren identifizierte Kelly die Stimme augenblicklich.

„Hau lieber ab, Palmer. Ich bin nicht in Stimmung." Tatsächlich hoffte Kelly, dass Brian abdampfte, weil er nämlich liebend gern dort weitergemacht hätte, wo sie vor Kurzem unterbrochen worden waren. In seiner jetzigen Verfassung hätte er nicht aufgehört, bevor er Blut sah. Daher war es für Brians eigene Gesundheit einträglicher, lieber zu verschwinden.

Als der andere Mann nichts erwiderte, bückte sich Kelly, nahm einen weiteren Ball und warf ihn präzise über das Feld.

„Nicht schlecht", kommentierte die Stimme seines Mannschaftskapitäns hinter ihm. „Guter Stand.

„Leck mich."

„Lieber nicht. Teddy ist ziemlich eifersüchtig."

Abrupt drehte er sich zu Brian um und konnte sich kaum zügeln, nicht auf ihn loszugehen. Er war so wahnsinnig wütend, dass er das augenscheinliche Angebot des anderen Footballspielers gerne angenommen hätte, ihm die Fresse zu polieren.

„Wenn dir dein Leben lieb ist, solltest du zusehen, dass du verschwindest", drohte er dem schwarzhaarigen Quarterback.

Der zuckte lediglich mit der Schulter und erwiderte milde: „Nett, dass du einen zusätzlichen Reiz anbietest."

„Wenn du wieder mit einem ausgerenkten Kiefer in der Notaufnahme landen willst ..."

„Was macht die Nase?“ Brian tippte sich an seine eigene und bleckte die Zähne. „Noch ein wenig empfindlich?“

Kelly knurrte: „Ich mag deine Frau, Palmer, und will ihr keinen Invaliden aufhalsen, also lass mich in Ruhe.“

„Teddy ist Kummer gewohnt.“ Brian bückte sich, hob einen Ball auf und warf ihm diesen zu. Kelly fing ihn, auch wenn er nicht wusste, was Brian damit bezweckte. „Sie hätte ja auch einen Bürohengst heiraten können.“

Kelly warf den Ball demonstrativ beiseite und versenkte seine Fäuste anschließend in den Taschen seiner Jeans – einfach nur, um nicht doch in Versuchung zu kommen, seinen Gegenüber anzugreifen. „Wenn du mit jemandem Eheprobleme bequatschen willst, ruf die Seelsorge an.“

Brian zuckte mit der Schulter. „Eigentlich wollte ich selbst ein paar Bälle werfen und habe dann gesehen, dass ich anscheinend nicht der Einzige bin, der nachts nicht allein im Bett liegen will.“

Das war so nah an der Wahrheit, dass Kelly mit einem Anflug von Gehässigkeit erwiderte: „Willst du mir die Schuld geben, dass bei dir nichts mehr im Bett läuft, Palmer? Tut mir leid für dich, aber für deine Erektionsprobleme kann ich nichts.“

Zu seiner Verwunderung grinste der andere. „Wenn du nicht so ein Mistkerl wärst, Slade, könnte man dich richtig gernhaben.“

Nach dem heutigen Tag war er wirklich nicht in der Stimmung für ein Gespräch mit Brian. Daher hob er seine Jacke vom Boden auf und schlüpfte hinein. „Bin schon weg. Das Feld gehört dir.“

Als er den ersten Schritt gemacht hatte, erklang wieder die Stimme des anderen. „Du solltest endlich lernen, nicht immer abzuhauen, wenn es schwierig wird."

Kelly wirbelte zu ihm herum. Ein tiefes Grollen kam aus seiner Brust. „Ich habe es so satt, mir das ständig sagen zu lassen! Mein Tag war richtig beschissen und ich wollte einfach ein wenig Ruhe haben, also fick dich, Palmer, und lass mich zufrieden!"

„Hey, war nur ein kleiner Tipp unter Freunden."

Abfällig schnaubte er auf. „Unter Freunden! Dass ich nicht lache! Steck dir deine Tipps sonst wohin."

Wütend wollte er gehen, als er sich anders entschied und stattdessen Brian anfuhr: „Peter war auch mein Freund. Nicht nur du hast einen Freund verloren. Ich vermisse ihn auch."

Brians Gesicht gefror augenblicklich und seine Miene nahm einen wachsamen Ausdruck an.

Bevor er jedoch etwas sagen konnte, schöpfte Kelly tief Luft und raunte mit gebrochener Stimme: „Du hast keine Ahnung, was es für ein Gefühl ist, sich für den Tod seines Freundes schuldig zu fühlen und mit dieser Schuld leben zu müssen."

„Das stimmt. Ich weiß es nicht." Auch Brians Stimme klang rau. „Aber ich weiß, wie es ist, auf der Beerdigung eines Freundes zu sein, der mit vierundzwanzig Jahren einen Autounfall hatte, weil er völlig high war."

Kelly schluckte. „Ja, ich hätte zu seiner Beerdigung kommen müssen."

„Warum bist du es dann nicht?"

Sehr ehrlich gestand er: „Weil es sehr viel leichter war, mich vollzudröhnen und nicht zu dieser Beerdigung zu gehen."

Brian machte eine wegwerfende Handbewegung. „Hör zu ...“

„Nein“, unterbrach er ihn heftig. „Hör du zu! Ich bin nicht mehr das Arschloch, das seine Freunde in die Scheiße reitet und dann den Schwanz einzieht und abhaut!“

„Und warum sagst du das mir?“ Brian warf den Kopf zurück und klang verächtlich. „Was willst du von mir? Eine Absolution?“

Kelly schüttelte den Kopf. „Eine zweite Chance wäre ein Anfang! Ich habe mich geändert, habe an mir gearbeitet und habe alles hinter mir gelassen, um etwas aus mir zu machen. Gleichzeitig fühle ich mich jeden Tag schuldig, weil Peter das alles nicht tun konnte. Aber weißt du, was das Beschissenste ist? Es gibt niemanden, den ich um Verzeihung bitten kann ...“

Protestierend unterbrach Brian ihn. „Du könntest Lily ...“

„Ich habe Lily hundert Briefe geschrieben und sie nie abgeschickt, weil ich keine Wunden aufreißen wollte!“

„Du hast wieder den Schwanz eingekniffen!“

„Nein, ich habe daran gedacht, was Peter für seine Frau gewollt hätte“, grollte Kelly. „Vielleicht hätte ich mich besser gefühlt, wenn ich mit ihr geredet hätte, aber für sie hätte sich nichts geändert.“

Als er Brian ins Gesicht sah, konnte er sehen, dass er die Kiefer aufeinanderpresste.

Er wollte nicht vor Selbstmitleid zerfließen, hatte jedoch die Schnauze voll, sich andauernd wie der Prügelknabe vom Dienst vorzukommen, der alles ertragen musste, weil er früher Mist gebaut hatte. Wütend zog er seine Jacke zu. „Meinetwegen können wir so weitermachen, Palmer. Du gibst mir die Schuld an Peters

Unfall und ich fühle mich bis zu meinem Lebensende beschissen. Fein! Nachdem Skyler und ich gerade Schluss gemacht haben, kann mir wirklich alles scheißegal sein. Jeder bekommt halt das, was er verdient. Tja, war nett, mit dir zu plaudern."

Seinem Mannschaftskapitän gab er gar keine Chance, noch etwas zu sagen, weil er das Trainingsgelände postwendend verließ.

***

„Dad, das ist jetzt wirklich kein guter Moment, um mit mir zu telefonieren." Skyler saß auf ihrem Bett und hatte nach einer schlaflosen Nacht rasende Kopfschmerzen.

„Ich mache es ganz kurz", versprach ihr Dad. „Wenn die Titans ihr Auswärtsspiel in Texas haben, werde ich auch dabei sein. Vielleicht können wir beide abends zusammen essen gehen oder uns gemeinsam das Spiel ansehen."

Natürlich hätte sie ihn jetzt abwimmeln können, indem sie ihm zustimmte, dass das eine fabelhafte Idee war, aber Skyler war nicht dazu aufgelegt, ihren Dad anzulügen. „Das wird nicht klappen, Dad. Wenn die Titans gegen die Cowboys spielen, werde ich nicht dabei sein."

Einen Moment lang war es am anderen Ende der Leitung totenstill, bis er grüblerisch nachhakte: „Wieso nicht? Gibt es Probleme mit der Sendung oder mit dem Verein?"

Obwohl ihr Dad nicht zur Schadenfreude neigte, wollte sie nicht, dass er jetzt mit einem Spruch um die Ecke kam, der große Ähnlichkeit mit *Ich habe es dir ja gesagt* hatte.

„Nein, es gibt keine Probleme."

„Und warum wirst du dann nicht in Dallas dabei sein?"

Skyler verdrehte die Augen und holte Luft, während sie die Bettdecke glattstrich. Sehr gefasst erläuterte sie ihm: „Weil ich darüber nachdenke, zu kündigen, Dad."

Wenn sie gedacht hätte, dass ihr Dad jubeln würde, hatte sie sich geirrt. „Was? Warum das denn?"

„Das Warum tut nichts zur Sache. Ich ..."

Er unterbrach sie verwirrt. „Natürlich tut es etwas zur Sache! Ich habe gestern mit Coach Brennan gesprochen, der voll des Lobes war, und ..."

„Du hast mit dem Coach der Titans gesprochen? Dürfte ich erfahren, wie du dazu gekommen bist?" Wenn sich ihr Dad schon wieder in ihren Job hatte einmischen wollen, würde sie erst recht im Dreieck springen. Gereizt dazu war sie allemal.

„Das ist doch einerlei, Skyler", wehrte er ab. „Ich verstehe wirklich nicht, warum du jetzt darüber nachdenkst, bei Sports Network zu kündigen."

Sie war aufgebracht genug, um in den Telefonhörer zu knurren: „Frag deinen Kumpel Gilbert Channing! Vielleicht kann er dir von seiner Vorstellung über investigativen Journalismus berichten. Dann sollte dir schnell klar werden, warum ich nicht für einen Sender arbeiten will, der diese Methoden gutheißt."

Die halbe Nacht hatte sie die E-Mail, die ihr gestern zugeschickt worden war, gelesen und hatte ständig den Kopf schütteln müssen. Die Behauptungen, die Gilbert

Channing einfach so in den Raum warf, waren eine Beleidigung für alle Journalisten und hatten mit angemessener Berichterstattung nichts mehr zu tun. Die Quellen, die er angab, waren lachhaft, und es bedurfte lediglich einiger Suchen im Internet und zweier gezielter Telefonanrufe, um sie alle zu entkräften. Der Drogendealer, der Kelly mit Heroin versorgt haben wollte, hatte zu jener Zeit eine Haftstrafe verbüßt und war demnach gar nicht in der Lage gewesen, irgendjemanden mit Drogen zu versorgen. Die Frau, die behauptet hatte, dass sie siebzehn Jahre alt gewesen sei, als sie mit Kelly geschlafen haben wollte, existierte nur auf dem Papier und ihre Sozialversicherungsnummer gehörte einer siebzigjährigen Texanerin. Und was die angeblichen Orgien betraf, auf denen Prostituierte ebenfalls zugegen gewesen sein sollten, hatten lediglich in der Fantasie eines Partyplaners stattgefunden, der widerwillig zugab, dass er für seinen Kommentar eine Finanzspritze von Gilbert Channing erhalten hatte und vor Jahren eine Poolparty für einen von Kellys früheren Teamkollegen organisiert hatte.

Das alles erzählte sie auch ihrem Dad und ließ nicht aus, was die E-Mail am gestrigen Abend zwischen ihr und Kelly angerichtet hatte.

„Kelly denkt, ich hätte etwas zu tun mit dieser *Recherche*.“ Sie spuckte das Wort verächtlich aus. „Er war furchtbar wütend, was ich sogar verstehen kann, aber ich käme doch nie auf die Idee, hinter seinem Rücken Informationen über ihn einzuholen.“ Empört schüttelte sie den Kopf und starrte auf ihre nackten Knie. „Das ist so lächerlich! Wie kommt er auf die Idee, dass ich ihm Theater vorspiele, weil ich auf der Suche nach einer Story bin?“

„Na ja“, wägte ihr Dad ab. „Sein Verhältnis zur Presse ist aus ersichtlichen Gründen nicht unbedingt das Beste.“

„Ich bin nicht die Presse, ich bin seine *Freundin*“, hob sie vor.

„Und du bist Journalistin.“

Skyler knirschte mit den Zähnen und fragte sich ernsthaft, ob ihr Dad sie absichtlich provozieren wollte, indem er Verständnis für Kelly heuchelte.

„Denkst du etwa auch, dass ich nur mit ihm schlafe, weil ich eine tolle Story haben will?“

„Natürlich denke ich das nicht. Und er denkt das auch nicht. Lass ihm ein paar Tage Zeit, um sich zu beruhigen.“

Sie hörte wohl nicht recht! „Dad, ein Mann stellt mich wie ein Flittchen dar, und du sagst mir, dass ich ihm ein paar Tage Zeit geben soll, damit er sich beruhigen kann?“

Er klang ziemlich gelassen. „Du hast mir noch vor ein paar Tagen gesagt, dass er ein anständiger Kerl ist, Skyler. Hat sich daran irgendetwas geändert?“

„Außer deiner Einhundertachtzig-Grad-Drehung?“, fragte sie sarkastisch nach. „Könntest du mir erklären, was passiert ist? Du hast mir gesagt, ich sollte mich von Kelly fernhalten, weil er nur Ärger machen würde, und jetzt bist du derjenige, der ihm größtes Verständnis entgegenbringt!“

„Nun, ich habe mich gestern mit ihm ein wenig unterhalten“, erwiderte ihr Vater wie selbstverständlich. „Und mir gefiel gut, was er gesagt hat. Du hast recht, er hat sich verändert und ...“

„Du hast mit ihm geredet?“ Skyler schnappte nach Luft. „Warum hat er mir gestern nichts davon gesagt?“

„Vielleicht weil er wirklich sehr anständig ist und nicht wollte, dass zwischen dir und mir ein Missverständnis entstehen würde."

„Ein Missverständnis?" Sie atmete scharf ein. „Worüber habt ihr geredet?"

„Um ehrlich zu sein, haben wir auch über deinen Job gesprochen."

Ihr klingelten die Ohren. „Wie bitte?"

Seufzend gestand er ihr: „Wärst du sehr böse, wenn ich zugebe, dass ich Kelly gebeten habe, dir auf den Zahn zu fühlen, was deinen Job bei Sports Network betrifft? Leider habe ich mich dazu hinreißen lassen, ihm von meiner Sorge zu berichten, dass Sportjournalismus ein zu hartes Geschäft für dich wäre."

Obwohl sie meinte, dass ihr Kopf jeden Moment platzen würde, interessierte sie nur eine Sache. „Was hat Kelly dir geantwortet?"

„Er hat gesagt, dass es deine Angelegenheit ist und er sich nicht einmischen will. Der Junge gefiel mir."

Und ihr gefiel dieses männliche Konglomerat zwischen ihrem Dad und Kelly nicht. Genau das sagte auch ihre Stimme aus, als sie wütend erwiderte: „Dann könnt ihr beide euch ja die Hand reichen, schließlich werde ich mich aus diesem harten Geschäft zurückziehen, damit ihr Männer wieder unter euch seid!"

„Skyler ..."

„Schon gut, Dad! Ich überlasse euch gerne euren sexistischen Ritualen in den Umkleidekabinen, in denen Frauen nichts zu suchen haben – es sei denn auf Nacktfotos in irgendwelchen Kalendern."

Auf ihren aggressiven Ton reagierte er mit einem nachsichtigen Seufzen. „Ich verstehe, dass du sauer bist, Liebes, aber dazu hast du keinen Grund."

„Ach nein?!“

„Nein. Ich bin nämlich zu der Überzeugung gekommen, dass du das tun sollst, was du auch tun möchtest. Egal, was ich darüber denke.“

Keuchend wollte sie wissen: „Woher der Sinneswandel?“

Seine Stimme klang nach einem Schmunzeln. „Sagen wir einfach, dass ein gewisser Footballspieler mich darauf aufmerksam machte, wie viel Herzblut du in deine Arbeit steckst und wie wichtig sie dir sein muss. Anschließend habe ich mir meine eigenen Gedanken gemacht.“

Kelly hatte davon gesprochen, dass sie viel Herzblut in ihre Arbeit steckte? Das klang ja fast so, als hätte er sie vor ihrem Dad verteidigt.

Das warme Gefühl nahm sich komisch neben der Wut und der Resignation aus, die sie empfand. Wenn er solche netten Dinge über sie sagte, wie konnte er dann auch nur eine Sekunde lang denken, dass sie ihn für eine gute Story ausbeuten würde? Sie hatte ihm gesagt, dass sie sich in ihn verliebt hatte, und sie hatte ihm keinen Anhaltspunkt geliefert, dass er ihr nicht vertrauen konnte. Sein Vorwurf tat ihr weh. Sehr weh. Sein Vertrauen war ihr immens wichtig ...

„Auch wenn du dich Wright nennst, bist du eine Summers. Und das bedeutet, dass du dir nichts gefallen lässt. Natürlich wirst du *nicht* kündigen.“

Ihre Schultern sackten hinunter. „Dad, das ist ja schön und gut, aber Gilbert Channing ...“

„Gilbert Channing ist ein schleimiges Wiesel, das einen ordentlichen Arschtritt verdient.“

„Das schleimige Wiesel ist zufälligerweise der Chefmoderator von Sports Network und gehört somit zur festen Instanz beim Sender. Niemand interessiert sich für eine Sportjournalistin, die Probleme mit seiner *Informationsbeschaffung* hat." Skyler schnitt eine Grimasse. „Was soll ich da schon ausrichten?"

„Phil Sanders ist ein vernünftiger Mann", warf ihr Dad ein. „Er ist ein guter Mann."

„Genau, er ist ein Mann, der seinem Kumpel nicht in den Rücken fällt."

„Du solltest ein bisschen mehr Vertrauen haben, Liebes. Phil hat ein gesteigertes Interesse daran, die Glaubwürdigkeit seines Senders nicht zu gefährden. Nichts würde die mehr gefährden als Gilbert Channings *Quellen*."

„Dad." Sie stieß den Atem aus.

„Soll ich mit Phil reden?"

„Nein!" Sofort ballte sie ihre freie Hand zur Faust. „Zum letzten Mal: Ich regele meinen Job selbst. Dafür brauche ich nicht meinen Vater. Mit Phil Sanders kann ich selbst reden!"

Ihr Dad klang sonderbar zufrieden. „Freut mich zu hören."

19. Kapitel

Sich vor Zehntausenden Zuschauern und Fans warm zu machen, bevor ein Footballspiel begann, ließ das Adrenalin hochkochen.

Kelly hatte es immer geliebt. Die Atmosphäre, der Geruch nach frisch gemähtem Rasen und das Prickeln im Nacken, weil man kurz davorstand, aufs Feld zu gehen und ein gutes Spiel abzuliefern. Selbst vor den letzten Spielen hatte er so gefühlt, obwohl er nicht spielen würde. Er saß schließlich nur auf der Ersatzbank. Heute war er jedoch nicht bei der Sache. Nicht so wirklich. Dafür ging zu viel in seinem Kopf vor. Ein guter Footballspieler musste in der Lage sein, seinen Kopf während eines Spiels abzuschalten, alle Probleme zu vergessen und sich nur aufs Spiel zu konzentrieren. Doch das wollte ihm jetzt, da das Spiel kurz bevorstand, einfach nicht gelingen.

Er dachte an Skyler und an die Leere, die sich in ihm auftat, wenn er sich daran erinnerte, wie er sich gefühlt hatte, als er jene E-Mail in ihrem Postfach entdeckt hatte. Vermutlich hätte er sich verraten fühlen sollen, doch das war es nicht gewesen. Das wäre zu einfach gewesen.

Nein, er hatte sich gefühlt, als habe ihn eine Kugel mitten ins Herz getroffen.

Es war erst ein paar Tage her, dass er ihr gesagt hatte, er würde sie lieben. Das tat er wirklich – mit jeder Faser seines Körpers. Für keinen Menschen hatte er vorher so empfunden und es hatte ihm beinahe Angst gemacht.

Und dann hatte er in einer Mail gelesen, dass ihr Kollege fingierte Informationen über ihn sammelte und diese ihr zuspielte – für eine gute Story.

Ihrem entsetzten Gesichtsausdruck und ihrer Empörung über die Mail wollte er glauben. Das wollte er wirklich. Außerdem stimmte er ihr zu, dass sie bereits eine gute Story in der Tasche hatte und Gilbert Channings *Informationen* gar nicht nötig hatte, wenn sie es darauf anlegte, einen Bericht über Kelly zu bringen. Sie kannte schließlich die Geschichte über Peter und was er damit zu tun hatte. Aber ein Quäntchen Misstrauen blieb. Und die Angst, vor aller Welt ein zweites Mal ins Bodenlose zu fallen.

Ein zweites Mal würde er nicht in der Lage sein, wieder aufzustehen.

Bei diesen Gedanken war es kein Wunder, dass er für alles um sich herum blind und taub war. Für alles bis auf eines.

Kelly stieß Graham in die Seite, als sie beide das Feld verließen, nachdem sie sich genügend warm gemacht hatten. „Wer ist der Typ vor der Kamera von Sports Network, der gerade Peacock interviewt?“

„Keine Ahnung ... ich dachte, es wäre Channings Job an der Seitenlinie Interviews zu führen.“ Graham klang nicht sonderlich beunruhigt oder neugierig. „Der Alte sitzt vermutlich gerade auf der Eignertribüne und stopft sich mit Gratis-Shrimps voll.“

Das konnte Kelly nicht glauben, denn Teddy MacLachlan-Palmers Abneigung gegen den Chefmoderator von Sports Network war kein Geheimnis. Die einzigen Gratis-Shrimps, die er hier bekommen würde, wären mindestens in Abführmittel getunkt.

„Von wegen Eignertribüne!“ Quinn Atherton tauchte plötzlich hinter ihnen auf. „Meine Managerin hat gehört, dass Channing beurlaubt wurde.“

Kellys Kopf schoss hoch. „Beurlaubt?“

„Ja, *beurlaubt*.“ Quinn grinste diabolisch. „Die Art von Beurlaubung, die einem eine hübsche Abfindung einbringt, bevor man sich einen neuen Job suchen muss.“

Er war wie vor den Kopf gestoßen. „Willst du damit sagen, dass er gefeuert wurde?“

„Sieht ganz so aus.“

Kelly runzelte die Stirn. „Was? Channing wurde gefeuert?“

Mit einem hämischen Lachen nickte der Linebacker. „Es macht das Gerücht die Runde, dass eine gewisse Sportjournalistin Schrägstrich frühere Vize-Miss-Amerika dafür verantwortlich ist. Sie hat bei Phil Sanders höchstpersönlich an die Bürotür geklopft, war eine halbe Stunde lang drinnen und anschließend durfte Channing beim Chef des Senders antanzen.“

Das musste er erst einmal sacken lassen.

Grahams Stimme kam von rechts: „Woher willst du das so genau wissen?“

„Von meiner Managerin. Bobby hat ihre Augen und Ohren überall. Angeblich soll Channing vor Wut getobt haben.“

„Ha, ha, ich hätte mein Augenlicht dafür gegeben, um *das* zu sehen!“ Pure Schadenfreude klang in Grahams Worten.

Verwirrt sah Kelly auf. Channing wurde gefeuert, nachdem Skyler mit dem Chef des Senders gesprochen hatte? Wenn das stimmte, dann ... dann hatte er ihr Vertrauen wirklich nicht verdient.

Bevor er in dumpfes Grübeln geraten konnte, war es Zeit, zurück in die Kabine zu gehen, um dort von dem Coach aufs Spiel eingeschworen zu werden.

Die Anspannung unter seinen Mannschaftskollegen war deutlich zu spüren, während John Brennan zum letzten Mal über die Taktik des Spiels sprach und davon, sich nicht das Spiel der anderen Mannschaft aufzwingen zu lassen. Gegen die Vikings war vor allem eine dominante Offense gefragt, die ihren Gegnern von Anfang an klarmachte, mit wem sie es zu tun hatten. Brian als Mannschaftskapitän heizte seinem Team noch einmal ein und ließ es mit den Worten *Tretet ihnen in den Arsch* aufs Feld laufen, wo sie von den eigenen Fans frenetisch gefeiert wurden.

Die Nationalhymne wurde gesungen, der Schiedsrichter warf die Münze, und die Vikings, die auf Kopf gesetzt hatten, waren nun im Ballbesitz und brachten ihre Offense aufs Feld. Von der Bank aus beobachtete Kelly die gegnerische Taktik ganz genau und brüllte der Defense Aufmunterungen zu, während er eigentlich nichts anderes wollte, als aufs Feld zu stürmen und selbst zu spielen. Auch sein Mannschaftskapitän legte die Nervosität eines eingesperrten Tigers an den Tag, lief an der Seitenlinie auf und ab und brüllte der eigenen Defense Anweisungen zu.

Als dieser nach einem Fumble des gegnerischen Wide Receivers ein Touchdown gelang, war nicht nur das Team aus dem Häuschen. Das Publikum im Stadion tobte vor Aufregung und war kaum zu halten. Sobald sich die Offense der Titans für den Einsatz bereit machte, spannte sich Kelly an und saß wie gebannt auf seinem Platz, während er Brian beobachtete, der kurz mit dem Coach sprach, nickte und dann mit der Offense aufs Feld lief, um dort Aufstellung an der Line of Scrimmage zu nehmen. An der Linie brüllte der Quarterback seinen Spielzug, erhielt mit dem Snap den Ball und das Spiel begann.

Kelly hielt den Atem an und beobachtete ganz genau, wie Brian seinem Runningback den Ball übergab und einen Laufspielzug antäuschte, bevor beide die Plätze tauschten und Blake O'Neill den Ball wieder zu seinem Quarterback passte. Dieser Trickspielzug sollte den Gegner verwirren und ihn glauben lassen, dass sie es mit einem Laufspielzug zu tun hatten, um die Deckung der Wide Receiver zu vernachlässigen und sich stattdessen auf den Runningback zu konzentrieren. Die Vikings fielen genau darauf rein – alle bis auf den monströsen Linebacker mit der Nummer fünfundfünfzig.

Brian war gerade dabei, seinen Pass zu Ian Carlisle vorzubereiten, als sich der gegnerische Spieler auf ihn warf.

Noch bevor der Quarterback der Titans zu Boden ging, war Kelly bereits aufgesprungen.

Auf dem Feld kam alles zu erliegen.

An der Seitenlinie wurde es eine Sekunde lang totenstill, bevor der Geräuschpegel überhandnahm.

Kelly konnte in dem Gedränge, das auf dem Feld herrschte, sehen, wie Brian Palmer auf dem Boden lag und den Ball umklammerte, während der Schiedsrichter pfiff. Blake O'Neill beugte sich zu seinem Kapitän hinunter und gab dem Coach und dem Mannschaftsarzt mit einer hektischen Handbewegung zu verstehen, dass der Quarterback verletzt war.

„Slade, mach dich vorsichtshalber bereit!" John Brennan schlug ihm auf die Schulter und lief mit besorgtem Gesicht anschließend aufs Feld.

Ein Loch breitete sich in seinem Magen aus, und Kelly befürchtete, sich wie ein nervöser Rookie vor seinem ersten Spiel übergeben zu müssen. Ja, er war Footballspieler, aber er hatte auch seit Jahren nicht mehr auf dem Feld gestanden. Er wollte es nicht vermasseln.

Er wollte sein Team nicht enttäuschen.

Während er sich fertig machte und seinen Helm aufzog, ließ er die gutmütigen Aufmunterungen seiner Teamkameraden über sich ergehen und war verwundert, dass seine Hände nicht zitterten. Die waren erschreckend ruhig, während sein Innerstes zum Zerreißen angespannt war.

Durch seine Facemask sah er, wie Brian neben John Brennan und dem Mannschaftsarzt vom Feld lief. Angesichts des schmerzverzerrten Gesichts, mit dem der Quarterback seine Schulter hielt, sollte jedem Zuschauer spätestens zu diesem Zeitpunkt klar geworden sein, dass es den Kapitän erwischt hatte.

„Es ist das Schultergelenk“, informierte der Mannschaftsarzt seinen Assistenten. „Sieht nicht gebrochen aus, aber wir lassen es röntgen.“

„Ist nur verstaucht“, krächzte Brian unter Schmerzen und kniff dabei die Augen zusammen. Gleichzeitig taumelte er regelrecht vom Feld. „Wenn es gebrochen wäre, würde ich es merken.“

Der Coach trat mit sorgenvoller Miene neben seinen verletzten Quarterback. „Ich weiß, wie sich ein verstauchtes Schultergelenk anfühlt. Du kannst unmöglich weiterspielen.“

„Das weiß ich“, gab Brian mit einem Ächzen von sich und suchte Kellys Blick.

Allen war klar, dass er jetzt spielen würde, nur wusste niemand, ob er dem Druck standhalten würde.

Scheiße, er wusste es selbst nicht.

Und wie Brian darauf reagieren würde, dass Kelly nun seine Position einnahm, stand ebenfalls in den Sternen.

John Brennans Stimme grollte bis zu Kelly, der nur zwei Meter von ihm, Brian und dem Mannschaftsarzt entfernt darauf wartete, von seinem Coach aufs Feld geschickt zu werden. „Sieht aus, als wärst du am Ball. Schaffst du das, Slade?“

„Kelly kriegt das schon hin“, ertönte Brians feste Stimme, und er starrte ihm aus trüben Augen ins Gesicht, bevor er stöhnend drei Schritte auf ihn zu machte, die rechte Hand von seiner verletzten linken Schulter nahm und sie Kelly reichte.

Wortlos nahm Kelly das Angebot an und erwiderte den Handschlag.

Für einen Verletzten war Brian noch relativ kräftig, als er ihn zu sich zog, bis sie sich direkt gegenüberstanden. So nah, dass Kelly das schwere Atmen hören konnte, dass der angeschlagene Quarterback von sich gab, als er heiser raunte: „Pass auf die fünfundfünfzig auf. Der Typ will Blut sehen, und ich will ungern miterleben, wie er meinen Ersatzmann plattmacht.“

Kelly holte tief Luft und nickte. „Okay.“

Brian drückte seine Hand. Seine Stimme schien zu vibrieren. „Ob du es glaubst oder nicht, aber keinem anderen Quarterback würde ich mein Team anvertrauen. Du packst das.“

Wortlos erwiderte Kelly den Händedruck, starrte ihm noch einmal in die Augen und nahm anschließend den Ball vom Coach entgegen, bevor er aufs Feld stürmte.

Als er das Grün erst einmal betreten hatte und mit seinen Teamkollegen in den Huddle trat, war alles vergessen. Kelly hörte weder die Schreie des Publikums noch das schwere Atmen seiner Mitspieler, die sich darauf vorbereiteten, den nächsten Spielzug auszuführen. Auch seine Angst zu versagen war vergessen. Stattdessen breitete sich Ruhe in ihm aus, sobald er hinter dem Center Aufstellung nahm, sich einen kurzen Blick über das gegnerische Team verschaffte und Graham stumm ansah.

Mit dröhnender Stimme rief er den Spielzug aus, übernahm den Ball und machte ein paar Schritte zurück, während um ihn herum das pure Chaos ausbrach. Er hatte jedoch nur Augen für seinen Wide Receiver, der einen Haken um den gegnerischen Cornerback schlug und in Richtung Endzone lief.

Kelly schätzte die Entfernung ab, holte aus und warf den Ball über das Feld.

Die wunderschöne Spirale war zu hoch, als dass die Vikings den Pass hätten abfangen können. Stattdessen flog der Ball direkt in die Arme von Graham Carter, der mit einem letzten Satz in die Endzone sprang und einen Touchdown für die Titans machte.

20. Kapitel

Skyler hatte sich vorgenommen, nicht dabei zu sein, wenn Kelly auf der Pressekonferenz sprach.

Weil es seine erste Pressekonferenz seit Jahren war – seine erste öffentliche Begegnung mit Pressevertretern seit seiner Entlassung aus dem Gefängnis, um genau zu sein – und weil er gerade auf der Position des Quarterbacks das Spiel gegen die Minnesota Vikings gewonnen hatte, war sich Skyler sicher, dass man ihn mit Fragen bombardieren würde. Und obwohl sie ihm nicht verziehen hatte, was er ihr vorgestern an den Kopf geworfen und dass er ihr damit das Herz gebrochen hatte, konnte sie nicht mitansehen, wie man ihm unangenehme Fragen stellte. Dummerweise hatte sie das Bedürfnis, ihn beschützen zu wollen, so lächerlich das klingen musste.

Mit diesem Gefühl war sie gestern auch zu Phil Sanders gegangen, um sich über Gilbert Channing und sein unethisches Verhalten zu beschweren. Skyler war es egal gewesen, dass sie höchstwahrscheinlich gefeuert würde, weil Channing zu der Altherren-Clique gehörte, die sich nicht die Butter vom Brot nehmen lassen würde. Dass ihr Dad recht damit gehabt hatte, dass Phil Sanders ein vernünftiger Mann war, der unethisches Verhalten nicht akzeptieren würde, hatte sich bewiesen, als er sie nicht feuerte und stattdessen den Chefmoderator des Senders *beurlaubte.* Bei Sports Network war er Geschichte.

Vielleicht hätte Skyler Genugtuung darüber empfinden sollen, dass das schleimige Frettchen gefeuert worden war, doch sie tat es nicht. Channings E-Mail hatte zu viel zwischen ihr und Kelly kaputt gemacht, als dass sie jetzt hätte zufrieden sein können.

Obwohl sie sich also vorgenommen hatte, der Pressekonferenz fernzubleiben, stand sie nun am Rand des Presseraumes, der aus allen Nähten zu platzen schien, und lehnte gegen die Wand hinter sich, während sie die Arme abwehrend vor der Brust verschränkt hielt und das Podium beobachtete. Weshalb sie diese abwehrende Pose eingenommen hatte, wusste sie nicht, aber vielleicht hatte es etwas mit dem Blickkontakt zwischen ihr und Kelly zu tun, als er gerade den Raum betreten und ganz instinktiv zu ihr geschaut hatte. Angesichts des Blitzlichtgewitters, das bei seinem Erscheinen eingesetzt hatte, wurde ihr flau im Magen. Skyler wusste, dass Kelly es hasste, von der Presse beobachtet zu werden.

Vielleicht wollte sie sich mit ihrer Pose auch nur dagegen wehren, dass sie den Mann von ganzem Herzen liebte, dessen Haar noch feucht war und der heute vermutlich das beste Spiel seiner bisherigen Karriere abgeliefert hatte. Er war großartig gewesen, und ihr Herz hatte vor Stolz Freudensprünge veranstaltet, als sie ihn von der Tribüne aus beobachtet hatte.

Neben ihm saßen sein Coach, der Generalmanager, der PR-Chef des Vereins sowie der verletzte Brian Palmer, der nach einem Ausflug ins Krankenhaus bereits zurückgekehrt war.

Skyler stand noch immer die Szene vor Augen, als beide Quarterbacks sich die Hände gereicht und vertraulich miteinander geredet hatten, bevor Kelly aufs Feld gelaufen war. Von der Feindseligkeit der letzten Zeit war zwischen ihnen nichts mehr zu spüren gewesen. Tatsächlich war das Bild rührend gewesen und würde heute sicherlich in jeder Sportsendung des Landes für

Aufregung sorgen. Brian Palmers Geste hatte symbolischen Charakter besessen, aber Skyler wusste auch, was dahintersteckte. Es war nicht nur um das Spiel gegangen – da war sie sicher. Für Kelly hoffte sie, dass er die Geste seines Kapitäns richtig deutete.

Am hinteren Ausgang des Presseraumes direkt neben dem Podium erkannte sie Teddy MacLachlan-Palmer, die noch immer mitgenommen wirkte, was man ihr nicht verübeln konnte. Als ihr Mann zu Boden gegangen und erst einmal nicht aufgestanden war, war sie erschrocken von ihrem Sitz aufgesprungen und mit blassem Gesicht aus dem Raum gestürzt. Wie Skyler wusste, hatte die Teamchefin ihren Mann ins Krankenhaus begleitet und hätte es lieber gesehen, wenn er nicht zurückgekommen wäre, um an der Pressekonferenz teilzunehmen. Skyler konnte es nachvollziehen, weil sie ganz ähnlich reagiert hätte, wenn es um Kelly gegangen wäre.

„Brian, was sagen die Ärzte, wann Sie wieder aufs Feld können?“

„Das wird sich zeigen“, erwiderte Brian Palmer, der um seinen Hals eine Schlinge trug und dessen linke Schulter bandagiert war. Für einen verletzten Footballspieler, der nicht wusste, wann er wieder spielen würde, klang er ausgesprochen beruhigt und gelassen. „Das Schultergelenk ist nur gestaucht, aber solange jede Bewegung schmerzt, kann ich nicht spielen.“

„Coach Brennan, was bedeutet der Ausfall Ihres Starting-Quarterbacks für die kommende Saison?“

Auch John Brennan versprühte eine ungemeine Ruhe, als er leichthin erläuterte: „Es bedeutet, dass Brian in der glücklichen Position ist, sich in Ruhe erholen zu können, während Kelly spielt. Wir haben heute alle gesehen, dass der Verein gleich zwei der talentiertesten Quarterbacks der ganzen Liga hat."

Ein aufgeregter Reporter verschluckte sich beinahe an seinen eigenen Worten, als er von Brian wissen wollte: „Was haben Sie Ihrem Ersatzmann gesagt, kurz bevor er aufs Feld ging, Brian?"

Der schwarzhaarige Footballspieler erwiderte, ohne zu zögern: „Ich habe ihm gesagt, dass ich keinem anderen Quarterback mein Team anvertrauen würde – außer ihm."

Tuscheln setzte ein, bis sich ein älterer Reporter erhob. „Brian, nehmen Sie es uns nicht übel, aber nach den Schlagzeilen der letzten Monate und Ihrer Prügelei vor Kurzem erscheint es uns unglaubwürdig, dass Sie so denken."

Skyler machte sich auf eine Explosion des verletzten Mannschaftskapitäns gefasst, doch der lächelte lediglich schwach. „Ich warte auf Ihre Frage, Bob."

Ein paar Kollegen lachten auf, während Bob Sullivan gutmütig die Augen verdrehte. „Also schön: Meinen Sie es ernst, dass Sie Kelly Slade Ihr Team guten Gewissens anvertrauen, wenn man die Schlagzeilen der letzten Monate und Ihre Prügelei bedenkt?"

Trotz allem musste Skyler lächeln, während ihr Blick zurück zum Podium glitt, auf dem Kelly mit ausdrucksloser Miene saß. Neben ihm saß Brian Palmer, dessen Miene jeden Anflug von Heiterkeit verlor.

Geradezu bedächtig und mit heiserer Stimme begann er zu antworten. „Es war mein völliger Ernst, ob Sie es nun glauben oder nicht, Bob. Kelly war schon immer ein fantastischer Footballspieler, und ich habe in den letzten Tagen erkannt, dass ..." Er stockte kurz und schien um Worte zu ringen. „Nun, ich habe erkannt, dass ich ihm in vielen Dingen Unrecht getan habe. Kelly verdient eine zweite Chance und ich bin froh, dass er sie in meinem ... in *unserem* Team bekommt."

Dass Brian eine Rampensau war, wurde deutlich, als er Kelly eine Hand auf die Schulter legte und diese kurz drückte.

Skyler wurde das Herz schwer, als sie sah, wie bewegt Kelly war.

„Kelly, erst einmal möchte ich Ihnen zu Ihrem Sieg gratulieren", meldete sich ein Fernsehjournalist zu Wort, der dafür bekannt war, anständige Fragen zu stellen und nicht zu persönlich zu werden. Erleichtert stieß Skyler die Luft aus.

„Danke", erwiderte Kelly mit einem starren Nicken, das verriet, wie unwohl er sich fühlte, auf dem Podium wie auf dem Präsentierteller zu sitzen.

„Können Sie uns sagen, was es für ein Gefühl war, nach relativ langer Zeit wieder auf dem Spielfeld zu stehen?"

Kelly beugte sich zögernd nach vorne und sprach mit dunkler Stimme in sein Mikrofon: „Um ehrlich zu sein, habe ich die ganze Zeit gehofft, mich nicht übergeben zu müssen."

Skyler war nicht die Einzige, die überrascht auflachte.

Auch der Fernsehjournalist gab ein Lachen von sich. „Das ist Ihnen gelungen. Ich hatte auf jeden Fall den Eindruck, dass Sie völlig ruhig und routiniert waren."

„Das Team stand hinter mir", antwortete Kelly bedächtig. „Das hat mir die Ruhe und das Selbstvertrauen gegeben, die ich brauchte."

Kaum hatte Kelly seinen Satz zu Ende gesprochen, fragte ein anderer Reporter: „Hätten Sie vor einem Jahr gedacht, dass Sie bei den New York Titans spielen würden?"

Kelly schüttelte den Kopf. „Nein, das hätte ich nicht. Umso dankbarer bin ich für die Chance, die ich erhalten habe. Wenn der Verein mich nicht in seinem Team aufgenommen hätte, hätte ich vermutlich nie wieder einen Fuß auf ein Spielfeld setzen können", antwortete Kelly ruhig und voller Selbsterkenntnis.

„Seit Ihrem letzten Spiel sind einige Jahre vergangen, dennoch hatten die Zuschauer den Eindruck, dass Sie besser, sicherer und ausgereifter spielten als früher. Womit können Sie sich das erklären, Kelly?"

Er fuhr sich mit einer Hand durchs Haar und erwiderte schlicht: „Ein Kollege von Ihnen nannte mich früher einen talentierten, jedoch völlig überforderten und selbstüberschätzten Quarterback, womit er vermutlich recht hatte. Heute kenne ich meine Schwächen, arbeite an ihnen und verbessere meine Stärken. Außerdem hilft es ungemein, keine illegalen Substanzen zu konsumieren."

Skyler hielt den Atem an und starrte über die Schar sitzender Journalisten hinweg zu Kelly, während sich ihr Herz zusammenzog. Sie wusste, dass ihre Kollegen nun mit persönlichen Fragen beginnen würden, weil er selbst den Startknopf gedrückt hatte.

Sie hatte den Gedanken noch nicht beendet, als der Erste fragte: „Wie schwer war es für Sie, Ihre Abhängigkeiten in den Griff zu bekommen?"

Kelly presste seine Lippen kurz aufeinander, bevor er zurückhaltend erwiderte: „Da ich ein Ziel vor Augen hatte, musste ich clean und trocken werden. Darauf konnte ich mich konzentrieren. Von daher hatte ich es leichter."

Eigentlich glaubte Skyler nicht, dass irgendetwas leicht war, was er in den letzten Jahren hinter sich gebracht hatte – und diese Pressekonferenz gehörte ganz sicher dazu.

„Ihr Privatleben sorgte in den letzten Jahren für viele Spekulationen, Kelly. Was haben Sie empfunden, als all diese Gerüchte verbreitet wurden?“

Seine Augen glühten auf. „Da diese meisten Gerüchte der Wahrheit entsprachen, war es vor allem Scham, denn ich habe vielen Menschen sehr wehgetan.“

„Was meinen Sie damit?“

Skyler konnte beobachten, wie Kelly auf seinem Stuhl nach vorne rutschte und die Stirn runzelte. Seine Stimme klang angespannt, als er beide Hände auf den Tisch legte und ins Mikrofon sprach: „Ich habe in meinem Leben Dinge getan, die ich heute bereue und gerne ungeschehen machen würde, aber das kann ich nicht. Leider kann ich die Zeit nicht zurückdrehen und Fehler verhindern, die ich damals gemacht habe. Heute kann ich nur nach vorne blicken und mich darum bemühen, das Vertrauen der Menschen zurückzugewinnen, die mir etwas bedeuten und die ich enttäuscht habe.“

Ihr wurde heiß und kalt zugleich, als er den Kopf in ihre Richtung schwenkte und sie ansah, bevor sein Blick wieder zum Fragesteller zurückglitt.

Nach dieser Aussage herrschte einige Augenblicke lang Ruhe, bis sich jemand räusperte und nachfragte: „Was sind Ihre Ziele für die kommende Zeit?“

Kelly fuhr sich über die Lippen und holte Luft. Das frühere Enfant terrible der gesamten NFL, der Footballspieler mit der schmutzigsten Vergangenheit von allen, der Mann, der als Inbegriff eines handfesten

Skandals galt, entgegnete wie selbstverständlich: „Mein Ziel? Es gibt da eine Frau, die momentan sehr wütend auf mich ist, weil ich mich wie ein Vollidiot aufgeführt habe, obwohl sie mir alles bedeutet. In der kommenden Zeit werde ich also versuchen, mich bei ihr zu entschuldigen, damit sie mich zurücknimmt."

Bis auf Brian Palmer, der in fröhliches Gelächter ausbrach, starrten ihn alle anderen Anwesenden wie ein Marsmännchen an.

Skylers Puls beschleunigte sich und begann zu rasen. Dass Kelly weder ihren Namen genannt hatte noch in ihre Richtung schaute, verriet ihr, dass er ihr die Chance auf einen Rückzieher geben wollte – falls sie es sich anders überlegt hatte. Aber das wollte sie nicht.

Also hob sie die Hand, trat einen Schritt vor und rief laut: „Kelly, haben Sie einen Glücksbringer? Etwas, was Sie bei sich tragen, weil Sie glauben, dass es Ihnen Glück bringt?"

Seine Mundwinkel zuckten, während er den Kopf in ihre Richtung drehte. Seine dunklen Augen glitzerten vergnüglich. „Ja, das habe ich tatsächlich."

„Und was ist es?"

Aus dem Zucken seiner Mundwinkel wurde ein breites Grinsen, während er sich lässig zurücklehnte. „Ich fürchte, das kann ich öffentlich nicht sagen, um die Privatsphäre einer gewissen Frau nicht zu gefährden."

Sie machte zwei, drei Schritte vorwärts und stand nun fast genau vor dem Podium. „Meinen Sie damit eine gewisse Frau, die Ihrer Meinung nach den Miss-Amerika-Titel verdient hätte, weil sie im Bikini eine tolle Figur abgab?"

„Ja, das wäre möglich."

Skyler blendete das kollektive Luftschnappen, Getuschel und Gemurmel ihrer Kollegen aus, die wohl begriffen hatten, dass sie von sich selbst sprach. Sie hatte nur noch Augen für Kelly, während sie ihm mit belegter Stimme verriet: „Ich denke, dass diese gewisse Frau kein Problem damit hat, ihre Privatsphäre für dich aufzugeben."

Beide starrten sich über eine Entfernung von wenigen Metern an. Skylers Hände zitterten vor Sehnsucht, ihn zu berühren, während sich ihr Herz weitete. Auch Kelly schien es ähnlich zu gehen, weil sie so viel Sehnsucht in seinem Blick sah, dass ihr schwindelig wurde.

Brian Palmers gutmütige Stimme unterbrach die romantische Stimmung, als er blökte: „Könntest du die Frau bitte endlich küssen oder so? Wir anderen machen auch die Augen zu."

Epilog

Normalerweise schaltete Kelly um, wenn er Sportsendungen sah, in denen sein Name genannt wurde.

Zwar wurden seine früheren Skandale nur noch selten erwähnt, wenn in der NFL-Berichterstattung von ihm die Rede war, aber alte Gewohnheiten ließen sich nur schwer abstreifen. Heute verspürte er jedoch kein Bedürfnis, den Sender zu wechseln, als er seinen Namen hörte. Mit einem trägen Lächeln schaltete er den Ton des riesigen Fernsehers im Schlafzimmer der Hotelsuite sogar lauter und stopfte sich ein Kissen hinter den Kopf, während er den Meldungen bei ESPN lauschte.

„Eine kleine Sensation hat sich heute in der Welt des Sports zugetragen. Kelly Slade, Ersatzquarterback in seiner zweiten Saison bei den New York Titans, hat heute die Sportjournalistin Skyler Wright geheiratet, die bei Sports Network in den letzten Monaten zum Gesicht von NFL Today wurde. Berichten zufolge heiratete das Paar in einer privaten Zeremonie in New York, bei der neben Teddy MacLachlan-Palmer, ihrem Mann und weiteren Teamkollegen des Bräutigams auch Frank Summers, Journalistenikone und Vater der Braut, anwesend waren. Das Paar gab noch keinen Kommentar ab, aber aus gut unterrichteten Quellen wurde uns bestätigt, dass das frischgebackene Ehepaar bereits Nachwuchs erwartet. Im letzten Herbst ...“

„ESPN? Du schaust nicht Sports Network?“

Sobald Kelly die Stimme seiner Frau hörte, schaltete er den Fernseher aus und warf die Fernbedienung beiseite, während er seinen Kopf in Richtung Badezimmer drehte, aus der Skyler trat und ihn fragend ansah.

„Ein bisschen Betriebsspionage“, erwiderte er leichthin und ließ seine Augen über sie wandern. Für eine Hochzeitsnacht war sie ziemlich ungewöhnlich gekleidet. „Ein Sweatshirt? Ich habe mit heißen Dessous gerechnet, Baby.“

„Eigentlich wollte ich nichts außer meiner Vize-Miss-Amerika-Schärpe tragen, aber die passte nicht mehr in den Koffer.“ Sie schaltete das Licht im Badezimmer aus und kam auf das Bett zu. „Außerdem fand ich es passend, heute das Sweatshirt zu tragen, das du mir damals geliehen hast.“ Ihr Lächeln hallte in seinem Körper nach.

„Damals?“, fragte Kelly ungläubig. „Das ist gerade einmal ein Jahr her ...“

„Und heute sind wir wieder in einem Hotel“, neckte Skyler ihn und blieb vor dem Bett stehen, während sie seine Hand nahm.

„Ja.“ Er schluckte, weil er nicht fassen konnte, welches Glück er hatte. Vor ihm stand seine Frau, lächelte ihn an und sah so wunderschön aus, dass sein Herz zu rasen begann. Sie hatte ihn tatsächlich geheiratet. Eine ehemalige Schönheitskönigin hatte einen Football-Rowdy geheiratet. „Und heute sind wir wieder in einem Hotel, in einer Hochzeitssuite verheiratet und erwarten ein Baby.“

Vermutlich musste er ziemlich fassungslos geklungen haben, weil Skyler belustigt kicherte und seine Hand auf ihren Bauch legte, der sich bereits ein wenig gerundet hatte. In ihrem weißen Brautkleid hatte es vermutlich jeder gesehen. Und vermutlich hatte jeder gesehen, dass er fast vor Stolz geplatzt war. Seine Frau. Sein Baby.

„Gib mir nicht die Schuld an dem Baby“, witzelte sie sanft und ließ seine Hand los, die weiterhin auf ihrer winzigen Rundung verweilte, während sie ihre Finger durch sein Haar gleiten ließ. „Schuld sind deine Killerspermien ...“

Obwohl ihn gerade pures Glück und absolute Zufriedenheit durchströmten, konnte Kelly nicht anders, als laut zu prusten. „Killerspermien?“

Skylers Augen funkelten vor Vergnügen. „Ja, ohne Rücksicht auf Verluste haben sie jeden Verteidigungswall überwunden. Euch Sportlern ist nicht zu trauen. Euch und euren Killerspermien. Sie bringen ein Mädchen nur in Schwierigkeiten.“

Es war seine Hochzeitsnacht, und seine Frau stand vor ihm und redete über seine Killerspermien, während er in romantischer Stimmung war und ihr beweisen wollte, wie scharf sie ihn machte – sogar in einem alten Sweatshirt.

Langsam setzte er sich auf, schlang die Arme um ihre Taille und presste durch den Stoff des Sweatshirts seinen Mund auf ihren Bauch. „Vielleicht sollte ich meinen Killerspermien danken.“

„Mhm ... solltest du.“ Sie senkte den Kopf, und Kelly konnte spüren, wie sie ihre Lippen auf seinen Kopf drückte. „Außerdem solltest du diesen Smoking loswerden, mir das Sweatshirt ausziehen und dich endlich über mich hermachen. Das ist Sinn und Zweck einer Hochzeitsnacht.“

Kelly begann zu lachen und wusste, dass er der verdammt glücklichste Mann auf der Welt war – so viel stand fest.

Exklusive Leseprobe aus „Geheimzutat Liebe“

Zufrieden lenkte Andrew seinen SUV über die hügelige Straße und nahm eine Linkskurve, während er in Richtung Meer starrte und sich sagte, dass nach spätestens zwei Tagen seine Akkus wieder aufgeladen sein würden. In dieser kurzen Zeit würde sicherlich kein Unglück geschehen und Nick könnte ganz bestimmt keinen Unsinn im *Knight's* anstellen.

Er hatte den Gedanken noch nicht vollendet, als er plötzlich geblendet wurde und ein Hupen ertönte, das ihn beinahe taub machte.

Erschrocken bemerkte er, dass er viel zu weit links fuhr und auf die Gegenspur gekommen war, auf der ihm ein schrottreifer Kleinlaster entgegenkam und wie wild die Scheinwerfer aufblendete. Reflexartig riss Andrew sein Lenkrad herum und trat gleichzeitig auf die Bremse. Sein SUV schlingerte wie betrunken über die Straße und kam auf dem halb befestigten Seitenstreifen zum Stehen, nachdem sich das Auto einmal um sich selbst gedreht und der rechte Kotflügel Bekanntschaft mit einem Baum gemacht hatte. Ein lauter Knall sowie eine ruckartige Bewegung sagten Andrew, dass irgendetwas mit seinem linken Vorderreifen nicht stimmte.

Doch davon nahm er kaum etwas wahr, weil ihm der eigene Herzschlag in den Ohren dröhnte und er mit zitternden Händen das Lenkrad umklammerte. Scheiße, das hätte ins Auge gehen können! Er hätte …

„Haben Sie völlig den Verstand verloren, Sie Idiot? Sie hätten mich umbringen können“, fauchte jemand in sein linkes Ohr.

Noch immer schwer atmend und wie unter Schock drehte Andrew den Kopf nach links, wo ein erzürntes Gesicht am geöffneten Seitenfenster seines Autos erschien und ihn wütend anstarrte. Blaue Augen blitzten auf, während die Besitzerin des erzürnten Gesichts ihn aufgebracht fragte: „Haben Sie Ihren Führerschein im Lotto gewonnen oder macht es Ihnen einfach nur Spaß, mir einen Herzinfarkt zu bescheren?“

Sprachlos starrte er sie an, öffnete den Mund und spürte zu seinem Schrecken, dass ihm überhaupt keine Antwort einfiel.

***

Brooke Day zitterte vor Schreck. Sie war nur knapp dem Tod entronnen, jedenfalls fühlte es sich so an. Gerade eben war sie auf dem Weg von der Wäscherei ihrer besten Freundin Lauren nach Hause gewesen, hatte sich den Kopf darüber zerbrochen, was sie tun konnte, um das Restaurant ihrer Eltern aus den roten Zahlen zu bekommen, und hatte sich gähnend über die Augen gerieben, als sie plötzlich einen protzigen Geländewagen wie aus dem Nichts auf ihrer Spur entdeckte. Innerhalb weniger Sekunden war ihr komplettes Leben vor ihrem inneren Auge vorübergezogen, während sie auf die Bremse des Kleinlasters ihres Dads getreten war und ihre Hände um das Lenkrad gekrallt hatte.

Tausend Gedanken waren durch ihren Kopf gerast, angefangen damit, dass sie ihrer Mom nie gebeichtet hatte, dass sie in der fünften Klasse bei einem Mathetest geschummelt hatte.Noch sehr viel schlimmer war jedoch die Erkenntnis gewesen, dass sie sich ihre Beine nicht rasiert hatte, während der Kleinlaster mit quietschenden Reifen über die Landstraße geschlittert war und sie davon ausgehen musste, dass sich der Wagen entweder überschlagen oder die Klippen hinuntersegeln könnte. Die Vorstellung, dass sie nach einem Unfall in der Notaufnahme landen könnte und dort als die Patientin bekannt würde, die nicht nur haarige Beine hatte, sondern zudem ein Höschen trug, auf dem das Superman-Logo prangte, hatte sie einfach nicht mehr losgelassen.

Ausgerechnet an dem Tag einen Unfall zu haben, an dem sie mit ihrer Wäsche im Rückstand war und notgedrungen zu dem Höschen gegriffen hatte, das Lauren ihr zur allgemeinen Belustigung zu ihrem letzten Geburtstag geschenkt hatte! Das wäre eine mittelschwere Katastrophe gewesen – abgesehen davon, dass sie es sich nicht leisten konnte, mit einem Gipsbein durch die Gegend zu humpeln oder gar im Restaurant auszufallen.

Aber sie war nicht verletzt und anscheinend mit einem Schrecken davongekommen, wie sie nach ihrer Vollbremsung bemerkte, als sie ihre zuvor zugekniffenen Augen öffnete und schwer atmend die Straße vor sich musterte. Der Herzschlag dröhnte ihr in den Ohren, während ihr die Magensäure in die Kehle stieg. Dieser Beinahe-Unfall hätte ihr nicht nur ein Gipsbein, sondern einen Aufenthalt in der nächsten Pathologie bescheren können.

Noch während sie darüber nachdachte, dass sie in dem schrottreifen Kleinlaster ihres Dads hätte sterben können, griff sie mit tauben Fingern nach ihrem Sicherheitsgurt und schnallte sich ab. Nie wieder, so schwor sie sich, würde sie sich übermüdet hinters Steuer eines Autos setzen. Nur langsam kam sie zu Atem und schaffte es kaum, ihre Hände zu beruhigen, die entsetzlich zitterten.

Obwohl – oder vielleicht auch weil – ihr der Schreck in allen Gliedern saß und sie wusste, dass sie beim Autofahren viel zu unaufmerksam gewesen war, stieg rasende Wut in ihr auf, als der zerbeulte SUV in ihr Blickfeld geriet. Dieser stand in einer Staubwolke auf dem rechten Seitenstreifen der Landstraße, die dank ihrer kurvigen Fahrbahn an der Küste zu einer beliebten Rennstrecke für versnobte Städter geworden war. Sie hätte draufgehen können, weil irgendein Idiot glaubte, die ganze Straße einschließlich der linken Spur gehörte ihm!

Normalerweise war Brooke eine jener Bewohnerinnen Maines, die die Touristen aus den Großstädten mit offenen Armen empfingen. Schließlich war sie auf diese Leute und ihr Geld angewiesen. Sie wurde nicht müde, nörgelnden Nachbarn und Bekannten zu erklären, dass zugeparkte Straßen und überfüllte Strände während der Hochsaison kein Grund für schlechte Laune seien, weil nun einmal viele Orte in Maine vom Tourismus lebten. Dennoch platzte ihr der Kragen, als sie das sauteure Auto mit dem Bostoner Kennzeichen in Augenschein nahm. Nur weil irgendein Snob aus der Stadt Langeweile hatte und sich selbst beweisen musste, was für ein toller Typ er war, wäre sie um ein Haar umgekommen. Dass sie selbst viel zu spät das auf sich zukommende Auto bemerkt hatte, weil ihre Müdigkeit sie abgelenkt hatte, schob sie erst einmal in den hintersten Winkel ihres Kopfes.

„Rücksichtsloser Arsch“, platzte es aus ihr heraus, während sie das imposante Auto näher in Augenschein nahm. Dieses musste eine schöne Stange Geld gekostet haben. Dass es nun einen Platten hatte und im Gegensatz zu ihrem Kleinlaster ziemlich viel abbekommen zu haben schien, milderte ihren Zorn nicht, schließlich hatte der Beinahe-Zusammenstoß sie vermutlich mehrere Jahre ihres Lebens gekostet. Auch ohne ihren Kopf näher zu betrachten, befürchtete sie, soeben komplett ergraut zu sein – und das mit Anfang dreißig!

Bevor Brooke wusste, was sie tat, stieß sie die Fahrertür auf, kletterte mit weichen Knien hinaus und marschierte wutschnaubend über die Straße.

All der Frust, der Ärger und die Unsicherheit der letzten Monate ballten sich in ihrem Inneren zusammen, während sie über die Straße lief und an der Fahrerseite des Autos stehenblieb. Dort angekommen, stemmte sie die Hände in die Hüften und schob wie der Rächer der Enterbten den Kopf durch das geöffnete Seitenfenster, bevor sie geradezu fauchte: „Haben Sie völlig den Verstand verloren, Sie Idiot? Sie hätten mich umbringen können!“

Der blonde Mann am Steuer des Geländewagens machte keine Anstalten, ihr zu antworten. Er drehte lediglich den Kopf in ihre Richtung und atmete nicht weniger schwer als sie selbst. Wie es aussah, war sie nicht die einzige, die einen üblen Schock erlitten hatte, schoss es ihr durch den Kopf, als sie sein bleiches Gesicht in Augenschein nahm. Das konnte Brooke jedoch nicht besänftigen. Ganz im Gegenteil! Sie sagte sich, dass sie sich nicht durch das besonders nett anzusehende Gesicht ihres Gegenübers ablenken lassen durfte. Von dem bemerkenswerten Augenpaar, das ihr gerade entgegenblinzelte, auch nicht! Sie stockte und überlegte für den Bruchteil einer Sekunde, ob die Augen des

Fahrers nun braun oder grün waren, bevor sie sich innerlich eine Idiotin schalt und sich wieder auf etwas viel Essentielleres konzentrierte – nämlich dem Mann vor sich die Leviten zu lesen.

Grimmig runzelte sie die Stirn und fuhr ihn an: „Haben Sie Ihren Führerschein im Lotto gewonnen oder macht es Ihnen einfach nur Spaß, mir einen Herzinfarkt zu bescheren?"

Brooke nickte ihm auffordernd zu, doch er schien besonders schwer von Begriff zu sein, da er noch immer keinen Ton von sich gab, sondern sie wie paralysiert anstarrte.

Misstrauisch verzog sie den Mund und hakte nach: „Sind Sie etwa betrunken?"

Sollte der Kerl wirklich betrunken sein, würde sie augenblicklich den alten Max Carpenter anrufen. Er war seit Urzeiten Polizeichief von Sunport und sowieso auf Touristen aus der Stadt nicht gut zu sprechen, nachdem seine Frau mit einem Versicherungsvertreter aus Chicago durchgebrannt war. Beinahe musste Brooke grinsen, als sie sich voller Schadenfreude ausmalte, wie der Mann vor ihr die kommende Nacht in der winzigen Zelle der Polizeistation verbringen würde, sollte Chief Carpenter ihn in die Finger bekommen.

Gerade als sie ungeduldig den Mund öffnen wollte, weil der Mann noch immer keinen Ton von sich gab, erklärte er mit heiserer Stimme: „Nein, ich bin nicht betrunken. Sind Sie in Ordnung?"

Brooke stockte einen Moment, bevor sie ein Schnauben ausstieß, das jedem Rhinozeros Ehre gemacht hätte. „Abgesehen davon, dass Sie mich beinah umgebracht hätten, geht es mir fabelhaft", bemerkte sie sarkastisch.

Anstatt zu antworten, schnallte sich der Unfallverursacher ab und zwang Brooke dazu, ein paar Schritte zurückzugehen, da er ebenfalls ausstieg und sich zu ihr gesellte. Dass er dabei keinen Ton von sich gab, sondern mit nüchterner Entschlossenheit sein Auto inspizierte, löste in Brooke den Wunsch aus, ihm eins auf die Nase zu geben. Das Mindeste, was er hätte tun können, wäre gewesen, sich bei ihr dafür zu entschuldigen, dass er dermaßen rücksichtslos über die Landstraße gerast war.

Obwohl sie noch immer schäumte und die Hände in die Hüften gestemmt hielt, zwang sie sich dazu, tief durchzuatmen und nicht auf offener Straße einen Mord zu begehen. Sie gab dem Snob aus der Stadt, der in gebügelten Jeans und einem faltenfreien Poloshirt neben ihr stand, auch keine ruppige Antwort, sondern betrachtete ihn lediglich kritisch, wie er neben seinem Wagen in die Hocke ging und den platten Vorderreifen begutachtete.

Da sie fast ihr ganzes Leben in Sunport verbracht hatte und alle halbwegs annehmbaren Männer der Stadt längst in festen Händen waren, hätte sie dem blonden Kerl mit den außergewöhnlichen Augen und dem gut geschnittenen Gesicht unter normalen Umständen eigentlich besonders viel Aufmerksamkeit geschenkt, doch Brooke ignorierte geflissentlich, dass er hoch gewachsen war, breite Schultern hatte und viel zu gut für ihr Seelenheil aussah. Ihr schwirrten viel zu viele Dinge im Kopf herum, als dass sie Zeit und Energie dafür gehabt hätte, sich um einen rücksichtslosen Snob aus der Stadt Gedanken zu machen. Egal, wie gut er nun aussah.

„Das Auto hat einen Platten."

„Was Sie nicht sagen", erwiderte sie gedehnt und

erwiderte seinen Blick stoisch, als er den Kopf in ihre Richtung drehte und sie aus der Hocke heraus ansah.

Merkwürdigerweise ging er auf ihren feindseligen Tonfall nicht ein, sondern informierte sie weiter: „Ich bin zwar kein Mechaniker, aber der Kühlergrill sieht nicht gut aus. Außerdem ist der Kotflügel völlig hinüber."

Brooke fragte sich, ob er ihr Mitleid wecken oder ihr Schuldgefühle verursachen wollte. Gleichzeitig stieg ein Funken Panik in ihr auf. Was, wenn der Mann von ihr erwartete, dass sie für den Schaden aufkam? Getreu dem Motto, dass Angriff die beste Verteidigung war, ging sie in die Offensive. „Wollen Sie mir etwa die Schuld darangeben, dass Ihr Auto ein paar Macken hat?!"

Stirnrunzelnd erhob er sich und öffnete den Mund, aber Brooke ließ ihn vorsichtshalber gar nicht zu Wort kommen. Überdeutlich erklärte sie: „*Sie* sind auf *meine* Spur gekommen – nicht umgekehrt!"

Der Großstadtsnob wirkte alles andere als eingeschüchtert oder reuevoll, da er die Arme vor der Brust verschränkte und ihr fest in die Augen sah. „Ich war für einen kurzen Moment abgelenkt."

Brooke schluckte. „Soll das etwa eine Entschuldigung sein? *Ich war für einen kurzen Moment abgelenkt!",* äffte sie ihn nach. „Ist das etwa Ihre Entschuldigung dafür, dass wir fast draufgegangen wären?"

Sein Blick gab ihr das Gefühl, die schlimmste Furie aller Zeiten zu sein. Als er dann auch noch ein leicht genervtes Seufzen hören ließ, sträubte sich ihr Nackenfell.

„Es ist ja nichts passiert. Reicht es Ihnen, wenn ich mich in aller Form dafür entschuldige, dass ich *Ihre* Fahrbahn gestreift habe?"

Dass er es nicht ernst meinte, sagten nicht nur sein ironischer Tonfall oder das übertriebene Verbeugen, sondern auch das gekonnte Augenverdrehen.

„Gestreift? Sie haben meine Fahrbahn nicht nur gestreift, sondern Sie sind auf ihr gefahren, als wären Sie ein Selbstmörder oder ein englischer Tourist“, erwiderte sie mit einer Stimme, die kurz davor war, sich zu überschlagen.

„Jetzt übertreiben Sie mal nicht“, wies er sie brummig zurecht und verzog das attraktive Gesicht zu einer finsteren Miene. „Erstens ist nichts passiert und zweitens hätten Sie auch ausweichen können.“

„Ausweichen?!“ Empört funkelte sie ihn an und machte einen entschlossenen Schritt auf ihn zu, um direkt vor ihm stehen zu bleiben und den Kopf in den Nacken zu legen. Er war mindestens zwei Köpfe größer als sie. „Das hier ist keine Rennstrecke, und Sie sehen nicht wie Lewis Hamilton aus!“

„Was Sie nicht sagen“, ächzte der Mann. „Was wollen Sie eigentlich? Es ist doch nichts passiert.“

„Nichts passiert?“, fragte ungläubig und schnappte nach Luft.

Er hob eine Hand und winkte lässig ab. „Ich bin etwas aus der Kurve gekommen. Sie haben gebremst. Ich habe gebremst. Niemandem ist etwas passiert, also kommen Sie mal wieder runter.“

Bedeutungsvoll deutete Brooke mit ausgestrecktem Zeigefinger auf sein ramponiertes Auto. „Wenn nichts passiert ist, würde ich gerne wissen, wie Sie *das* nennen?“

Der Mann, dessen Augen nun grünlich schimmerten, schnitt eine Grimasse. „Ich nenne es einen Platten.“

„Aha!“

„Kein Aha“, wehrte er ab und rümpfte die Nase. „Warum regen Sie sich so auf?“

Brooke polterte los: „Ich rege mich auf, weil Sie nicht einmal einsehen, dass Sie …“

„Herrgott noch mal“, unterbrach er sie. „*Mein* Auto muss abgeschleppt und repariert werden. Nicht Ihres. Also …“

Nun war Brooke an der Reihe, ihn zu unterbrechen, was sie auch sofort tat. „Das nenne ich ausgleichende Gerechtigkeit, schließlich war dieser Beinahe-Zusammenstoß auch *Ihre* Schuld!“

Wieder wedelte er mit seiner Hand vor ihrem Gesicht herum und nickte bestätigend. „Können wir es dabei bewenden lassen? Wollen Sie nicht einfach wieder in Ihr Auto steigen und weiterfahren, anstatt mich auf offener Straße anzubrüllen?“

Eigentlich hätte Brooke ihn nun einfach stehen lassen können, sein überhebliches Gehabe ging ihr jedoch so sehr auf die Nerven, dass sie zischte: „Nach der Vollbremsung, die ich *Ihretwegen* hinlegen musste, wird mir nichts anderes übrigbleiben, als mein Auto ebenfalls in die Werkstatt zu bringen und kontrollieren zu lassen, ob noch alles okay ist.“

Als sein vielsagender Blick zu ihrem Auto glitt, als wollte er sie gleich fragen, ob an dieser schrottreifen Karre irgendetwas *nicht* repariert werden müsste, verschränkte Brooke die Arme vor der Brust und hob provozierend das Kinn. Es war sein Glück, dass er keinen der Gedanken aussprach, die ihm vermutlich durch den Kopf gingen, und er keine abfällige Bemerkung zu dem alten Laster ihres Dads machte.

Stattdessen legte er den Kopf schief und schlug beschwichtigend vor: „Hören Sie …?“

„Brooke“, informierte sie ihn fast schon widerwillig und kniff misstrauisch die Augen zusammen, als sich seine Lippen zu einem knappen Lächeln verzogen.

„Hören Sie, Brooke, es tut mir leid, dass ich etwas unaufmerksam war und dass Sie nun Ihr … ähm … Auto in die Werkstatt bringen müssen. Wenn Sie meine Entschuldigung annehmen könnten, würden Sie mir einen großen Gefallen tun.“

Das klang dermaßen unehrlich, dass sie am liebsten die Augen verdreht hätte. Stattdessen hörte sie sich sagen: „Entschuldigung angenommen …?“

„Drew“, erwiderte er ihre stumme Frage und nickte knapp.

Sie schwiegen einen Moment, in dem Brooke den Blickkontakt abbrach und sich dazu zwang, sich endlich zu beruhigen und dem rücksichtslosen Kerl nicht doch noch die Augen auszukratzen. Zwar hatte er sich nicht richtig bei ihr entschuldigt und wirkte auch nicht wie jemand, dem sein Verhalten leidtat, doch sie wollte ihre Zeit nicht damit vergeuden, sich mit einem Fremden auf offener Straße anzulegen, wenn zu Hause noch genügend Arbeit auf sie wartete. Sie war schon gehetzt genug gewesen und hatte nervös auf die Uhr geschaut, weil sie sich bei Lauren verquatscht hatte, jede weitere Verzögerung würde zu Lasten ihres Nachtschlafs gehen. Wenn sie nicht allmählich weiterfuhr, würde sie bis weit nach Mitternacht das Restaurant ihrer Eltern putzen und anschließend in der Küche stehen müssen, um die Vorbereitungen für den kommenden Tag zu erledigen.

Montags war Ruhetag im *Crab Inn,* was Brooke sehr nötig hatte, wenn man bedachte, dass sie das Restaurant momentan beinahe alleine schmiss. Ein paar Aushilfen gingen ihr zur Hand, doch auch diese mussten bezahlt werden, weshalb Brooke den Hauptteil der Arbeit selbst erledigte. Am heutigen Montag war sie zum Großmarkt gefahren, hatte mit der Bank telefoniert, um ihre Fühler nach einem neuen Kredit auszustrecken, und sich den Kopf wegen der katastrophalen Buchhaltung zerbrochen, bevor sie die Restaurantküche stundenlang geputzt hatte, damit dort alles wieder glänzte. Das *Crab Inn* mochte zwar seit Jahrzehnten nicht renoviert worden sein, aber das hieß noch lange nicht, dass Brooke dort Schmutz tolerieren würde. Ihr Anspruch war es, in ihrem Restaurant vom Boden essen zu können. Leider bedeutete das auch, dass sie wie eine Wahnsinnige schuften musste.

Noch vor wenigen Monaten hatte sie den Familienbetrieb zusammen mit ihren Eltern geführt und sich die Arbeit mit ihrer Mutter und ihrem Vater teilen können, doch das hatte sich schlagartig geändert, als ihre Mom krank geworden war. Seither war Brooke fast allein für das Restaurant verantwortlich, da ihr Dad mehrmals in der Woche nach Portland fuhr, um ihre Mom zur Dialyse zu bringen oder sie zu den Arztterminen zu begleiten. Jede Fahrt ins dortige Krankenhaus dauerte insgesamt vier Stunden, so dass Brooke an solchen Tagen auf sich allein gestellt war und dafür zuständig, das Restaurant über Wasser zu halten.

Die veränderte Situation hatte nicht nur zur Folge, dass Brooke mehr Arbeit als zuvor zu bewältigen hatte, sondern auch dass der finanzielle Rahmen ihrer Familie mehr als eingeschränkt war, denn die aufwändigen Behandlungen ihrer Mutter wurden nicht von der Krankenversicherung bezahlt. Schweren Herzens hatten sie im letzten Monat dem Koch Daniel kündigen müssen, der zusammen mit ihrem Dad in der Küche gestanden hatte. Und jetzt vermisste sie diese Hilfe schmerzhaft, wenn sie allein in der Küche stand und rotierte, weil sie nicht wusste, was sie zuerst machen sollte.

Dass sie sich die Finger wund arbeitete, machte ihr nicht einmal etwas aus. Wenn ihre Mom nur gesund werden würde, hätte Brooke mit Freuden in der Küche ihrer Eltern geschuftet. Zwar hatte sie so viel zu tun, dass sie gar nicht dazu kam, sich ständig Gedanken um den Gesundheitszustand ihrer Mutter zu machen, dennoch schwirrte die Frage durch ihren Hinterkopf, was passieren würde, wenn sich die Niereninsuffizienz verschlimmerte.

Über ihren Gedanken hatte sie den Mann neben sich völlig vergessen, der selbst in Betrachtungen seines Wagens versunken gewesen war und nun ihre Aufmerksamkeit mit einem langen Seufzer auf sich zog.

„Und? Was machen wir jetzt?“

Brooke blinzelte irritiert und starrte ihn für einen Moment sprachlos an, bevor sie bedeutungsvoll nachhakte. „*Wir*?“

Er nickte knapp. „Ja, wir. Was machen wir jetzt?“

„Ich weiß nicht, was *Sie* tun. *Ich* setze mich in meinen Kleinlaster und fahre nach Hause.“

Seine Miene sagte ihr, dass er keineswegs begeistert über diese Aussicht war, und seine nächsten Worte ließen sie empört nach Luft schnappen, dass er merkwürdigerweise von ihr erwartete, ihm aus seinem Schlamassel herauszuhelfen.

„Mein Auto ist nicht mehr fahrtüchtig, wie Sie sehen. Könnten Sie mich nicht wenigstens in die nächste Stadt mitnehmen?“

Wenigstens?

Brooke hätte ihm am liebsten einen Vogel gezeigt, erklärte aber stattdessen sehr ruhig und geduldig: „Nein.“

„Kommen Sie schon, Brooke.“

Angesichts seines plump vertraulichen Tons kniff sie die Augen zusammen. Sein Lächeln sollte sie wahrscheinlich überzeugen, da er zwei Reihen weißer Zähne aufblitzen ließ und die Lippen zu einem charmanten Lächeln verzog. Sogar ein winziges Grübchen erschien über seinem linken Mundwinkel. „Ich wäre Ihnen sehr dankbar, wenn Sie mir diesen Gefallen tun könnten."

Das Grübchen ließ sie einen kurzen Moment nach Worten ringen, da Grübchen bei Männern schon immer eine kleine Schwäche von ihr gewesen waren. Trotzdem fragte sie misstrauisch nach: „Ach ja?"

Er nickte bestätigend. „Ja, Sie würden mir einen großen Gefallen tun."

Und er hätte ihr einen großen Gefallen getan, wenn er nicht wie ein Wahnsinniger über die Landstraße gerast wäre, dachte Brooke bei sich, bevor sie ihre Schultern sinken ließ und den Kopf schüttelte. „Ich bin sowieso spät dran und kann Sie wirklich nicht mitnehmen."

Augenblicklich runzelte er finster die Stirn. „Soll ich etwa zu Fuß in die nächste Stadt laufen?"

Es war extrem schwierig, ihre Schadenfreude zu unterdrücken, als sie freundlich auf den Horizont deutete, über dem gerade die Sonne unterging. „Wenn ich Sie wäre, würde ich mich beeilen. Bis nach Sunport sind es vier Meilen." Sie maß seine langen Beine mit einem fröhlichen Blick und konstatierte: „Aber in anderthalb Stunden sollten Sie dort ankommen."

Fassungslos starrte er sie an, bevor er grollte: „Das ist doch nicht Ihr Ernst?!"

„Und ob!"

Das charmante Lächeln und auch das Grübchen waren verschwunden, als er mit einem Grollen erklärte:

„Dann rufe ich einen Abschleppdienst an!“

„Viel Glück.“ Brooke versenkte ihre Hände in den Taschen ihrer verwaschenen Jeans. „Montags ist Karaoke im Pub der Stadt.“

„Und?“ Ungeduldig sah Drew sie an.

„An Karaoketagen kosten alle Drinks nur die Hälfte.“

Der Mann schob das Kinn vor. „Auch auf die Gefahr hin, mich zu wiederholen: Und?“

Jetzt gerade ausgelassen hob Brooke das Kinn. „Glen liebt Karaoke und kann Drinks zum halben Preis nicht widerstehen, was bedeutet, dass er längst voll wie eine Haubitze sein wird.“

„Und weshalb ist das mein Problem?“

„Weil“, antwortete Brooke überdeutlich, „Glen der Mann ist, dem der Abschleppdienst gehört.“

Sein Stöhnen war wie Ambrosia für ihre Ohren. Eigentlich hätte sie sich nicht so sehr darüber freuen sollen, dass der Mann vor ihr in der Zwickmühle steckte, doch sie konnte gar nicht anders, als sich diebisch zu freuen. Arroganter Schnösel!

„Na, wunderbar“, ächzte er. „Wo bleibt nur die Gastfreundlichkeit der Bewohner von Neuengland, von der man ständig hört?“

Brooke zuckte mit der Schulter und erwiderte leichthin: „Die muss irgendwohin verschwunden sein, als ich auf die Bremse trat und mich darauf vorbereitete, meinem Schöpfer entgegenzutreten.“

„Kann es sein, dass Sie nachtragend sind?“

Obwohl sie nicht schnippisch erscheinen wollte, warf sie den Kopf zurück und schwieg missmutig.

Der Mann, dessen Miene von Sekunde zu Sekunde genervter aussah, griff in seine hintere Jeanstasche und holte sein Portemonnaie hervor. „Okay … okay. Was muss ich Ihnen bezahlen, damit Sie mich zu einem Hotel fahren, in dem ich unterkommen kann?“

Brooke stockte und sah ihn verwirrt an, bevor sie ihn aufgebracht anfuhr: „Steht auf meiner Stirn etwa Taxi geschrieben?“

„Warum sind Sie so zickig?“

„Zickig?“ In den Taschen ihrer Jeans ballte sie die Hände zu Fäusten, schob noch einmal das Kinn nach vorne und hoffte, ihn mit ihrer Drohgebärde einschüchtern zu können, als sie dicht an ihn herantrat und grollte: „Sie haben vielleicht Nerven!“

Seine Augen, die nun eher die Farbe dunklen Honigs angenommen hatten, senkten sich in ihre, während er ehrlich verwirrt wissen wollte: „Was habe ich denn getan? Ich dachte …“

„Schon gut“, unterbrach sie ihn knapp, bevor sie eher zu sich als zu ihm murmelte: „Was will man von arroganten Snobs aus der Stadt auch erwarten?“

„Snob?“ Seine Stimme klang nach einem unterdrückten Lachen. „Sie halten mich für einen Snob?“

Brooke machte eine wegwerfende Handbewegung. „Vergessen Sie‘s!“

Anschließend drehte sie sich auf dem Absatz um und marschierte zu ihrem Kleinlaster, als er ihr, jetzt wieder viel freundlicher, hinterherrief: „Können Sie mir wenigstens sagen, in welche Richtung ich laufen muss?“

Mit einem frustrierten Seufzer blieb sie an ihrem Laster stehen und schloss die Augen. Sie wusste, dass sie es bereuen würde und sie die größte Idiotin der Welt war, dennoch drehte sie den Kopf zur Seite und rief ihm zu, ohne ihn dabei anzusehen: „Steigen Sie schon ein!“

„Taste of Love – Geheimzutat Liebe“ erscheint bei Bastei Lübbe und ist ab dem 13. Januar 2017 überall im Buchhandel erhältlich – und natürlich auch online!

Buchvorschau – Ashcroft-Saga

Nur ein Funke
(Frühling 2017)

Als Lauren McPherson nach Connecticut zieht, um sich dort als Tierärztin niederzulassen, lernt sie Stuart Ashcroft kennen, der auf den ersten Blick nicht zu der Sorte Mann gehört, die ihr Herz erobern könnte. Mit seiner scheinbar schnöseligen Art, einer reichen Familie im Rücken und einem festen Platz in der feinen Gesellschaft passt er so gar nicht zu ihr, schließlich lebt sie für ihre tierischen Patienten und geht darin auf, noch vor Sonnenaufgang in einem Stall zu hocken und bei der Geburt eines Kälbchens behilflich zu sein.
Dennoch ist Lauren gegen den Charme des gut aussehenden Mannes nicht immun. Sie wundert sich nicht nur darüber, dass Stuart dermaßen großes Interesse an ihr zeigt und allem Anschein nach doch nicht der typische Playboy ist, für den sie ihn anfangs hielt, sondern sie wundert sich auch darüber, dass Stuart es schafft, dass sie sich bei ihm wohlfühlen kann.
Kaum ist Lauren glücklich und auf dem besten Weg, sich unsterblich in ihn zu verlieben, passiert etwas, das ihr den Boden unter den Füßen wegzieht und ihr einen Schock versetzt.
Jetzt kommt es nur darauf an, ob Stuart bereit ist, ihr bedingungslos zur Seite zu stehen.

Alle Romane von Poppy J. Anderson

New York Titans-Reihe:

1) Verliebt in der Nachspielzeit
2) Touchdown fürs Glück
3) Make Love und spiel Football
4) Verbotene Küsse in der Halbzeit
5) Knallharte Schale – zuckersüßer Kerl
6) Kein Mann für die Ersatzbank
7) Unverhofft verliebt
8) Auszeit für die Liebe
9) Hände weg vom Quarterback
10) Küss mich, du Vollidiot
11) Cheerleader küsst man nicht
12) Spiel ins Herz
13) Gleich und gleich küsst sich gern
14) Wer will schon einen Footballspieler?

Die Fitzpatrick-Reihe

1) Brandheiße Küsse
2) Draufgängerische Küsse
3) Chaotische Küsse
4) Prickelnde Küsse
5) Charmante Küsse

Hailsboro-Reihe:

1) Beim zweiten Mal küsst es sich besser
2) Nachträglich ins Glück
3) Ein Hinterwäldler zum Verlieben
4) Hals über Kuss
5) Acht Pfoten und ein Traummann
6) Der und niemand sonst

Ashcroft-Saga:

1) Nur ein Kuss
2) Nur ein Augenblick
3) Nur ein Funke (Frühling 2017)

www.poppyjanderson.de

16429037R00200

Printed in Poland
by Amazon Fulfillment
Poland Sp. z o.o., Wrocław